妖怪奇谭

张云

著

人民东方出版传媒
People's Oriental Publishing & Media
东方出版社
The Oriental Press

珍惜这世界。

因为，

万物有灵，且美。

奔跑吧！

｜目 录｜

235
雨之旗

167
貘之梦

201
春之音

341
社之龛

273
魁之面

307
船之灵

狸妖

狸之鼓

狸，伏兽，似貙。

——东汉·许慎《说文解字》

乌伤县人孙乞，义熙中赍文书到郡。达石亭，天雨日暮。顾见一女，戴青伞，年可十六七，姿容丰艳，通身紫衣。尔夕，电光照室，乃是大狸。乞因抽刀斫杀。伞是荷叶。

——南朝·刘敬叔《异苑》

六合老梅庵多狸，夜出迷人，在窗外必呼人字，称曰表兄。人相戒不答，则彼自去。

——清·袁枚《子不语》

鼓声，又响了起来。

咚咚咚！咚咚咚！

声音慷慨激昂，连绵不绝！

如果是平时，听一听，倒是十分有趣。

可此刻我正躺在温暖的被窝里呀！

"好吵！"我捂着耳朵坐起。

外面的雨，还在下。雨点敲打着屋顶的瓦片，噼里啪啦。还有风，呜呜地跑来跑去，哼着歌儿。

虽然已是春天，但昏暗一片的房间里依然十分寒冷。

这样的夜里，窝在软软的被窝中，呼噜噜睡大觉，真是享受。

除了这鼓声！

如果我没有记错的话，已经连续响了三个晚上了。

"三更半夜，真是过分！"我高声叫着。

门突然被推开，一股冷空气让我打了个寒战。

"少爷，你是笨蛋吗？"闯进来的这个人，站在我的床前，双手叉着腰，生气地说。

"滕六，你说的笨蛋，指的是本少爷我吗？"我睁大了眼睛。

"难道这屋里还有别人吗？"叫滕六的家伙毫不犹豫地向我翻了个白眼。

比起鼓声，这句话，更过分了。

哗啦，还没等我质问，滕六一把拉开厚厚的窗帘。

强烈的阳光，让我不由自主捂住了脸。

"都快中午啦，你还说三更半夜，难道不是笨蛋吗？"滕六大声说。

"怎么会有阳光呢？不是下雨了嘛……"我嘀咕着。

"下雨？！哎哟哟！那是我用水管冲洗屋顶呢，笨蛋少爷！"滕六呼哧呼哧喘着粗气，"我已经忙了一上午，里里外外，辛辛苦苦的，可你竟然还在睡懒觉，实在是让人生气！"

"好啦好啦，我马上起床就是了。"我打了个哈欠。

"快点哦！咱们的铺子今天还没开门营业呢。"

"知道啦，知道啦。"

打发走了滕六，我呆呆地坐在被窝里，差点哭出来。

真想回家呀。

哦，说到这里，有必要交代一下。

这里，并非我的家。准确地说，是爷爷的家。

此地名为黑蟾镇，乃是一个位于群山之中的小镇。蟾，指的应该是蛤蟆吧，黑蟾，就是黑色的蛤蟆，小镇叫这名字，挺奇怪的，反正我没见过黑色的蛤蟆。

黑蟾镇地方偏僻，是十足的乡下，我们方相家世代居住于此。没错，方相这么一个姓，听起来也是够奇怪的。

虽然名不见经传，但黑蟾镇群山环绕，有山有河有湖，又位于交通要道，所以绝对算是方圆百里的一个大镇。我们方相家是黑蟾镇的豪族。所谓的豪族，就是指拥有周围大片的土地、家庭富裕、权力很大的那种。

到了我爷爷这一代，家里人丁单薄，就生下了我爸一个儿子。我爸年轻时就出外闯荡，在千里之外的城里安家立业，生下了三个儿子一个女儿。我是最小的一个，和哥哥姐姐们没法比，我自小体弱多病，备受呵护。

这一年，哥哥姐姐们早已经长大成人，各有正事要干。唯独我，因为严重的哮喘，不得不向学校请假，休学一年，被关在家里，闭门不出。

后来我爸和我妈一商量，决定把我送到黑蟾镇来。表面上说是这里空气新鲜，有利于我病情恢复，我觉得十有八九是他们认为我在家里实在是个累赘。

于是，我就这样被扔到了乡下，眼睁睁看着我爸和我妈欢欣鼓舞地离开了。

我现在住的地方，是家族的大宅，年代古老，占地广阔，后面是两进的院落，前头则开设了一个小小的店铺，名曰"百货店"，里头的商品琳琅满目，锅碗瓢盆、针头线脑、皮毛纸张、镰刀斧头……反正只要你能想到的，全都有。

从我到这里开始，就没见到过爷爷。据滕六说，他在我来的前一天，连夜背着鼓鼓囊囊的包出门了，说是去旅行，估计也是不想我给他添堵吧。

所以，现在家里除了我，就只剩下了滕六。

滕六年纪和我一样，今年十六岁，只不过比我大三四个月。

这家伙，不是我们方相家的人。听我爷爷说，他是个弃婴，生下来没多久就被丢在路边，正好爷爷散步看见，抱了回来。因为发现他的时候，他躺在一堆藤蔓里，那天又是初六，所以就取名"藤六"，再后来，我爷爷可能觉得"藤"字不太好，就把草字头去掉，改叫滕六。

我爷爷对滕六极好，简直当作亲孙子一样看待，家里大大小小的事儿，都交给他打理，包括百货店。所以，我爷爷旅行之后，他就成了家里老大，尽管他跟我说他只是个仆人。

我来到黑蟾镇，已经一个多月了。

刚开始觉得还不错，这里风景优美，无人管束，自由自在，连我的哮喘病似乎也好了，但时间长了，便觉得不适应起来，简而言之，就是太无聊。

一想到城里的家，我的眼泪不争气地流了下来。

待我哭了一场，穿衣起床，洗洗涮涮，已经日上三竿了。

出了门，来到前头，滕六早已将百货店的门板卸了下来，开始了一天的营业。

"刚给你备好的饭菜，赶紧吃，不然凉了。"滕六指了指旁边的方桌，手脚麻利地擦拭柜台，清扫地面，忙得满脸是汗。

冬天刚刚过去。

外面日光晴好，天空澄澈如洗，树木冒出了绿绿的嫩芽，远远看去如同浮起的一片片绿云。

花也开了不少，最显眼的是山桃，一枝挨着一枝，繁盛的花朵粉嘟嘟地摇曳着。

美好的一天呀。

　　我在桌边坐下，看了看，依然是老样子——白粥加青菜，清汤寡水。

　　"没有肉吗？"我说。

　　"少爷，你是笨蛋吗？"滕六又叉起了腰，"你难道不知道自己有哮喘吗？哮喘是不能吃肉的！"

　　"有这么一说？"

　　"当然啦！要不怎么说你是笨蛋少爷呢！"

　　好吧。

　　我皱着眉头痛苦地喝下半碗粥，全身开始冒汗，舒坦了许多。

"滕六，别忙活了，就算你把地板擦得跟镜子一样，也不会有多少客人来。"我说。

黑蟾镇一共才一百多户人家，一天有一两个客人光顾就算不错了，有时候干脆几天都没人登门。

"我看，还是关门大吉算了。"我打了个饱嗝，"生意不好，也赚不了多少钱，还得早起晚睡地照看，实在不划算。"

"哎哟哟，我真是高看你了。"滕六笑着，"你不但是笨蛋少爷，还是个败家子呢！"

"难道我说错了吗？"

"这个店，从大老爷开始……"他掰着手指头。

他口中的大老爷，指的是我爷爷。

"大老爷的爷爷，大老爷爷爷的爷爷，大老爷爷爷的爷爷的爷爷……"他挠了挠头，"……反正很久很久以前，这家店就有了。这么多年都没关，偏偏到你这儿，你就要关门，难道不是败家子吗？"

我张了张嘴巴，无话可说。

"那个……有件事，我想问问你。"我决定赶紧转移话题，否则他会一直说下去。

"什么事？"滕六终于收拾完，在我对面坐了下来。

"你有没有听到鼓声？"我说。

"哦，你说的是大鼓祭吧。"

"大鼓祭？什么大鼓祭？"我有点儿莫名其妙。

"这个你难道不知道？"

"我当然不知道！虽然我出生之后不久就被爷爷抱回这里养到七岁才离开，但是记不起多少事的。"

"哦。"滕六嘴巴张开，做出一个有道理的表情。

"就是盛大的祭祀。"

这不等于没说嘛！可恶的家伙！

"十分古老的祭祀呢。"滕六见我表情不妙，怕我哮喘病发作，忙道，"每年冬去春来，镇里每家都会将大鼓拿出来，收拾一新，等到庆典的那天，在湖边点燃篝火，欢庆一场，齐齐敲响，在咚咚咚的鼓声里，迎接春天，也祈祷风调雨顺。"

听起来很有意思呢。

"早晨吵醒你的鼓声，应该是镇里孩子们在排练。这种事情，小孩子总是最喜欢的。"滕六说。

"那他们三更半夜也排练？"

"怎么可能呢！三更半夜大家都睡觉呢。"

"不对吧！"我放下碗筷，"我明明在半夜听到了鼓声，咚咚咚的鼓声，已经连续三个晚上了！"

"哦，那不是孩子们敲的，那应该是山里的鼓声。"

"山里的鼓声？"我更加不理解了，"不可能吧！山里没人呀。"

黑蟾镇群山环绕，山高沟深，森林莽莽，深山之中，根本就没有人家。

"当然没人了。"滕六说。

"既然没人，怎么会有鼓声？"

"真是笨蛋少爷呀！"滕六睁大眼睛，"没人，就不可以有鼓声吗？"

"既然没人，谁敲鼓呀？"

"当然是妖怪呀！笨蛋少爷。"

"妖……妖怪……"我吓了一跳。

敲鼓的妖怪？！

"住在山里的狸妖啦！"滕六说。

"狸妖？"我的思维一时转不过来。

"嗯。不止一只，很多哦。"

"所谓的狸，指的是……狸猫吗？"我问。

"不是哦。"滕六说，"和你平时看到的家里养的猫咪完全两个样子。"

"那就是野猫？生活在山里的山猫？"

"也不是啦。"滕六挠着头，不知道怎么解释，"就是……身子圆滚滚的，脸圆圆的，尾巴长长的，嘴巴尖尖的，脸上长着黑毛，但是眉毛却是白色的……哎呀呀，你怎么连狸都不知道呢？"

听滕六的描述，的确和我看到的猫不一样，但这到底是……

"哦，我听大老爷说过，正式的叫法，是貉！"

"一丘之貉的那个貉？"

"对对对！大老爷是这么说的。"滕六连连点头，"不过我们这里，就叫狸。"

我大体知道是个什么东西了。

"这种动物，怎么成了妖怪呢？"我问。

"什么意思？"

"所谓的妖怪，难道不是那种龇牙咧嘴、面目狰狞特别吓人的吗？"我口渴得厉害，示意滕六给我倒杯茶。

"也不是啦。"滕六把茶碗放在我面前，"不过，狸妖比起那些妖怪来，更让人头疼。"

"头疼？"

"是呀。"滕六看了看外面，然后压低声音，跟我说，"它们特别擅长变化！"

"擅长变化？"

"嗯。"滕六舔了舔嘴唇，"而且特别喜欢恶作剧。"

我简直觉得不可思议。

"比如你在山里走路，走得累了，想歇歇脚，正好看到路边有块平整的石头，就走过去坐下，结果狠狠摔了个屁蹲儿！回头一看，一只狸咯咯咯地逃跑了，那就是它变的。还有，干活儿的农人吃饭的时候，去拿先前带到田边的馒头，咬到嘴里发现成了石头，也是它们的把戏，真正的馒头早被它们偷吃了。诸如此类的事情，很多。"

滕六说得兴奋起来："法术最高的狸妖，会变成人，从山里下来，到酒馆里喝酒，然后扔下钱，醉醺醺地走了。等它们离开之后，那些钱就变成了树叶。有一次有个老婆婆从咱们店里买了一篮子鸡蛋，事后我才发现她给的钱变成了贝壳，才知道那是狸妖，为这事儿，大老爷骂了我好几天。"

"还有这样的事？"

"当然啦！"滕六使劲点头，"法术不高的狸妖，变成人之后，喝醉了就会露出原形。最厉害的，完全可以以人类的模样，生活在人群之中，根本发现不了，说不定黑蟾镇里的人，就有这种狸妖呢。"

我更害怕了，吓得哆嗦了一下。

"哈哈哈。"滕六大笑起来。

"你这家伙，骗我！"发现被耍，我很生气。

"到底是笨蛋少爷。"滕六站起来，"不过，真的有可能哦。"

"那鼓声是怎么回事？"我决定不和他计较。

"那是狸大鼓。"

"狸大鼓？"

"对。就是狸妖敲的鼓。它们的鼓，和一般的大鼓不一样。"

"那是什么样子？"

"我怎么知道？！我也没见过！"滕六并不想多说。

"可是……狸妖，为什么要敲鼓呢，而且还在三更半夜？"我开始头疼起来。

"哎哟哟，说来话长，我得干活儿了！"滕六不耐烦地走开，忙着收拾店里的东西。

百货店很大，前头是高高的柜台，后面是几十个高高的货柜，存放着层层叠叠的小山一般的货物。

他将货物清理、归类，还得将一些东西搬出去晾晒，忙得团团转。

这种事，我是没办法插上手的。一来我的确有哮喘，二来……我很懒。哈哈哈。

我坐在店外，眯着眼睛，晒着太阳，想着滕六说的狸妖的事。

阳光很好，暖暖的，很快就睡着了。

"少爷！"滕六晃醒我的时候，已经是黄昏，太阳快要落山了。

"怎么了？"

"你可真能睡！"滕六白了我一眼，"差点儿忘了，木场老爹让你今晚去他那儿一趟呢。"

木场老爹是除了我爷爷之外黑蟾镇年纪最大的老头儿，据说快七十岁了，也是我爷爷最好的朋友。他不仅手艺好，会做很好的木工，还开了一个小酒馆。

之前我偶尔会跑去他的酒馆点上肘子、卤蛋之类的大吃一顿，当然，这种事，不能让滕六知道。

"木场老爹？他叫我干吗？"我问。

"不知道。说是挺重要的事。早晨过来特意叮嘱的。"

既然如此，那只好走一趟了。

我懒懒地站起来，换上了厚一点儿的外套。

天色已经黑了，夜幕四合，滕六给我拿出了灯笼。

"走路小心点儿。"滕六不放心地说，"大鼓祭的这段时间，山上的狸妖特别喜欢到镇子里来。"

"那个……难道你不陪我一起去吗？"我有些害怕。

"哎哟哟！我还得劈柴、做饭，还要给你烧洗澡水。你一个大男人，怕什么？真是胆小鬼！"

为了不被这家伙嘲笑，我深深吸了一口气，给自己壮胆，提着灯笼，沿着山路朝镇子那头走去。

虽然铺上了青石板，但是道路起起伏伏，高低不平，灯笼的光十分昏暗，走起来很是辛苦。

四处寂静，森林萧瑟无声，偶尔只能听到几声鸟鸣。周围群山苍莽，留下黝黑的影子，仿佛一头头蹲伏的巨兽。

我慌张地大步奔走，差不多花了半个小时才来到木场老爹的酒馆门前。

看着门口的灯光，总算是松了一口气。

酒馆不大，但是里面人头涌动。本来镇子里晚上男人们就没什么事情，又赶上大鼓祭，所以很多人都来到这里喝酒聊天。

"哎呀，文太来了！"木场老爹站起来，跟我打了声招呼。

是的，我的名字叫文太。据说是当年爷爷给起的，这名字实在是难听，为此我不知道被同学取笑了多少回。

在哄堂大笑中，我红着脸、低着头，来到木场老爹跟前。

他已经喝了不少酒，一张脸通红，咧着大嘴。

这是个高大强壮的男人，即便快七十岁了，看上去也壮得像一头牛。

"喝酒吗？"他把酒碗推到我面前。

"我……"我摇摇头。

"哎呀呀，我像你这么大年纪，早就喝酒了。"木场老爹不太高兴。

"我哮喘。"

"哦，是了，差点儿忘记了，对不起。"木场老爹道了歉，把盐水花生推到我面前。

"那个，老爹，听滕六说，你叫我来，有事？"我问。

"也没什么大事。"木场老爹喝了一碗酒，"关于大鼓祭的。"

"大鼓祭？"

"嗯。再过几天就是大鼓祭，镇子里每家都要参加的。"

"我们家，也会来，放心。"我说。

"那你们家，只有你来敲鼓了。"木场老爹说。

"敲鼓？"我愣了。

"对呀！大鼓祭的重头戏，就是大鼓赛。"木场老爹搂着我，说，"每家每户都要选出个代表，拿着自家的大鼓参加比赛，谁敲得最响，谁就是冠军，这可是巨大的荣誉。"

"那个……"

"每年都是你爷爷敲，他技艺高超，每次都是冠军。今年他不在，所以……"

我看了看木场老爹，还有在场的其他的那些强壮的男人，心里一片昏暗——论力气我没有他们大，也从来没敲过鼓，肯定得不了冠军。

"让滕六来吧。"我说。

对！好主意！滕六绝对可以。

"那不行。"木场老爹摇摇头，"滕六不算你们方相家的人。再说，他那天是要担任指挥的。"

我垂头丧气——这次完蛋了。爷爷要是知道我输了比赛，回来肯定会怪我。这是关于方相家荣誉的事。

"多加练习。"木场老爹给我打气，"文太呀，遇到任何事情都不要轻易放弃，只要努力，就一定会有成绩。"

说完，他从怀里摸出一本书，递给我，神秘兮兮地说："这上面都是打鼓的技巧哦。"

之所以叫我来，就是这件事吧。

看着木场老爹，我心里顿时温暖无比。

是呀，凡事，总得努力试一试的。

"老爹，有件事，我问问你。"我吃着盐水花生，"那个，狸妖，真的存在吗？"

"真的呀！"木场老爹大声说，"我经常碰到，尤其是最近。"

"所谓的狸大鼓，到底是怎么一回事？"我问。

"那说来就话长了。"木场老爹嘿嘿一笑，"那是很久很久以前了，大概是唐朝的时候吧，当时兵荒马乱，有一只叫天目的大狸妖，带着一群狸，来到了我们黑蟾镇的深山之中。"

"天目？"

"嗯。长着三只眼睛的狸妖，地位非同一般，据说是所有狸妖的首领呢。"木场老爹说，"法术高超，十分厉害，就在这里的山上安家了。"

"后来呢？"

"天目有两个儿子，老大长得又矮又壮，圆滚滚的，叫团大郎，老二有着一身花皮毛，所以叫花二郎。自此之后，狸妖群就分成了两大家族。团大郎一族占据了东面的大山，花二郎一族占据了西面的大山，自此每一代为了争夺首领的位子，争斗不休。"

"打架吗？"

"斗法！相互比试法术，当然啦，也打架。"木场老爹哈哈大笑，"每一个家族都有成千上万的狸妖，施展法术，相互打斗，都损失惨重。后来，两大家族召开了一次会议，商量决定——争夺首领，用一种和平的方式进行。"

"什么方式？"

"敲鼓。"

"敲鼓？"

"是的。"木场老爹笑着说，"狸妖家族通常每六十年重新选举一次首领，这天，叫作天目日。为了这一天，两大狸妖家族之前都会在年青一代中选取最厉害的一名竞争者参加，两名竞争者则在深山中举行一次对决，谁的鼓声敲得最响，谁就是新的首领。时间长了，这事儿也被我们黑蟾镇学习了，就成了大鼓祭。我们借着敲响大鼓，聚会，祈祷风调雨顺，也向狸妖表示感谢。"

"向狸妖表示感谢？为什么？"

"狸妖虽然喜欢恶作剧，喜欢开玩笑，但也守护着我们黑蟾镇的人。我们在深山中辛勤劳作，它们帮助我们看护庄稼，帮我们驱赶毒蛇，很多人迷路了，它们也会出来指路……"

"这么说，狸妖很善良。"

"哈哈哈，是呀，而且带给我们很多的欢乐。"木场老爹说，"人和妖，其实没什么区别，和睦相处，这世界，才有趣呀。"

木场老爹看着外面的群山："今年和以前不一样。距离上一次，正好六十年了。"

"也就是说，又到了选狸妖首领的时候了？"

"是了。"木场老爹说，"再过四天，就是我们举办大鼓祭的前一天晚上，就是他们的天目日了。"

"所以我深夜听到的来自深山中的鼓声……"

"那是狸妖排练的鼓声呀。"木场老爹说，"咚咚咚，咚咚咚，是这样的声音吧？"

"是。"

"那是团大郎家的狸妖。"木场老爹哈哈大笑，"他们家的鼓声，向来都是发出咚咚咚的声音，所以他们住的山，我们叫咚咚山！"

"那花二郎家的呢？"

"他们家的鼓声，会发出嗵嗵嗵的声音，所以他们住的山，我们叫嗵嗵山！"

"原来如此。"我算是大开眼界了。

"天目日的那天晚上，我们黑蟾镇所有人都会停止一切劳作，安安静静地在家里倾听狸大鼓，为他们加油、祝福。那是神圣的鼓声哦。"

……

那天晚上，木场老爹说了很多，以至于我离开酒馆时，脑袋里都响着咚咚咚、嗵嗵嗵的大鼓声呢。

回来的路上，我心情很好，甚至吹响了口哨。

不光是因为听到了关于狸大鼓的传说，更是因为发现狸妖其实并不可怕。

咣当！

就在我快步行走转过一棵参天大树时，和对面过来的一个身影结结实实撞在了一起，我顿时摔倒在地。

"笨蛋呀！"我摔得晕头转向，大声说。

"笨蛋？你说我是笨蛋吗？"对面传来一个怒气冲冲的声音。

"当然是你啦！难道这里还有别人吗？"我爬起来。

面前，站着一个人。

矮矮的，胖胖的，圆滚滚的脑袋，圆滚滚的身子，圆滚滚的眼睛，圆滚滚的鼻子……总之，一切都是圆滚滚的。

似乎，是个孩子呢。十来岁的孩子。

他穿着一件鼓鼓囊囊的红色小褂，下身是红色的裤兜，光光的两条腿，脚上穿着一双高高的木履。

这身打扮，实在是太怪异。

不管是山外，还是黑蟾镇，没人这么穿衣服。

"道歉！你必须向我道歉！"他睁着圆溜溜的眼睛，大声道。

"凭什么？分明是你撞到了本少爷。"

"是你不小心！"他寸步不让，"你必须向我团五郎道歉！"

"不然呢？"

"不然……我跟你决斗！"他气鼓鼓地说。

哟，态度很坚决。

"我不跟你一个小孩儿一般见识。"我拍了拍身上的土。

"决斗！"他后退一步，摆出了打架的姿势。

　　我眯了眯眼睛，重新打量了一下他——他虽然看起来只有十来岁，但身体强壮，尤其是手臂，全是肌肉，若是打起来，我这个病秧子，不一定是对手。

　　败在一个孩子手上，传出去，我方相文太的面子放哪里？

　　"那个……决斗，可以，但是君子动口不动手。"我笑了笑，说，"我建议以和平的方式进行。"

　　"什么方式？"

　　"嗯……"我想了想，"猜谜吧，如何？"

　　这个，我最擅长。

　　没想到，他哈哈大笑起来："真是狂妄！谁不知道，猜谜是我团五郎的强项！"

　　"好！那就猜谜语！"我说，"如果我方相文太输了，向你鞠躬道歉！"

　　"不光鞠躬道歉，从此之后，我就叫你笨蛋文太！"

　　"行！如果你输了呢？"

　　"我把我的宝贝给你！而且，你可以叫我笨蛋五郎！"

　　"一言为定，不准反悔！"

　　"君子一言，驷马难追！"

　　决斗，就这么定了下来。

　　"我先来。"团五郎气势汹汹，"小小坛，扁扁口，插得下牛头插不下手，是什么？"

　　"哈哈，这个难不倒我，是蜗牛！"我笑道。

　　"不错哦。请你出题。"

　　"听好了：船头大，船尾小，四扇风篷，一齐撑到。"

　　"蜻蜓！"

"你也不错哦。"

"有翼无毛肚内空，无铁无铜响如钟。"

"是蝉！八个轿夫扛面鼓，两个夜叉前面舞。是什么？"

"螃蟹！"

……

我和团五郎猜得热火朝天，来来回回各自出了几十个谜语，都被对方猜出来了。

看来是个强劲的对手呀！

我额头冒汗，对方同样是不敢大意。

得出绝招了。

可是，出什么谜语呢？

我手伸进兜里，突然碰到了个东西，顿时有了主意。

"不会走路有尖嘴，会走长路没有腿，每迈一步留脚印，肚子饿了喝点儿水。"我大声说，"是什么？！"

团五郎听了这个，顿时目瞪口呆。

"让我想想。这个，似乎很难。"他有些急了，皱起眉头。

"给你三分钟。"我笑道。

团五郎敲着脑袋，抓耳挠腮。

"是什么？"

"是……"团五郎使劲挠着头，"是……"

"时间到！"我笑了起来，"你输了！"

"不可能！我团五郎不可能输！你这题目不对，没这种东西！"

"怎么没有？"我从口袋里拿出了个东西，那是一支崭新的钢笔。

这可是个新鲜玩意儿，是我爸托人从法兰西国带回来的，一般人见不到。

"是钢笔！"我找到纸，在上面写写画画，"看到了吗？"

"你……你要赖！这东西，我从来没见过，怎么猜？"

"那我管不着，之前又没说不能猜没见过的东西，不是吗？"我笑道。

团五郎很愤怒。

"你不会不承认吧？"

"我团五郎向来讲信用！"他走到跟前，给我鞠了一躬，"我向你道歉，还有，从此之后，你可以叫我笨蛋五郎。"

"还有……"我伸出手，"你的宝贝。"

"我……"团五郎顿时露出要哭的表情，"那个……能不能……"

"君子一言，驷马难追，可是你说的。"

"……好吧！"团五郎使劲咬着嘴唇，将肥嘟嘟的手伸进怀里，掏出一样东西，交给我，十分痛苦地说，"拿去吧！"

我很失望。

还以为是个什么宝贝呢，竟然是个巴掌大的小鼓。

到底是个孩子。

"谢啦。"我将小鼓接过来，放进兜里，拎着灯笼走开了。

"方相文太！"身后传来团五郎的声音。

"怎么了？"我转过身，看见团五郎站在黑暗里。

"能不能把鼓还给我，它对我很重要。"他说。

"没办法，你输了。"我摆了摆手。

……

来到家门口，看到滕六在那里等着。

"你怎么现在才回来？"滕六着急道，"这都快半夜了！"

"谈了很多事。"我把灯笼交给他，"洗澡水烧好了吗？"

"早准备了。"

我来到院子中的浴室，脱光了衣服，跳进了木桶。

走了那么多的路，又经过一场决斗，全身是汗，泡在热水中，真是幸福！

"木场老爹找你干吗？"滕六问。

我把事情说了一遍，又道："对了，团五郎是镇里谁家的孩子？"

"镇里没有孩子叫团五郎呀。"滕六说。

"怎么可能呢？来的路上我还和他决斗了一场。"我睁开眼睛。

"决斗？"滕六紧张起来。

我哈哈大笑："放心吧，自然是他输了。我还赢了他的宝贝。唉，原本以为是什么宝贝呢，想不到竟然是个小鼓。"

我指了指自己的衣兜。

不知为何，滕六有些不对头，他快速把我衣服拎起来，从口袋里拿出了那个小鼓。

"这是……"滕六双目圆睁，"这是……狸大鼓呀！"

"什么？"我顿时从木桶里坐起来。

"狸大鼓呀！"

"你是说，那个团五郎……"

"狸妖呀！只有狸妖才会有这样的狸大鼓！"

我没心思洗澡了，从木桶里跳出来，飞快穿了衣服，拿着那个小鼓，把滕六拽到房间。

"这个是狸大鼓？"我有些不相信，"既然是大鼓，那应该是很大的鼓呀！"

"所谓的狸大鼓，不是指鼓大，而是指声音响，笨蛋少爷！"滕六拿着那个小鼓，"你看看，人类能有这样的鼓吗？"

灯光下，那只鼓我看得很清楚。

巴掌大的鼓，黑漆漆的，形状和人类的鼓差不多，但是总觉得有些奇怪。

"这鼓身，用的是千年的枣木；鼓皮，用的是几百年的巨蟒的皮，而且是最为坚硬的脑袋上的皮；鼓槌，用的是陨铁……"滕六说得很快，"这是货真价实的狸大鼓！"

"好像的确如此。"我想起来一件事，"对方叫团五郎，我记得木场老爹说，居住在咚咚山的团大郎家族……"

"是啦，团大郎家族，成员名字都以团字打头，就跟我们人类的姓一样。这个团五郎，不是一般的狸妖。"

"管他呢，我赢了，这鼓就是我的了。"我接过鼓，仔细查看了一番，"果然十分精致，噫，滕六，这鼓怎么破了？"

小鼓年代久远，或许是因为经常使用，鼓皮上露出了个小洞。

"怪不得我刚才敲了一下，声音不对劲，原来是坏了呀。"滕六凑过来看了看，表示同意，"可惜了。"

"能修吗？"我问。

这么完美的小东西，坏了，的确是件可惜的事。

"应该可以修，就是鼓皮不好找。"滕六摇头，"刚才跟你说了，鼓皮必须用几百年巨蟒的头上的皮，叫'蟒顶甲'，几百年的巨蟒，哪里找？这可是十分珍贵的东西！可值钱了。"

"我好像记得……咱们店里货架上有个盒子，上面写着'蟒顶甲'，应该就是吧。"

"啊！"滕六大叫起来，"你竟然偷看……没有！咱们店里没有！"

看到他这表情，我顿时笑起来。

"滕六呀，那肯定是了！快去拿来。"

"不行！那东西太珍贵了，不能动！大老爷……"滕六的表情，活像是一个吝啬鬼。

"滕六！"我很生气，"我问你，现在到底谁是方相家的当家人？"

"当然是……笨蛋少爷你啦。"

"那不就得了！去拿来！"我笑道。

"唉！"滕六长叹一声，站起身，走向百货店，"不只是笨蛋少爷，还是败家少爷呀……"

过了一会儿，这家伙拎着个盒子过来。

"少爷，你要这个，是想……"

"当然是修鼓了。"我拿出那块"蟒顶甲"，又找来了工具。

"哎哟哟！少爷，你行不行呀！这可是狸大鼓，又是蟒顶甲，都是宝贝，万一……"

"放心，本少爷我别的不行，做手工可是一流！"我笑道。

的确，我的心灵手巧，连自己都佩服。

拔钉、绞线、起皮……昏黄的灯光下，我有条不紊地干活儿，滕六在一旁看着，逐渐赞叹起来。

"想不到少爷果真有一手呢。"他说。

修狸大鼓，的确是个挑战，但经过两个小时的辛苦，我终于完成了。

尽管腰酸背痛，手指也肿胀起来，可我十分开心。

"焕然一新。"滕六对我竖起了大拇指。

"那是！"我得意扬扬，将狸大鼓放在腿上，敲了敲。

咚，咚咚咚！

声音虽然很好，但没有我半夜听到的那般铿锵有力。

"怎么回事？"我纳闷。

"狸大鼓，只有狸妖才能敲出那样的气势呀。"滕六说。

"原来如此。可终究音色还是不错。"我拿着那个小鼓，高兴地说。

"那个……抱歉！"门外，传来声音。

"这么晚，谁来拜访？"滕六推开门。

走出去，院子里站着一个身影。

月光下，红色的小褂，圆圆的身子，圆圆的脑袋……

"哦，原来是笨蛋五郎呀！"我说。

"真是……打扰了！"团五郎走到近前，深深地鞠了一躬。

"狸妖怎么找上门了？"滕六说。

"这位，是滕六大人吧？"团五郎恭敬地对滕六说，"您好。"

这家伙，真没眼力见儿，这个大宅里，我才是主人呀！

"你不会是想反悔吧？"我在走廊上坐下，摇了摇手里的小鼓。

团五郎盯着它，眼中露出无比的渴望。

"文太少爷，这个大鼓……"

"它现在是我的。"

"的确如此。"团五郎咬着嘴唇，"它的确是你的，但大鼓对我来说十分重要，能不能还给我？"

还没等我回话，团五郎赶紧说："我的意思是，我用别的赎回来。"

说完，他从怀里掏出一个东西放在我的面前。

绿色的巨大的树叶，用藤蔓捆成一个包裹。

团五郎打开，里面露出闪烁的光芒来。

是金子呀！好多的金粒。

"我用这些金子，换回大鼓，可以吗？"团五郎说。

"不会是幻术吧？用树叶、石头变的。"滕六说。

"万万不敢！这些是货真价实的金子！是我们狸猫一族自山中采集的。"

团五郎态度诚恳，应该真的是金子。

可我对金子没兴趣。相比之下，大鼓更有趣。

"拜托了！文太少爷！"见我没有收起金子，团五郎急了，跪在我面前，五体投地，"这个大鼓，对我来说，比性命都重要！请你还给我！拜托了！"

"哎呀呀，笨蛋五郎！"见团五郎急得哭了，我有些不忍，把他扶起来，"你跟我说说，这个大鼓，怎么就特别重要了？"

团五郎抹着眼泪，哽咽了一下："我的身份，文太少爷应该是知道了吧。"

"当然了。咚咚山的狸妖嘛。"

"不止如此哦。"团五郎挺起胸膛，露出骄傲的神情，"在下乃是狸妖首领团九郎的儿子，下一任首领的竞争者，团五郎！"

"哦。"我似乎有些明白了。

"自从唐朝我们狸妖一族迁徙到此地，已经一千多年了。每六十年，咚咚山和嗵嗵山两族就会举办一场竞赛，以鼓声优劣重新推举出一位首领……"

"这个我听木场老爹说过。"我插话道，"新首领选出来后，那原先的老首领呢？"

"会成为我们狸妖一族的长老呀。"团五郎揉了揉圆圆的鼻子，"我刚才说了，现在的首领是我的老爹团九郎……"

"你们狸妖一族的名字很有趣呢。"我说。

"正是。狸妖的名字和人类不同，比如我们咚咚山一族，族长一家都姓团，然后按照排行取名字，比如我老爹团九郎，他就是爷爷的第九个儿子……"

"那你之前，岂不是有四个哥哥？"

"是啦。"团五郎肥嘟嘟的身体晃动了一下，"我有四个哥哥，三个弟弟，两个妹妹……"

"真是……人丁兴旺呀。"我说。

"对我们狸妖一族来说，天目日最为重要，那是选出首领的大日子。能成为首领，是所有狸妖的理想。所以，不管是咚咚山，还是嗵嗵山，都会做好充分的准备。"团五郎看着我说，"首先要举行初选，就是在所有合格的年轻狸妖中举行初赛，那是十分严格的。初赛之后，挑选出来的几位预备者，会经过几十年更加严格的培训和学习，往往都是由长老亲自教授，最后才能确定最终的决赛者……"

这么一说，还真是厉害呢。

"看来，笨蛋五郎你，很不错呀。"我说。

"哎呀呀……"团五郎有点不好意思，揉着鼻子，"不是哦，老爹的所有儿子里，我是最没用的一个。"

"那为什么会选你成为决赛者？"

"老爹有八个儿子，不管是我的哥哥还是弟弟，都比我优秀多了。他们法术高强，又很聪明，而我，法术总是出洋相，而且又笨，真是……真是惭愧。"

"可你成了决赛者。"

"是呀。文太少爷，我虽然笨，但我十分努力。"团五郎说，"成为首领，赢得狸大鼓比赛，那是我的理想。为了理想，我什么苦都能吃。对我来说，练习大鼓技艺比什么都重要！"

团五郎骄傲地说："从六十年前拿起大鼓那一刻起，我每天都在练习，除了吃饭睡觉，风雨无阻。"

六十年？！竟然苦练了六十年！

"我知道我没有天分，但只要努力，坚持不懈，一定能做出一番成就来。"团五郎举起他的双手，"六十年，每一天我都没有浪费，从早到晚，手不离鼓，你看，我的手……"

他的手，全是茧子，而且指甲都磨没了。

真是顽强的毅力！我很佩服，甚至有些惭愧。

"别人花一分辛苦，我就花十分、百分！别人玩耍的时候，我在练鼓，别人睡懒觉的时候，我在练鼓……凭着这样的努力和坚持，我通过了初选，然后赢了我的哥哥弟弟们，最终成为咚咚山的决赛者！"

"勤能补拙！干得漂亮呀，团五郎！"连滕六都为团五郎喝彩。

"再过几天就是天目日了，你为什么不练鼓而跑到了黑蟾镇？"我问。

团五郎叹了口气："这只鼓，是历代祖先传下来的，是咚咚山一族的宝物，因为一直练习，我终于把鼓皮敲破了……"

"所以你带着大鼓下山，来到黑蟾镇，是想去找木场老爹，对吧？"滕六说。

"正是。木场老爹手艺高超，只有他能修好我的大鼓。"团五郎挠着头，"没想到半路上撞到了文太少爷，还打赌……真是抱歉呀，文太少爷！"

"你找木场老爹没用的。"滕六说，"他虽然手艺高超，可他没有'蟒顶甲'，巧妇难为无米之炊。"

"真的吗？"团五郎很吃惊，"那怎么办？！马上就要比赛了呀！"

"难道就不能换个鼓吗？"我问。

"当然不能！"团五郎直摇头，"咚咚山所有的鼓都比不上这只鼓的音色，而且，我一直使用它，换别的，没法发挥最佳的效果！"

"可鼓被你敲了个洞。"滕六笑起来。

"那可怎么办！"团五郎急得又哭起来。

"哈哈哈……"我大笑起来。

团五郎被我的笑声搞得莫名其妙。

"你的大鼓，我刚刚修好了。"我把鼓递给团五郎。

团五郎接过来，仔细看了看，发出欢呼声："哇！真的修好了！而且比原来的还要好呢！"

"真是笨蛋五郎！本少爷的手艺，可是一流的呢。带着它参加比赛吧，我和滕六会给你加油哦。"

"你的意思是……愿意换鼓了？"团五郎睁大眼睛。

"不是换。"我指了指那些金子，"我说了，这鼓是我的，但我愿意送给你，这些金子我不需要，你带回去。朋友之间，应该相互帮助。"

"你是说，愿意和我做朋友？"

"那当然了，笨蛋五郎！"

"真是……无比感谢！"团五郎郑重地给我行礼。

"好啦好啦，赶紧回去练习吧。"我哈哈大笑。

就这样，送走了千恩万谢的团五郎。

"不错的狸妖哦。"滕六说，"比少爷你强多了。"

"你这句话很过分！"我生气道，"去，把我们家的大鼓拿来！"

"啊？你要大鼓干什么？"

"过几天就是镇里的大鼓祭，我是代表方相家的男人！连团五郎都这么努力，我怎么能给方相家丢脸呢！"

"说得好呀，少爷！"滕六跳起来，"好，我这就给你拿。"

接下来的几天，我都在刻苦练习。

对我来说，真是一件辛苦的事情。

大鼓的技艺很复杂，要完全掌握，几乎不可能，而且敲起来很容易腰酸背痛，双手磨得又红又肿。

"少爷，加油哦！想想团五郎！"滕六给我打气。

是呀，一想到团五郎，我就重新鼓起热情——总不能输给那个笨蛋吧。

天目日这个晚上。黑蟾镇所有人都停下了手里的活儿，黑夜中，倾听着来自深山的声响。

此刻，咚咚山和嗵嗵山无数的狸妖云集在某个山谷里，团五郎带着我修好的大鼓，当着无数狸妖的面，登上舞台，参加比赛。

"可惜看不到现场情形。"我说。

嗵！嗵嗵嗵！

鼓声，响了起来！

应该是嗵嗵山的决赛者，团五郎的对手。

不得不说，水平很高，鼓声很响。

接着，咚！咚咚咚！

"团五郎也敲响鼓啦！"滕六说。

"加油呀，笨蛋五郎！"我握紧拳头，为遥远的团五郎鼓劲。

嗵嗵嗵！

咚咚咚！

嗵嗵嗵！

咚咚咚！

嗵嗵嗵！

咚咚咚！

狸大鼓的铿锵之音，响彻群山，持续了整整一个晚上！

……

"少爷，该起床了！"第二天早晨，我被滕六叫醒，"都已经快中午了！"

"知道啦。昨天听得太晚，好困。"我坐起来，看着滕六，"你说，团五郎赢了吗？"

"不知道呢。昨晚的比赛十分激烈，双方不相上下。"滕六说。

"好想知道结果呀。"

"你就别操心了，赶紧起床，今天晚上是大鼓祭，你得上场呢！"

"哎呀呀……"一想到今天晚上的比赛，我就头疼。

"滕六，我觉得我赢不了比赛，镇子里那些家伙技艺高超，而且还有力气，我可是只敲了几天的鼓……"我一点儿信心都没有。

"这几天，你很努力呀，少爷。"滕六说，"只要努力，就好。"

"说的也是。"我穿好衣服，"咱们继续练习！"

终于到了晚上。

吃完饭，我背上大鼓，准备出门。

黑蟾镇已经成了欢乐的海洋，所有人都走出家门，涌向湖边。

咚咚咚。咚咚咚。

到处都能听到鼓声。

那样响亮的鼓声，又让我担心起来。

"那个……打扰了……"庭院里，传来声音。

是团五郎！

穿着红色小褂，圆滚滚的团五郎。

他满脸是笑地站着，手里拎着用树叶包裹的几条大鱼。

"哎哟哟，团五郎呀！"我兴奋地说，"昨晚的比赛，怎么样？"

团五郎向我鞠了个躬："托文太少爷的福，昨晚我赢了，如今，是狸妖一族新的首领呢。"

"可喜可贺！"我太高兴了，"干得漂亮！"

"这是我的谢礼。"团五郎把大鱼放在一边，"另外，听说文太少爷要参加大鼓祭，我特来给你加油。"

"这个……"我挠着头，"和你比起来，我真是差远了，一点儿信心都没有。"

"少爷已经很努力了。"团五郎笑起来，然后从怀里掏出一个小东西，放在了我的手上。

一块雪白、晶莹的小石头。

"这是什么？"我问。

"这是我们狸妖的大鼓石！"

"干什么用？"

"这是宝物，只要佩戴在身上，就会给大鼓增加无比响亮的音色！少爷，你一定会赢的！"

"哎呀呀，太好啦！"我把大鼓石装进口袋里，顿时信心满满。

有宝物在身，我一定能赢！

"那么，我就在此，恭候二位凯旋啦。"团五郎呵呵一笑，拎着鱼走进厨房。

"滕六，走吧！"我背着鼓，昂首走出家门。

咚咚咚！

咚咚咚！

咚咚咚！

那天晚上，黑蟾镇真是无比热闹。

等我们回到家里，团五郎已经做好了一桌丰盛的饭菜，翘首以待。

"辛苦了，文太少爷，结果怎么样？"他问。

"当然赢啦！笨蛋五郎，多亏了你的大鼓石！"我全身是汗，大笑着。

"真是可喜可贺！那么，请坐下来尝尝我的手艺。"团五郎也笑。

我把大鼓放在走廊上，坐下来，吃着团五郎做的鱼。

不得不说，团五郎做的菜，比滕六好多了，色香味俱全。

"可惜笨蛋五郎你没去看，人山人海，哈哈，本少爷我敲响大鼓，咚咚咚，一路过关斩将，赢得了比赛。大鼓石，果然是宝贝呀，我感觉鼓声比以前响亮多了！"我说。

"哈哈哈哈。"团五郎笑得前仰后合，"那是少爷你厉害，和大鼓石没什么关系。"

"为什么？"

"因为……那就是一块普通的石头呀。"

"嗯？笨蛋五郎，你竟然骗了我！"

"实在对不起。我看文太少爷没信心，就编了个善意的谎言，其实那块石头，就是我随便捡来的。"团五郎郑重向我道歉，然后说，"干什么事情，信心最重要，不是吗？"

"哈哈哈！真是笨蛋五郎！好吧，看来赢得比赛，的确是本少爷我厉害呢！"

"说的是呢。功夫不负有心人。"团五郎说。

"快吃吧，鱼都要凉了。"滕六说。

"这么高兴的时刻，想听一听笨蛋五郎你的鼓声呢。"我说。

　　"那，我就献丑了。"团五郎拿出了他的狸大鼓。

咚咚咚！

咚咚咚！

咚咚咚！

铿锵有力的狸大鼓，又响了起来。

护门草

门之草

护门草，常山北，草名护门，置诸门上，夜有人过，
辄叱之。

——唐·段成式《酉阳杂俎》

花开得真热闹。

或许只在这样的乡野，才会有如此的花海吧。

我所在的这栋大宅，已被花影充盈。

院子本来就大，郁郁葱葱地生长着各样的植物，接连的春雨之后，一朵朵花争先恐后地绽放开来。

家里两人，滕六忙着杂事，我游手好闲，疏于打理，它们便自由生长，开得烂漫。

墙边是一簇簇的野蔷薇，花朵洁净，接连成片；院中的流水浅石上，开着水仙，亭亭玉立的花骨朵，如同幽谷中的佳人；迎春花毫无顾忌，拥挤在一起，将廊墙涂抹成一片绿黄交织的锦毯；瑞香则不声不响，圆球样的花朵随风摇曳。

最惹眼的，是白玉兰。一株老树，枝干颀长，白色的花束，如同一盏盏灯笼，摇曳着，几乎铺展到窗口。

空气里弥漫着沁人心脾的花香，树影倾斜，月华如练。

这样的夜晚，最适合出门闲逛。

可惜呀，少爷我不能出家门一步。

前些日子，因为贪玩，不小心着凉了，当晚便发起高烧，后来牵连着哮喘病犯了，呼吸急促，陷入昏迷，把滕六吓得半死。

养了五六天，虽说身体渐渐好起来，可全身乏力，只能可怜地窝在被子里，成了废人一个。

一个人待着，真是无聊！

今晚精神好些，我苦苦哀求了一两个小时，滕六才答应我在走廊上待会儿。

"笨蛋少爷，待一个小时就要回屋哦！再着凉犯病，我可不背着你去找大夫。"滕六在走廊上铺了床，用被子将我裹成粽子，唠叨个没完。

他要去山下进货，听说最近百货店生意不错。

"不能在外面停留得太晚，被妖怪盯上了，笨蛋少爷就成滚蛋少爷了。"滕六背上箱子，临走的时候还不放心地叮嘱。

"滚蛋吧，你这家伙！"我笑着喊道。

"家里我都交代好了，会早点儿回来，你也不要太想我。"他一边换上鞋子一边说。

鸡皮疙瘩掉了一地！

平日里不苟言笑、一本正经的混账家伙，说出这样的话，更肉麻。

"赶紧滚蛋吧！"我大声说，"鬼才想你呢！"

发了一通脾气，终于把这家伙打发走了。

我躺在被子里，惬意地出了口气，拿出了偷偷藏起来的蜜饯。

夜深人静，虫鸣鸟语，花影斑驳，配上甜甜的蜜饯，不错哦。

不过，我察觉滕六刚刚有句话很奇怪——家里我都交代好了……

不对呀，家里就我们两个人，他跟谁交代？

难道，宅子里还有别的家伙？

我看了看周围——各个房间里都黑咕隆咚，只有走廊上亮着一盏昏黄的油灯。院子的角落里、池塘、假山、高树、草丛……都被黑暗笼罩。

突然，我有些害怕了。

原先看似美好的那些东西——月光、花海、夜色，瞬间变得诡异起来。

深山中的大宅，大宅中孤身一人的我……

等蜜饯吃完——滕六，你快点回来吧！

"站住！你们干什么？"隐隐地，传来一声呵斥。

吓我一跳。

听起来，似乎是个女孩，声音清脆，带着怒气。

来自前方宅门。

"我们……我们……只不过要去院子里玩……"接着是一阵窸窸窣窣的回应声。

"不行！"女孩一口回绝。

"以前都可以的呀。"

"那是以前！今天不行！这段时间都不行！"

"为什么？"

"我家玉树临风、世间无二的少爷病啦！那样子，真让人心疼死！滕六大人真的太过分了，连少爷都照顾不好……"女孩的声音带着哭腔。

"文太少爷，病了？"

"当然啦！这种事，还能开玩笑不成？！赶紧回去，不然扒了你的皮！"

"那……好吧。愿少爷早点康复……"

"废话！我最心爱的少爷，当然会好起来的！"

很快，外面安静了。

我有点儿毛骨悚然。

宅门那边，除了一座小小的木头门楼、两扇杉木大门，就再也没别的了，三更半夜的，谁会在那里说话？！

冷汗，从我的额头上，冒了出来。

虽然还没到一个小时，我想，我应该回房间了。

滕六说得对，在外面待久了，会着凉犯病的。

我爬回房间，大被蒙头。

周围太静了！静得连一根针落在地上都能听见，静得能听到自己的心跳。

树枝摇动发出的声响，木门的吱吱嘎嘎声，呜呜的风……好像有什么掉在地上，啪嗒，是落下的花瓣，还是有人在走？

我蒙着被子，全身是汗，瑟瑟发抖。

"扒了你的皮……"

之前的那句话，好像是这么说的。

听说女鬼喜欢扒皮，一手揪着人的头发，另一只手使劲往下一拽，哗啦，就扯下一张皮。

龇牙咧嘴的女鬼哦。

滕六……滕六……

我面前，浮现的是那个混蛋家伙的脸。

"你也不要太想我……"

过分哦！太过分了！

那晚，滕六再晚点儿回来的话，我估计就要在被子里窒息，变成真正的"滚蛋少爷"了。

"哎哟哟！真是笨蛋少爷！怎么全身是汗，连被子都湿透了？"滕六掀开被子，气愤地说，"你干吗呢？"

"滕六……"我抓住他，眼泪止不住地往下掉，"你可算回来了！"

"当然啦！只不过去山下进货而已！"

"你回来就好。呜呜呜。"

"哎呀呀，怎么哭成这样！鼻涕抹了我一身！"

"家里有鬼啊！"我抹着眼泪。

"有鬼？笨蛋少爷！哪里有鬼呀！真是让人无语！"滕六气坏了，"你能不能像个男子汉？！"

"真的！我听到前面有人说话……"

"怎么可能会有人说话！家里就我们两个人，我走了，就你一个……"

"是呀，就我一个，那谁在说话？"

"没人啦！已经半夜了，赶紧睡觉！"

"你不要走哦。"

"真是麻烦！好吧，我就在这，看着你睡。"

"我睡着了，你也别走。"

"知道啦，笨蛋少爷！"

那晚，我吞咽着眼泪，抓着滕六的手，睡着了。

第二天，我起得很早，晃晃悠悠出了门。

滕六在打扫庭院，看着我，睁大了眼睛："你怎么跑出来了？"

"今天天气好，我想出来走走，晒晒太阳，呼吸呼吸新鲜空气。"

"也是呢。老在屋里闷着，也不行。"滕六放下笤帚，给我加了一件外衣，"还是有些风，虽说是春天了，但是不能马虎大意。"

"我可以出去走走吗？"我问。

"不行！"滕六咬牙切齿，"你彻底死了这条心！"

"那我到大门前，总行了吧？"我转了转眼睛。

"如果出门一步，我是不会客气的！"

"知道啦。"

我嘴角露出得逞的笑，晃晃悠悠穿过院子，来到大门口。

没什么不同。小小的木制门楼，因为年代久远，有些腐朽了，瓦片落满尘土，生长着杂草、藤蔓。

杉木大门倒是被滕六收拾得很好，细心地涂上了桐油，亮光闪闪，发出好闻的味道。两边是雪白的围墙。除此之外，空空荡荡。

我来回打量了一番，这样的宅门，藏一只鸟什么的没问题，但绝对没法藏一个人！

那么，如此说来，昨晚在这里说话的，肯定就不是……不是人了！

我晃了晃，觉得自己似乎又要发烧了。

……

"晚上我要去木场老爹那里。"晚饭时，滕六说。

"干吗？！"我惊慌地放下碗。

"我哪里知道，他让我去的。"

"能不去吗？"

"说是有很重要的事呢。"滕六白了我一眼。

"那岂不是家里又只有我一个人？"

"这有什么关系？你可是个男人哎！笨蛋少爷！"滕六恶狠狠地说。

吃完晚饭，不顾我的请求，这个混蛋竟然真的狠心走了。

而且，走的时候，他还幽幽地说："放心，家里我都交代好了。"

交代……好了……

我，还是回屋吧。

房间里所有的灯都点亮了。我蒙着被子，瑟瑟发抖。

外面，一丝风都没有，寂静无声。

度日如年中，那个声音突然响了起来——

"躲起来的那个混蛋！我看到你了！"

那个女孩子的声音。

是说我吗？我战战兢兢："那个，我不是躲，我只是……"

"快滚出来！"对方咆哮。

"好……的……"我慌忙放下被子，乖乖站在床前。

"别以为躲在树下我就看不见你！放肆的家伙！"

躲在树下？

我四下看了看，哦，应该说的不是我。

"竟然敢到这里来，胆子不小！"她的声音带着愤怒，又好像带着嘲笑。

我耳朵贴紧门，听到大门方向传来奇怪的嘶嘶声。

"快点儿滚！不然我拆了你的骨头，咔吧咔吧嚼着吃！"

嚯，真是嚣张、可怕的女孩哦！

很快，嘶嘶嘶的怪声，消失了。

我松了一口气，回到了床铺。

就在我即将睡着时，又听到说话声。

"你还有脸来？！"女孩说，"少爷的病，全是因为你！"

"那个……真是抱歉。不过，我也不是故意的，文太少爷说去钓鱼……"一个熟悉的声音说。

"他说钓鱼，你就带他去吗？河水那么深，万一少爷掉下去怎么办？他连游泳都不会！河滩上都是石头，万一跌倒受伤，我最心爱的少爷哦，真是会让人心疼死！"

"万分抱歉！少爷病了，我也很内疚，所以才带着礼物前来探望。是少爷最喜欢吃的栗子哦。"

哈哈，这声音，我听出来了，是团五郎，咚咚山狸妖团五郎！

我拉开门，走出去。

"不行！少爷病没好之前，谁也不见！你还是回去敲你的狸大鼓吧！"

"我看一眼文太少爷就走。"

我扶着走廊上的柱子，高声说："是笨蛋五郎吗？"

大门处的对话戛然而止。

"哦，文太少爷，是我呀，团五郎！"

"那还不快点进来！"我大笑。

"你看看，是少爷让我进去的哦。"团五郎大笑，然后大门推开，走了过来。

圆滚滚的他，拎着一袋圆滚滚的栗子，来到走廊前，深深鞠了一躬："抱歉，文太少爷，这么久才来探望……"

"和你的栗子一起滚进来吧！"我说。

团五郎进了屋，放下栗子："刚烤好，滚烫着呢。"

"正好饿了。"我大笑，开始剥栗子。

"刚才你跟谁在说话？"有团五郎在跟前，我一点儿都不害怕了。

"这个……"团五郎挠了挠头，"文太少爷，我不能说哦。"

"为什么？"

"滕六大人交代过的，说了，我会被他揉成肉饼的。"

"我让你说，也不行？"

"请您体谅我的难处！"团五郎五体投地，可怜巴巴地看着我。

"好吧好吧，等滕六回来，我直接问他好了。"

滕六回来的时候，栗子被我吃光了。

看着一地的栗子皮，还有打着饱嗝的我，滕六像一头愤怒的狮子，抓住团五郎的衣服领子，直接将他扔了出去！

可怜的团五郎，在空中划出一道漂亮的弧线，惨叫着，落入远远的林子里。

"笨蛋！"滕六怒气冲冲。

"你说的笨蛋，指的是我吗？"

"难道这屋里还有别人吗？！"滕六翻着白眼，"病还没好，哮喘随时都可能再犯，你竟然和那只臭狸猫一起吃这种又甜又油的炒栗子！说你笨蛋，委屈你了？"

"那个，团五郎只是探访我而已。"

"我早说了，你病好之前，谁也不见！真不知道朵朵怎么办事的。"

"朵朵？谁是朵朵？难道是门那边……"

"这个，不是你应该知道的事！"滕六端来水，给我洗了手，然后把我扔上床，咣当一声关上了门。

第二天，我一大清早就再次来到了门口。

我确定朵朵肯定就在门这里。

但是门楼就那么大地方，一眼就能看清楚。

"好像除了这片藤草，就没其他可疑的东西了。"我自言自语。

门楼顶上的一片藤草，颜色青翠，拖成一片，不过仔细看，应该是一大棵。

这样的藤草，我从来没见过。

"连朵花都开不出来，真是的。"我摇了摇头，失望地离开了。

这一天，不管我怎么询问，滕六都不肯跟我多说。

"什么？晚上你又要出去？这次去干吗？"晚饭后，我叫了起来。

"我去收拾一下团五郎。去去就回。"

"算了吧，出去钓鱼，也是我的主意。"

"一码归一码，这的确是你的笨蛋主意，但他是从犯，必须得教训一下！"滕六冷笑着离开了。

看来，笨蛋五郎今天要倒霉了。

为了防止滕六回来将怒火转移到自己身上，我罕见地早早上了床。

　　之后，一直很安静，什么事都没发生。

　　似乎过了很久，我听到了哭声。

　　幽幽的哭声。

　　"呜呜呜！呜呜呜！"那个女孩哭得很伤心。

　　"哎呀，朵朵，你哭什么？我已经狠狠揍了团五郎一顿！"是滕六。这家伙的声音十分肉麻。

　　"不是那只臭狸猫啦！呜呜呜！人家很伤心！"

　　"为什么呀，朵朵？"

　　带着强烈的好奇心，我偷偷爬起来，光着脚走向大门。

　　"我最心爱的少爷，不喜欢我啦！呜呜呜！"

　　"笨蛋少爷不喜欢你？怎么可能呢，朵朵人见人爱。"

　　哟哟哟，让人掉鸡皮疙瘩的滕六！

　　"不对呀，朵朵，少爷根本就不知道你，怎么会不喜欢你呢？"滕六说。

　　"少爷不喜欢我啦！我亲耳听他说的！"

　　"他怎么说的？"

　　"'连朵花都开不出来，真是的。'少爷就是这样说的。呜呜呜，我心爱的少爷，不喜欢我啦！呜呜呜！"

　　到大门口了。我贴着门缝往外看，见皱眉的滕六面前，站着个女孩儿。

　　十三四岁的女孩儿，穿着花锦衣，丸子头，大大的眼睛忽闪忽闪的，雪白的皮肤，粉嘟嘟的脸蛋。

　　好可爱哦！

　　不过，她在哭。伤心地哭。

"所以说他就
是个笨蛋少爷呀！
你是草，草怎么可能
开出花呢！"滕六擦
了擦她的眼泪。

"可是少爷喜
欢花，我知道的。"
小女孩儿说。

"不要管那个
笨蛋啦！"

我忍不下
去了，使劲推
开门："滕六，
这是谁呀？"

"哎呀呀，
被少爷看见
了！"叫朵
朵的女孩，一张
小脸唰的一下羞得通红。

红得如同烂漫的山桃！

她捂着脸，飞到了门楼上。

"你怎么能偷听别人谈话呢！"滕六一下把我拎了过来。

"我也不是故意的呀。"我看着门楼上的身影，"这么可爱
的小女孩儿，谁呀？"

"哎呀呀，少爷……少爷说我……可爱呢！"她双手捂着

脸，更害羞了。

"叫朵朵！"滕六说，"咱们家门上的守护者。"

"门上的守护者？为什么我以前没见过？"我问。

"当然！因为她是妖怪啦！"

妖怪？天底下怎么可能有这么可爱的妖怪！

"她是护门草，守护着这所大宅的安宁，这几晚，多亏了她，你才平平安安的。不过你竟然说出那样过分的话……"滕六恨不得揍我一顿。

"滕六大人！"朵朵从门楼上探出半个身子。

小女孩儿忽闪忽闪的一双大眼睛看着我，脸红得像个苹果："这不关少爷的事！他说什么都不过分，谁让他……是我最心爱的少爷呢……"

她又羞得要捂脸了。

"少爷……朵朵……会……让你喜欢的……"说完这句话，朵朵消失在门楼上。

"她什么意思？"我昂着头，问滕六。

"笨蛋少爷呀！"滕六长叹一声。

……

第二天，我突然觉得神清气爽。

不发烧了，身体似乎重新有了力气，最关键的是，哮喘没有了。

滕六认真给我做了检查。

"终于好了，不过，还得注意。"他说。

"那我今天可以出门了吧？"

"可以在门外的山道上走走，半个小时后回来。"滕六扔下这句话，就忙活去了。

我如蒙大赦，高高兴兴出了门。

来到门口，吹着柔软的春风，看着眼前的大好春光，真是惬意。

沙沙沙。

听到身后传来一阵轻轻的响声。

转过身，昂起头，只见门口上的那片青翠的护门草中，竟然开出一朵花来。

一朵硕大的、粉嘟嘟的可爱花朵，在风里摇曳着。

"好美的一朵花！真漂亮！"我开心地说。

水之桥

故水石者精，名庆忌，状如人。乘车盖，日驰千里。以其名呼之，可使入水取鱼。

——《白泽图》

洄泽数百岁，谷之不徙，水之不绝者，生庆忌。庆忌者，其状若人，其长四寸，衣黄衣，冠黄冠，戴黄盖，乘小马，好疾驰，以其名呼之，可使千里外一日反报。

——晋·干宝《搜神记》（引自西汉·刘向《管子》）

　　"最近生意相当不错哦。"滕六一边喝着粥，一边说。

　　所谓的生意，应该就是那些香鱼干吧。

　　春天来了，草木葱茏。深山上的雪水融化，从高处流下来，穿过森林和岩石，汇聚成小溪，然后沿着蛤蟆川汇入大湖，接着是浩渺的大海。

　　沉寂了整整一个冬天的河流湖泊，变得热闹非凡。鱼儿成群结队，欢快地游弋、产卵。

　　蛤蟆川里有着大大小小的石头，层层叠叠的，上面长着地苔藓、水草，是香鱼的最爱。

　　这种身体狭长、犹如淡黄色的梭子一般的小精灵，甚至能顺着蛤蟆川逆流而上，一直冲到深山中。

　　眼下，是捕获香鱼的绝好季节。

　　每年这个时候，黑蟾镇的人就会忙碌起来。有人（比如滕六）背着竹子编制的长长的鱼笼，天黑时在浅水中闷下，早晨拎上来，就会收获满满；有的则驾着小舟，划行到水深静谧处，看准鱼群，撒下渔网，也能满载而归。

香鱼味道鲜美，尤其是刚捕获的，用柳条穿上，放在火上烤，耐心翻动，只需要撒上一点白色的细盐，便清香四溢。趁着热乎劲，轻轻咬一口，简直全身都会幸福得颤抖。

多余的香鱼，可以制成鱼干。把鱼剖开，清洗干净，挂在檐下，经过阳光和风的加工，带有大自然独特的风味。鱼干是酒馆里必不可少的佳肴。

滕六这段日子，起早贪黑地忙活，院子里挂起的香鱼干，多得如同一枚枚银饼，闪闪发光。

他捕获的香鱼，个头均匀，做成的鱼干成色极好，向来供不应求。每年这个时候，山外都会有不少人特意前来拜访，留下丰厚的订金。

"我这两天要去山下送货。你不要惹事。"吃完饭，滕六将鼓鼓囊囊的几袋鱼干放在马车上，对我说。

"放心啦！"我拍着胸脯打包票。

赶紧滚蛋吧！本少爷可算是自由啦！

住在这所乡下大宅，尽管风景优美，但终日无所事事，极为无聊。因为我身体不好，滕六很少允许我出去，简直就是变相的囚禁。

所以将他送走后，我飞快地换上衣服，穿上长筒鞋，带好了干粮、水壶，然后找来鱼竿和鱼篓。

本少爷要出去钓鱼啦！

在我看来，黑蟾镇的这些人，捕鱼的方式太过粗鲁。

春光烂漫，碧空澄澈，在煦风吹落的花雨下，坐在河边，举着鱼竿，一边喝着茶，一边盯着潺潺的流水，随手一提，一条银光闪闪的香鱼便上了岸，然后随手翻烤，边吃边钓……这才是享受。

嘿嘿！

"打扰啦。"就在我即将收拾妥当时，身后传来一个声音。

"啊哈，是笨蛋五郎呀。"我转过身。

圆滚滚的身子，圆滚滚的脑袋，圆滚滚的眼睛，红色的小褂，红色的短裤，光光的短腿儿，红色的木屐……

果然是咚咚山的狸妖团五郎。

他看着我，深深鞠了一躬，然后说："文太少爷……你这是……准备出去钓鱼吗？"

"当然啦。一起去？"我笑起来。

团五郎是个不错的钓友，他熟悉周围的环境，尤其知道哪里的香鱼又多又大。

原因很简单——对于狸妖而言，世界上没有什么东西比香鱼更有诱惑力的了。

"那太好啦！文太少爷不仅钓鱼的技术高超，烤出来的香鱼……哇哇哇，那简直是人间美味……"团五郎双目放光，流出了口水。

"可是，文太少爷，抱歉，我不能答应你的邀请。"团五郎又说。

"担心滕六把你揍一顿？"我乐了起来。

不久前，我和团五郎私自跑出去钓鱼，玩到很晚才回来，结果我着凉发烧，哮喘病发作，将养了大半个月才好。为这件事，滕六发了很大的火，还狠狠教训了团五郎一番。

"我脑袋上的包，还没消呢。"团五郎可怜巴巴地低下头。

果然，他的脑袋上，红肿一片。

"下这么重的手，太过分了。"我点点头，"不过，滕六这几天不在……"

"啊？那就是说……"团五郎眯起了眼睛。

"那就是说，没人管我们了。"我哈哈大笑，"怎么样，一起去？"

"如此，便让我团五郎做个文太少爷的小跟班吧。"

"对呀，这样才像话。"

我们俩沆瀣一气，收拾好东西，哼着歌儿准备出门。

"你们，又打算去钓鱼吗？"走到大门口，上方露出一张粉嘟嘟的生气的脸。

"原来是朵朵。我们……准备去走走。"我说。

朵朵是棵护门草，简而言之，就是看守大门的可爱小妖怪。

"少爷……你……你这有些不合适吧……"她一张小脸羞得通红，然后狠狠瞪了团五郎一眼，"臭狸猫，上次你把我最心爱的少爷带出去，就把他搞得生病了！"

"真是万分抱歉！那一次……"团五郎挠着头。

"那一次，纯粹是失误。放心，我们不会再有第二次。"我摸了摸朵朵的小脸，"待在家里，实在是无聊，我出去逛一圈，就立刻回来。好朵朵……"

"哎呀呀，少爷真是……"朵朵脸红得快要昏过去，"天黑之前就得回来哦。"

"遵命！"

就这样，我和团五郎踏上了钓鱼之旅。

　　沿着长长的青石板路，走出镇子，眼前群山绵延，林莽秀美。草木肆意生长，高大的树倒映着流水，连空气都是香的。

　　"去哪里钓呢？"我问团五郎，"渡口怎么样？"

　　上次在渡口，钓了不少。

　　"不行了。"团五郎说，"那地方的香鱼，几乎都被滕六大人抓完了。"

　　"前面的河湾呢？"

　　"那里倒是有，不过都不大，而且现在肯定有不少人捷足先登。"团五郎想了想，"文太少爷，我倒是知道个地方，香鱼又大又多，但是那里很少有人去，比较偏远呢。"

　　"有多远？"

　　"走十几里的山路，河流和湖泊的交汇地，有片沼泽……"

　　"是云梦泽吗？"我紧张起来。

　　的确是偏僻之地。那里荒无人烟，被草木、淤泥吞没。滕六警告我很多次，不让我去那附近晃悠，说很危险。

　　"正是。那里没什么人，而且水浅，阳光照射后，暖暖的，香鱼最喜欢。"

　　一想到香喷喷的香鱼，我就怦然心动了。

　　"那就……走吧。"我说。

　　我们两个沿着山路走向沼泽的方向。

　　阳光越来越猛烈，晒得昏头涨脑，腿像灌了铅，一点儿力气都没有。我喘着粗气，伸出舌头，累得像一条狗。

　　"好累！这也太远了吧！"我说。

　　"少爷，所有的东西，是我在背着哦！"团五郎发出抗议，"你只不过空着手走而已！"

"东西当然要跟班来背啦！笨蛋五郎！"

"哎哟哟，你还真是少爷呢！"

……

如此叽叽歪歪，快到中午，才终于看到了那片沼泽。

从深山发源的河流，在这里转了个弯，水流变得缓慢，原本的泥沙逐渐沉积，久而久之，就成了沼泽。

柳树、蒲草、荆棘、藤蔓……各种各样的植物占据着有利地势，郁郁葱葱。阳光照射下，闪闪发亮，那是淤泥突出的泡泡反射的光芒。

"怎么去里面？"我犯了难。

"去里面？"团五郎像看着白痴一样看着我，"文太少爷是笨蛋吗？进去就会陷进淤泥里死掉的！"

"不进去的话，在哪里钓鱼？"

"当然是那里！"团五郎指了指。

哦，原来是沼泽旁的一片浅滩。

"那里位于河道的中央，是一片突起的卵石地，水不深，从岸边就能走过去，肯定能钓到大鱼。"

"还有一棵大山茶树遮阳，不错！"对团五郎的眼光，我赞叹有加。

我们两个脱下鞋，卷起裤腿，涉水而过，来到浅滩，准备一番，伸出鱼竿。

"少爷尽可施展钓鱼绝技，团五郎我就祝你马到成功啦！"团五郎将小炉子架好，取出铁网、盐罐，舔着嘴唇，等着鱼上钩。

我坐在马扎上，聚精会神地盯着水面。

眼前的河水很清。涟漪下起舞着绵长的水草，俨然是幽幽生长的水下森林。

　　我兴致高昂地等了很长时间，鱼浮竟然一动不动。

　　"笨蛋五郎，这里真的有香鱼吗？！"

　　"绝对有！少爷你耐心点儿。"

　　一个小时后，依然没鱼咬钩！

　　"怎么可能呢？昨天我还看到有很多鱼呢，而且这里没人来……"团五郎说。

　　"没人来？难道那不是桥吗？"我指了指旁边。

　　几百米外，是一座小桥。

　　一座简陋的小桥。那里是河流的最窄处，河岸只有十几米宽，两根砍伐下来的原木横在上面，就成了一座桥。

　　不过，原木从中间断了，一半掉进了河里。

　　"那是摆子爷爷的桥。"团五郎说。

　　"摆子爷爷？谁？"

　　"你连摆子爷爷都不知道？"团五郎诧异地看着我。

　　"废话！我又不是这里的人，而且整天被滕六关在家里。"

　　"哦。"团五郎表示理解，"摆子爷爷不是镇里人。据说快九十岁了。一个人住在附近。因为他腿瘸了，走路一拐一拐的，所以我们都叫他摆子爷爷。"

　　是个老人家呢。

　　"他家住在河东岸……"团五郎指了指，"种的田地，在河西岸，所以就搭了那座桥。"

　　团五郎似乎对事情很清楚："摆子爷爷的地里，种的不是庄稼，而是蔬菜和水果，萝卜、青菜、豌豆、白菜，对了，尤其是萝卜，水灵灵的，咬上一口，咔嚓，又脆又甜……"

"你怎么知道又脆又甜？肯定是你偷过摆子爷爷的萝卜吧？"我说。

"这个……嘿嘿嘿。"团五郎笑了笑，然后叹了一口气，"不过，听说摆子爷爷出事了。"

"怎么了？"

团五郎说："去田地劳作时，出了意外。伤得不轻。据说现在还在家休养呢。好像，是从桥上掉下来了。"

"走，去看看那座桥。"反正钓不到鱼，不如去瞅瞅。

我们两个离开河滩，来到桥跟前。

两根原木虽然又大又粗，但看上去年代久远，早就腐朽了。

"应该是过桥时原木断了，才掉下去的吧。"我说，"噫，这里很奇怪呢。"

桥的另一边，堆着很多石头。大大小小都有，最大的一两百斤，最小的不过拳头大。

肯定是河里的石头，光滑洁净，被细心地垒起来。

"看来有人想在旁边修桥。"团五郎说。

"手艺也太差了。这里水流湍急，没有木材，光靠这些石头，肯定不行的。"

"说的是。"团五郎点点头，"不过，是谁干的呀？摆子爷爷躺在家里，又没拜托别人。"

"的确奇怪。"我挠着头。

咕噜噜。团五郎的肚子叫唤起来。

我也饿了。

"我们还是赶紧开饭吧。虽然没有钓到香鱼，可带了干粮，滕六昨天做的红豆馅粽子。"

“那真是太好了，我就不客气啦。”团五郎说。

回到河滩，我打开干粮袋子，顿时火冒三丈："团五郎！你怎么能偷吃呢！"

“偷吃？什么意思？”团五郎有点儿莫名其妙。

“你看看！干粮袋是空的，里面的十几个粽子全没了！”我发起火来，"这不是你们狸妖最喜欢干的事情吗？"

“哎呀呀，少爷，你冤枉我了！我怎么敢偷吃呢！再说，我一直跟你在一起呀！"

是哦！

“那会是谁干的好事？”我说。

团五郎拿起干粮袋，使劲闻了闻，然后四处转了转："少爷，你看！"

我来到他旁边，看见山茶树的后方，地面上，有一串湿漉漉的脚印。脚印从干粮袋那边过来，一直延伸到河里。

“有人偷了我们的粽子！”团五郎怒气冲冲，"太过分了！"

“不可能吧。”我指了指周围，"这里很空旷，要是有人，肯定能看到的。"

“可这儿分明就有脚印！”

“似乎是从河里出来，然后又回到了河里。”我说。

“太狡猾了！”

香鱼一条没钓到，干粮也没了，我完全失去了兴趣，决定打道回府。

两个人垂头丧气地饿着肚子走了十几里山路。等回到家时，已经是黄昏。

我累得瘫倒在椅子上。

"少爷，没事吧？"朵朵看着我的样子，很担心，然后转脸训斥团五郎，"臭狸猫，果然不靠谱！少爷怎么会成这个样子？"

"当然了，鱼没钓到，干粮被人偷了……"我哭丧着脸，"我好饿呀。"

"少爷，暂且忍忍。"朵朵赶紧忙活开来，很快端上了饭菜。

我趴在桌子上，狼吞虎咽。

"怎么会钓不到鱼呢？你不是说你是最好的向导吗？"朵朵问团五郎。

"我也纳闷呀！那地方分明有很多鱼。"

"干粮被偷了，又是怎么回事？"朵朵问。

团五郎将事情说了一遍。

"太奇怪啦！"朵朵也觉得不可思议。

咚咚咚。

这时，响起了敲门声。

"有人在家吗？"对方的声音，有些模糊不清，听起来咕噜咕噜的。

团五郎开了门。

一个打扮奇怪的家伙。

个头不高，和团五郎差不多，皮肤黝黑，嘴巴又宽又大，黄色草帽，黄色衣裤，手里拎着一串用柳条穿起来的香鱼。

"文太少爷，有客人来。请进，请进。"团五郎热情地打着招呼。

这个人，我从来没见过呀。

"你不能进来！"朵朵突然脸色沉凝，厉声喝道，"滚出去！"

"哎呀呀，朵朵，这样很不礼貌。"我说。

"是呀，人家是客人。"团五郎说。

"他不是客人。"朵朵说。

"不是客人，也是深夜前来拜访的人……"我说。

朵朵转过脸，看着我："少爷，对方，不是人。"

"哈哈哈，不是人……你的意思是……"我的笑容僵硬在脸上。

"妖怪？！"我大声叫了起来。

"妖怪？！"团五郎也吓了一跳，往后蹦了好远，摆出一副要打架的样子，"嚣张的家伙！竟然闯到这里！且看我团五郎的厉害！"

对方根本就没搭理团五郎，径直走到我的跟前，将那串香鱼放在地上，恭敬地行了一礼："别无他意，在下是来赔罪的。"

"赔罪？"我有些意外，"我根本就不认识你，何来的赔罪？"

"今天在云梦泽，因为实在太饿，偷吃了……"

"哦！原来你就是那个贼！"团五郎欢呼雀跃，"文太少爷，我就说了粽子不是我偷吃的！是他！是这个贼！"

"在下不是贼！"黄衣男白了团五郎一眼，"在下叫庆忌。"

"管你叫什么！是你偷吃了粽子，害得文太少爷和我饿了肚子！很过分！"团五郎说。

"所以，在下特意前来赔礼道歉。"叫庆忌的这家伙，指了指地上的香鱼。

估计有一二十条，又大又肥，是十分罕见的货色呢。

"这个……文太少爷，似乎可以原谅他。"团五郎口水又要流出来了，"我们烤鱼吃，怎么样？"

烤香鱼，实在比眼前的青菜米饭要好得多！

院子里，火炉升起，很快飘起了烤鱼的清香。

"美味呀！少爷的手艺没得说！"团五郎捧着香鱼，满嘴流油，从腰间拿出葫芦，"少爷，尝一尝咚咚山的果子酒，十几年的陈酿哦。"

"少爷不能喝酒！"朵朵说。

"果子酒，没事。"

在团五郎的怂恿下，我喝了一碗，又酸又甜，的确不错。

自始至终，叫庆忌的家伙，都乖乖地坐在对面，一动不动。

看样子，是个冷酷男。不，是个冷酷的妖怪。

"那个……你叫庆忌是吧？"我问。

"正是在下。"

"你住在云梦泽？"

"不是。"他朝外面看了看，"在下居无定所，有时在沼泽里，有时在湖里，有时也在河里、水潭里。"

哦，水里的妖怪。

"你为什么偷吃我们的粽子？"团五郎对粽子念念不忘。

"在下说过了，因为饿。"庆忌正襟危坐，"在下干了一夜的活儿，什么东西都没吃，刚睡着，就闻到了香味，实在忍不住，就……"

"干了一夜的活儿？你一个妖怪，干什么？"

"修桥呀。"庆忌说。

"竟然是你呀！"我和团五郎异口同声地叫了起来。

"怎么了？"

"桥边的那些石块，是你垒起来的？"

"嗯。在下费尽力气，从河床打捞出合适的石头，想重新修一座桥，结果……"庆忌摊了摊手，"失败了好多次。"

"真是笨蛋呀！那样是修不好桥的。"团五郎说。

"你是个水里的妖怪，为什么要在河上修那座桥呢？"我问。

"为了摆子爷爷。"庆忌说。

"摆子爷爷？"我和团五郎更加困惑了。

"在下认识摆子爷爷，好多年了。那时，他还不叫摆子爷爷，是个三十多岁的壮年男人。"庆忌目光闪烁，说了起来——

文太少爷说得没错，在下是个水里的妖怪，出生在那片大沼泽里。好像自从有了那片沼泽，就有了在下。长久的年月里，在下居无定所，在水里游荡。冬天会待在沼泽里，秋天沿着河川到处跑，夏天和春天也会到山里头玩耍，随心所欲。

在下没有家人，没有同伴，也没有朋友。孤零零一个人，过得很孤独。

在下喜欢人类，曾经现身尝试着和他们做朋友，但每次他们都惊恐地逃掉，然后向在下扔石头、砖块。

时间久了，在下也就放弃了。

想想也对，有谁会愿意和一个妖怪做朋友呢。直到在下碰到了摆子爷爷。

起先，在下并不太在意他。

他一个人住在沼泽的边上，搭建了一个小木屋，每天天不亮就起来，跨过河去西岸的田地里辛勤劳作，一直到太阳落山才会回家。每天都是这样。

他不但勤劳，还是个善良的人。辛辛苦苦收获的蔬菜水果，挑到集市上卖，买回生活必需品之外，也会将剩余不多的钱，送给那些孤寡老人。

有时，顽皮的孩子去偷蔬菜水果，被他抓住了，他不但不恼，反而会送给他们。

　　每天他都很充实。不过，有时候，他会长久地坐在河边，看着远方一动不动；会一个人在木屋外喝酒，对着篝火和星光；会半夜一个人在房间里哭泣。

　　在下不知道他身上曾经发生过什么。但是在下知道，他跟在下一样，很孤独。

　　有一年，大旱。大半年都没有下雨，在太阳炙烤之下，河流断了，湖泊萎缩了，沼泽都干涸了。

　　摆子爷爷急坏了。他田地里种了很多的蔬菜和水果，需要每天都浇水。为了保住它们，他挑着水桶，要走几十里的路，取来浑浊的水浇灌，即便如此，也是杯水车薪。

　　眼见着，田里的蔬菜干枯，水果打蔫儿。

　　摆子爷爷急得满嘴血泡，他实在撑不住了，就跪在河边，祈祷："伟大的河神大人呀，伟大的水里仙人

呀！求求你们救救我的田地吧……"

那晚，在下就在他跟前。在下决定出手帮一下，就像帮助一个朋友。

第二天，摆子爷爷来到田地里，惊讶得张大了嘴巴——原本干裂的土地，被充沛的水滋润得冒着水汽，蔬菜返青了，果树重新抬起了头，而且田地中间还多了一口水井。

他高兴坏了，手舞足蹈。

用那口井，他在周围多开垦了土地，在河岸上搭建了一座桥，更加辛勤地劳作。

田地丰收了。比以往任何时候的收获都要多。自然，卖的钱也比以往都要多。

他将全部的钱都用来买粮食，然后把所有的粮食都送给了因为旱灾吃不上饭的穷人。

那天晚上，他高高兴兴地在河边摆上了香烛，将一个最大最甜的西瓜放在了沼泽里。

"虽然不知道是哪位神灵眷顾了我，但是还得向您说一声谢谢哦！"他就是如此说的。

那一晚，在下吃了那个西瓜，真是甜！

以后的很多年，在下都住在沼泽里，陪伴着他。

每天看着他跨过那座小桥，去田里辛勤劳作，看着他高兴，看着他落泪，看着他从壮汉，变成了脚步蹒跚的老头儿。

在下把他当作朋友，偶尔会帮助他，有时候会戏弄他。哈哈哈，估计他从来不知道在下是谁。

前不久，他像以前一样去田里，谁知桥断了……

"所以，在下想赶紧帮他把桥修好。"庆忌说。

房间里安静极了。我、团五郎和朵朵，都听得入神。

"但你那套做法，是修不了桥的。"团五郎说。

庆忌站了起来，对我施礼："所以今夜前来打扰，除了赔罪之外，还有件事情要拜托文太少爷。"

"什么事？"我问。

"你和团五郎当时的话，在下听到了。很有道理，要想修出一座坚固的桥来，光凭那些石块是不行的，还需要很多木材。"庆忌深深鞠躬，道，"还请文太少爷卖一些木材给在下。"

"卖木材？"我睁大眼睛。

"是呀。文太少爷这里的百货店，什么都有呀。"庆忌笑了笑。

"据我所知，木材，还真的没有。"我想了想说。

"那，如何是好……"庆忌苦恼无比。

他那张黑黑的脸，皱成一团，又大又宽的嘴里吐着泡泡。

"你想事情太简单了。"团五郎说，"即便是有木材，你会修桥吗？"

"这个……"庆忌越发不安了。

"黑蟾镇唯一会这门手艺的，应该只有木场老爹了吧。"朵朵说。

"是哦，木场老爹肯定知道方法。"团五郎说。

"那我去试着打探一下。"

当天晚上，我拜访了木场老爹，花了一整晚的时间，才将修桥的方法搞到手。

"文太少爷，成功了吗？"回来的时候，团五郎和庆忌都等急了。

"修桥的方法有很多，也很复杂。不过在那个河岸上修一座坚固的小型石木桥，倒并不是一件难事。"我把木场老爹给的图纸拿出来，然后详细介绍了修桥的方法。

"看起来并不难呢。"团五郎看着图纸，嘿嘿笑。

"别说大话了！"我瞪了他一眼，"要修桥，石头是足够的，有庆忌在，要多少有多少。可木材呢？"

"哎呀呀，怪不得滕六大人老说你是笨蛋少爷！"团五郎咣咣拍着肚子，"上好的木材，只有深山中才有。而周围的山，没有一个比得上我们咚咚山的！"

"你的意思是……"

"我们狸妖出动，木材那是要多少，有多少！"团五郎昂着圆圆的脑袋，"只要我的狸大鼓一响，源源不断的木头就会从咚咚山上运下来，一个个狸猫好男儿也会源源不断地来到河边，哈哈哈，文太少爷，干活儿，我们可是好手！"

"我看行！"我说。

事情，就这么定了。

接下来的几天，每晚咚咚山的狸大鼓都会响个不停！

我不能去帮忙，只能坐在院子里想象着外面的热闹场景——一棵棵大树被放倒，狸猫们喊着号子将树拖下山，顺着河流运到河口，在那里，他们万众一心，和庆忌一起，用石头和木材搭架一座温暖的桥梁……

"真想去看看呀。"我说。

五日后。

春风和煦，日光安和。

远处的山茶树，花开得灿烂，一朵朵洁白的小花，在风中摇曳，送来阵阵清香。

河水湍急而清澈。水面上的鱼浮猛然动了下。

"上钩了！上钩了！文太少爷，快……"团五郎大声喊。

一条银光闪闪的香鱼被钓了上来。

"好大，好肥！"小跟班团五郎手脚麻利地将香鱼取下来，放在鱼篓里，"今天收获不错呢！"

我心情很好。

不光是因为钓到了鱼。

屁股底下，这座桥，修得很漂亮。

桥墩用坚硬的河石搭建，稳稳地扎在水里，桥身用上好的杉木打造，灵动轻巧，太阳一晒，能闻到幽幽的木质香味。

一座横跨两岸的小小石木桥，稳固又好看。

坐在桥上钓鱼，晒着太阳，吹着暖风，惬意呀。

"用了四天四夜才修好，我们的手艺不错吧？"团五郎使劲拍了拍桥身，"我们狸猫一族，本领可不是吹的。当然了，庆忌那家伙也帮了点儿小忙。"

"干得漂亮。"我说。

"还有呢！"团五郎小声说，"我们在忙活的时候，庆忌在咚咚山下发现了一株专治跌打损伤的灵药，也给摆子爷爷送过去了，放在了他的门口。"

"效果怎么样？"

"应该不错吧。那可是灵药。"

我们说话的时候，河东岸，缓缓走过来一个人。

一个老头儿，身子佝偻，头发全白，背着竹篓，拿着锄头。

腿脚不方便，微微有些瘸。

"真是好收获。"来到我们身边，看着鱼篓里的香鱼，老头儿笑着说。

"哎呀，您好。"我打着招呼。

"你好。"他放下锄头，在我们旁边坐下来。

我和团五郎相互看了看，有些狐疑。

"这里很少有人来。"他拿出烟袋，装上烟叶，点了火，抽了一口。

"香鱼很多。"团五郎说。

真是笨蛋五郎！回答的什么屁话呀！

"您是摆子爷爷吧？"我问。

"哦，是啦是啦，他们都这么叫我。"老头儿笑了起来。

团五郎吐了吐舌头。

摆子爷爷抽着烟，眯着眼睛，看着河流，看着不远处的沼泽。

阳光下闪闪发光的沼泽。

"漂亮啊。"摆子爷爷盯着前方说。

"是呀，我还是第一次看到这么漂亮的桥！建桥的人，实在是了不起！可惜就是忘了给桥取个名字。"团五郎得意扬扬地说。

我忍不住翻了个白眼。

摆子爷爷似乎对这座桥一点儿都不感到惊奇。

"我老了。快九十岁了。"摆子爷爷笑了笑，"时间过得真快呀，一转眼到这里已经五六十年了。"

"五六十年，似乎并不是太长的时间。"团五郎说。

对妖来说，的确不长。

"闭嘴吧，笨蛋五郎。"我低声说。

团五郎乖乖闭上了嘴。

"我不是这里的人，从外面逃难来的。那一年，老家打仗，又闹了旱灾，家里人全饿死了，就剩下我。"摆子爷爷说，"爹，娘，妻子，还有个五岁的女儿，都饿死了。"

我和团五郎都没出声。

河水静静地流着。

"我一个人逃到这里，就留了下来。"摆子爷爷说，"这里周围都是无主之地，虽然贫瘠，但只要辛勤开垦，还是有收获的。"

我看着摆子爷爷。

满脸皱纹的老爷爷，目光柔和。

"人是个很脆弱的东西，就像一棵草，风吹雨打，鸟啄狗刨，一不小心就死掉了。死很容易，活下去，很难。"摆子爷爷兀自道，"我就像一棵草一样活在这里，辛辛苦苦。这些还不算什么，最难熬的，是孤独。我经常会想起爹娘，想起妻子，想起女儿。

"有一次，我差点儿就死了——那年大旱，和多年前的那次几乎一模一样。土地干裂了，蔬菜和水果也要绝收了。我想着，干脆死掉算了。不用这么辛苦，不用这么孤独，还可以早点去见家人。

"可是第二天，我却发现菜地里、果园里，全都浇足了水，竟然还出现了一口井！我就知道，一定是水神大人听到了我的祈祷，显灵了。"摆子爷爷笑了，"住在这里的水神大人，一定是个好人！"

"你见过他吗？"我问。

摆子爷爷摇摇头："没有哦。从来没有。"

真是可惜。

"但是我知道他一直都在这里。"摆子爷爷看着沼泽，"我能感受到他的目光。每天，我经过这里，我在田地里劳作，我回来，我一个人在家里、在河边……我都能感觉到他就在周围。哈哈，我就觉得自己再也不孤独了。"

摆子爷爷转过脸，看着我："有水神大人一直在，我很幸福哦！"

"或许不是什么水神，是个妖怪呢？"团五郎又说出大煞风景的笨蛋话。

"即便是妖怪，那也是个好心的妖怪大人呢！"摆子爷爷哈哈大笑，"药，很灵。"

"哦？"

"吃了之后，我很快就好了。"摆子爷爷指了指自己的腰。

"可喜可贺的事。"我说。

"是啦是啦！"摆子爷爷站起来，背起竹篓，看着脚下的桥，"水之桥。"

"什么？"团五郎没听明白。

"我是说，这座桥，就叫作水之桥吧。因为是水神大人专门为我建造的。"摆子爷爷双手合十，对着沼泽，泪光闪动，"尊贵的水神大人，谢谢你哦！"

说完，他摇摇晃晃，走过这座桥，走向他的田地。

"哎呀呀，太过分了！水之桥？！分明应该叫狸之桥嘛！这可是我团五郎带着人建的！"团五郎发出抗议。

　　"哈哈哈哈。"我乐得大笑，很快发现庆忌不知什么时候站在了桥边。

　　刚才的话，他似乎都听到了。

　　看着摆子爷爷的背影，这个嘴巴又大又宽的家伙，露出了笑容。

　　"上钩了！又上钩了！快收竿，笨蛋少爷！"旁边的团五郎大叫。

　　……

　　晚饭是喷香的烤香鱼。

　　我喝着果子酒，团五郎狼吞虎咽。

　　响起了敲门声。

　　"谁呀？"我问。

　　"文太少爷，是我。"

　　"是大嘴男！可恶！"团五郎叫道。

　　门开了，黄帽子、黄衣服、黄裤子的庆忌，走了进来。

　　"今天能钓到那么多的香鱼，一定是你的功劳吧？"我笑着说。

　　"不客气啦，修桥的事情，得谢谢文太少爷，还有团五郎。"庆忌走过来，把一串水灵灵的萝卜放在桌子上。

　　"那当然啦！大嘴男！"团五郎看着萝卜，"哪儿来的？"

　　"哦，摆子爷爷给在下的。"

　　"摆子爷爷……等等！你在摆子爷爷面前，现身了？"团五郎吃惊地说。

　　庆忌一边用清水洗干净萝卜，一边说："是呀，不过，看到在下，他似乎一点儿都不吃惊。哈哈哈。"

"哎呀呀，嘴大，就不要笑了嘛！口水都喷到了萝卜上！"
团五郎抢过一根，想了想，又递给了我。

"似乎很好吃。"

我咬了一口。

咔嚓！

没错。摆子爷爷辛辛苦苦种出的萝卜，又脆又甜。

履精

故之履

广平游先朝，丧其妻。见一人著赤裤褶，知是魅，乃
以刀斫之，良久，乃是己常著履也。

——唐·薛用弱《集异记》

"哎呀，这下糟糕了。"

少年站在百货店高高的柜台下，苦恼地挠着头。

年纪有十六七岁，背着大大的竹篓，一身青色的短衣，手里拎着短小的铁铲，光着脚。

篓子里装满了刚刚挖掘的山笋，青翠，带着露珠，散发着山野的清香之气。

少年叫野叉，是木场老爹的孙子。因为年纪相仿，最近和我混得很熟。

"滕六去山下卖香鱼干了，估计还得好几天才能回来。"我趴在柜台上，有气无力地说。

手肘下，是一摊口水。

老宅里就我和滕六两个人，他出去送货，我不得不负起看守百货店的责任。不过在这群山中的偏僻小镇，顾客很少。

"完蛋了，下次老和尚肯定要用木鱼槌敲我的脑袋。"野叉苦着脸说。

"到底怎么一回事？"百无聊赖的我，顿时来了兴趣。

黑蟾镇一共也就一两百户人家，好像我从来没有碰到过什么老和尚。

"般若寺的老和尚啦！"野叉皱着眉头，"我已经答应了他的拜托，可是滕六不在家，怎么办呀！"

哦！

之前好像听滕六提起过。

黑蟾镇周围都是山，北边有座大山，名叫般若山，是个少有人踏足的古老深山，山上有个叫般若寺的小庙，里面只有一个老和尚。

"什么拜托？"我问。

野叉昂着头："今早去挖笋，顺便按照爷爷的吩咐把一些米面背上去送给老和尚。老和尚的房间，年久失修，漏了雨，拜托我来告诉滕六，让他去修缮一下。"

原来如此。

"最近天气似乎都不太好。"我说。

外面，天气阴沉，黑云涌动，隐隐有雷声。

"爷爷说明天有大雨呢。若是修不好，老和尚要变成落汤鸡了。"野叉说，"临走的时候，我可是拍着胸脯打了包票。"

"谁让你胡乱答应的。"我直起身，呵呵一笑，"看在你孝敬本少爷的这些山笋的面上，我来出手相助吧。"

"你？"野叉愣了一下。

"当然了。滕六虽然外出未归，但本少爷在家呀。"

"哈哈哈哈。"野叉爆笑起来。

"笑什么？"我有些生气。

"别胡闹了。"野叉摇着头，"你这样病恹恹的家伙，走起路来都晃晃悠悠，开什么玩笑？"

"不过是修缮房屋而已嘛！"

"说得轻巧，这可是一门手艺呢！需要爬到高高的屋顶上，用茅草、泥瓦小心修葺。"

"听起来不难。"我说。

"即便如此，我还是奉劝你打消这个念头。"野叉说。

"为什么？"

"去般若寺的路上，不安全。"

"什么意思？"

"有妖怪。"野叉说，"般若山年代久远，从山脚到山腰，要走上半天，人迹罕至，到处都是古树密林，晃荡着很多妖怪，随便碰上一个，你就完蛋了。"

"……"

听到妖怪，我的腿，没来由地抖了一下。

"对于你这样的胆小鬼，还是算了吧。"

"混账哦！"我像是屁股被针戳了一下，跳了起来，"胆小鬼？！你说的是本少爷我吗？哎哟哟，这件事，本少爷做定了！"

"拉倒吧。你根本干不了。"野叉摇着头，走掉了。

好气人哦！

我堂堂方相家的少爷，竟然被个混账小子说是胆小鬼！

是可忍孰不可忍。

关上百货店的木门，我换上衣服，哐里咣当地收拾东西。

穿上做工的短裤短褂、专门登山的钉子山鞋，找来了手杖，背包里放上了干粮、雨衣，水壶里灌满了水……

不就是上一趟般若山嘛！没什么大不了的。

"少爷，你真的要去呀？"朵朵悬浮在我的头顶，红着脸问。

"嗯。"我扒拉出一把柴刀，晃了晃。

"哎呀呀，我最心爱的少爷，还是别去了吧……"朵朵担心得要命。

"你也觉得我干不了这事？"

"这肯定的呀……"

"什么？！"

"般若山里，的确很多妖怪呢！"小妮子见我暴怒，立马转移话题，"而且有不少坏东西哦。"

"所谓的坏东西指的是……妖怪吧。"

"嗯。捉弄人的，把人拐跑的，还有，听说还有专门吃人的呢……"

"吃……吃人的……"我眼角跳了一下。

"那个……似乎今天要下雨，的确不太适合出门……"我说。

"少爷还是安心待在家里吧，本来就胆小，万一吓出个好歹来……"

"胆小？过分哦！"我实在痛恨这个词，拎着柴刀，跨出了大门。

"少爷！少爷！"身后朵朵着急地说。

"且看本少爷我干一番大事！"

丫头片子，头发长见识短！

"明天如何？我让团五郎陪你一起去！"朵朵说。

"那个笨蛋五郎？还是算了吧！"

我昂着头，踏上了般若山之路。

出了镇子，崎岖的山路通向北方。

田地里的庄稼葱绿一片，绵延成无边无际的绿海。大风吹拂，稻浪翻滚。

周围都是山，远远看到一座如同大钟一样的黑黝之山，应该就是般若山吧。

一路走过去，来到山脚，已经花费了一个多小时。

满山都是参天的古木，松树、杉树、柳树……千百年的岁月里，兀自生长，高大丰茂的树干相互交织，在头顶形成巨伞，遮天蔽日。

青石台阶的小道，蜿蜒向上，被绿色吞没。

行走其中，就如同进入幽幽的不知前途的隧道。

拾阶而上。穿过石头垒建的巨大石柱，便进入了这座"妖怪之山"。

山道上光线昏暗，即便是白天，也视野斑驳，荆棘、藤蔓疯长，阶梯上满是青苔，异常湿滑。

偶尔会看到古老的巨大的诡异石像，倒伏在地，不知何年何月何人所造，面目狰狞。

一丝风都没有，周围寂静得让人害怕。

林莽的阴影之处，总觉得有什么东西盯上了自己。

越往上，石阶越陡，我几乎是手脚并用。喘着粗气，一边攀登一边打量着周围，能看到巨大的岩石突兀地伸展过来，其上被人用红色的朱砂画着模糊的图案，应该是符咒或者妖怪的形象。

后来，连石阶也消失了。取而代之的是山间土路，有时需要在岩石缝隙中艰难向上。

这样的旅途，对我来说，苦不堪言。

不仅全身酸疼，舌头打战，连呼吸都急促起来。

后悔不已。

实在不应该逞一时之勇，自己跑上山。

小时候听爷爷说，深山之中，向来是妖怪的乐园，尤其是一些大妖怪，喜欢栖息于草木里，袭击落单的行旅之人。

要是遇到山鬼该如何是好？血盆大口、獠牙利齿的山鬼，该怎么打招呼？

冤死的幽灵，一张苍白的脸游荡在头顶，喜欢布置迷途，让人永远都走不出去。

听说还有大如小丘一般的山蜘蛛，用粗粗的蛛丝困住行人，吸干人的精血，将骷髅挂在树上当风铃。

……

哎呀呀！越想越害怕！

筋疲力尽、胡思乱想地往上走，突然发现，自己迷路了！

不知何时，脚下的土路消失不见了，我置身于薄雾升腾、翻滚的林木之中，前后左右都看不清。

完蛋了！

我着急万分，差点儿哭起来。

不应该上山来！

我靠着一棵老树坐下，取出水壶喝了几口。清洌的山泉，让混乱的脑子暂时恢复了一些平静。

接着，听到了窃窃私语声——

"那是……人哦！竟然是人哦！"

"哈哈哈，很漂亮的一个少年呢，味道一定很好！"

"竟敢一个人闯进咱们的山，不能放过他呢……"

"抓来献给首领……"

……

妖……妖怪吗？！

我急忙起身，取出背包里的柴刀，飞也似的逃开。

往前！

飞快跑起来！

心脏几乎要从嘴里跳出去，全身的血液都在沸腾。

呼吸急促……

好像哮喘病要犯了。

不知跑了多久。

感觉到了风的存在。

冷冷的风，从前方吹过来。

周围是一小片开阔地，生长着各色的野花。

能看到石头雕刻的小小佛塔，落满了鸟粪。

挨着佛塔，我一屁股坐在地上——实在是没有力气了。

般若寺，应该不远了吧？

向上看了看，依然是林莽雾色。

似乎，这地方，有些熟悉呢？

以前来过？不记得了。

"文太少爷？"佛塔后面伸出来一个脑袋，把我吓了一跳。

那不是人的脑袋。

方方的，长长的，门板一样的脸。

妖怪哦！

"真的是文太少爷哦！好久不见！"他惊喜无比，跳了出来。

高高的、细细的身子，那张脸占据了身体的大部分，下身穿着绣有桔梗花纹的短裤。

我很害怕。

但更多的，还是诧异——听他的语气，我们之前见过？

"好久不见。"我定了定神。

"是呀，快十年了呢。"他笑得很开心，发出嗒嗒的声响，"真没想到还能再次看到你！"

我越发迷惑起来。

十年？莫非是我小时候寄居老宅那几年认识的？

对于那时候的事情，我已经完全记不清了。

"我是阿桔呀！"他说，"我一直在等少爷你！"

"哦……那个，阿桔，般若寺怎么走？"我没心思和他扯皮，赶紧问。

"文太少爷去那里玩？"叫阿桔的妖怪笑起来，"是哦，少爷最喜欢般若寺了。"

"还是带我过去吧。"我说。

"好的，好的，少爷请跟我来。"他晃动着身子，发出嗒嗒的声响，在前面带路。

"少爷长大了，真是让人欢喜。不过大老爷也是的，怎么可以让你独自一人上山呢？这里有很多妖怪，最近来了个凶狠的，专对落单的人下手，有几次连我差点儿都……"

他嘀嘀咕咕地说着话。

我不敢回应，低着头走。

"到了呢！"过了一会儿，阿桔指着前方。

一座山门出现在面前。

般若寺。

"多谢，阿桔。"我如释重负，摆脱般从他身边逃脱。

"少爷！少爷……"他在后面叫了几声，被我毫不留情甩掉了。

我对般若寺，已经没有印象了。

进了山门，来到大殿，见四处空无一人。

一尊青铜大佛端坐在上，宝相庄严，香炉里青烟袅袅。

佛像下是一个方方的案儿，零散地放着许多东西。

四处看看，没有发现和尚。

人呢？

抄起案上的木槌，对着一边光溜溜的木鱼狠狠敲下去。

木鱼一响，老和尚应该就能听到了吧。

不过，木鱼的哪哪声没听到，反而是一声惨叫。

"啊！"案边跳起一个人。

一个双手捂着脑袋惨叫的和尚。

阿弥陀佛，原来那不是木鱼，而是和尚的光头呀！

"贫僧正梦见佛祖呢，你这家伙怎么对着贫僧的脑袋来了一槌！"他说。

是个很老很老的干瘦和尚，长着山羊胡，一双小小的眯眯眼。

"真是对不起！"我急忙道歉。

"你是……文太少爷吧？"他揉着脑袋上的大包，看着我，突然说。

"正是我呢。"

"听滕六说你过来了，一直没有去拜访。"他高兴极了，扑通一声坐在我对面，一双手抓住我的脸，又扯又拉，"哎呀呀，长大了，不过这张脸还是这么丑……"

"滕六不在家，我过来给你修房子。"我挣脱了他的手。

脸皮被他拽得好疼。

"怎么敢让少爷你动手！会遭天谴的！"

"实在不用客气。来都来了。"我站起身。

"那就拜托了。"他急忙施礼。

倒是一点儿都不客气。

漏雨的不是大殿，而是寝室。

般若寺并不大，除了主殿之外，只有东西两边的配殿。东边供奉着山神，西边则是老和尚居住的地方。

不知道何年何月建造的，墙体脱落，顶上的瓦片很多都碎了，长出长长的茅草。

"少爷，小心哦。"老和尚在下面扶着梯子。

我顺着梯子爬上去，把瓦片踩得哗啦啦响。

"在东南角。"老和尚说。

真是太高了！看着下面，一阵眩晕袭来。

我稳定心神，总算是发现了漏雨之处。

"先清除掉周边的朽木、淤泥和杂草，再换上新木和瓦片……"老和尚在底下说。

按照他的吩咐，我小心翼翼忙活了一两个小时，总算是干完了。

"再下雨，就不愁了。少爷帮了大忙！"老和尚把我从梯子上扶下来，哈哈一笑，"作为谢礼，请你喝杯茶吧！"

喝茶？！开什么玩笑！本少爷筋疲力尽，早饿得前胸贴后背了！

咕噜噜，肚子叫起来。

"哈哈哈，还有斋饭。"老和尚说。

饭桌，摆在了佛祖的脚下。

菜粥、窝头、三样野菜，一碗照得见人影的清汤。

"就这个？"我睁大眼睛。

"都是我的拿手好菜。"

"没有肉？！"

"哎呀呀，在佛祖面前吃肉，少爷你不怕被雷劈吗？"

似乎有道理。

我端起碗，风卷残云。

他坐在对面，满脸堆笑。

"你不吃？"我指了指野菜。

"你吃吧，贫僧一般晚上会吃夜宵。"

"也是这样的斋饭？"

"都是比较简单的。"

"……"

吃完了饭，老和尚邀请我到木廊下喝茶。

应该是他自己采摘、制作的野茶，格外清香。

"对面那是……桔梗花吗？"我说。

院子的角落里，一片紫色的花朵烂漫成片，夕阳之下，自有一番风情。

"是的呢。"

"不对吧，桔梗花一般不都是在夏末秋初才会开的吗？"我十分惊诧。

老和尚一副波澜不惊的模样："是哦。正常的桔梗花，花期的确在七月到八月。但是……我们般若山的桔梗花，就比较随意，想什么时候开，就什么时候开。"

哎？！还可以这样吗？

"少爷好像忘记了……"看着紫色的桔梗花，老和尚笑了笑。

"什么？"

"忘记了你最喜欢这片桔梗花。"

"哦？"

"当年，就是你在这里寄居的那几年，大老爷经常带着你来般若寺。哈哈哈，回想起来，真是个小淘气。上房揭瓦、锤锅踹盆，连佛祖像你也敢站在上面小便……"

"哦，还真是淘气。但我好像什么都不记得了。"

　　"可唯独桔梗花开的时候，你就会安静下来。一个小人儿，穿着红色的小短袍，光着腿，红色的小木屐，头发蓬乱地坐在这儿的走廊，看着紫色的桔梗花，呆呆的，若有所思的模样，哈哈哈，真是一道风景。"

　　这么一说，似乎朦朦胧胧又记起了一些片段——我趴在爷爷宽厚的背上上山，清风吹得小褂呼啦啦响；穿着红色的小木屐，在佛殿里咯噔咯噔地疯跑，即便干了放肆的事，爷爷也只不过微笑地训斥几句。

"大老爷还真是宠爱少爷呢。"老和尚啧啧道，"从来没见过他那么温柔的样子。"

"难道爷爷不是一直都那么温柔吗？"

"可不是哦！好像只有对少爷你才会那样，平时，对别人，简直就是不可饶恕的暴君呢！"

如此说来，似乎是这样。我们方相一家，爷爷就是高高在上的君王，在爸爸、妈妈、我的兄弟姐妹面前，他总是冷着脸，只有对着我，才会罕见地有些笑容。

"简直就是溺爱。"老和尚哼着说，"因为少爷你喜欢桔梗花，大老爷便亲自在你的衣服上、木履鞋面上绣上一朵又一朵呢。哈哈哈，我从来没见过一个大男人尤其是大老爷动针线的模样，想想真是好笑。"

呵呵呵。

不知为何，看着夕阳下的那片桔梗花，心里突然暖暖的。

"少爷晚上在这里歇息？"老和尚问。

"还是不了吧，滕六不在，家里没人。"我说。

"现在下山，有些晚了。"老和尚皱起眉头，"怕有麻烦。"

"指的是妖怪吗？"

"嗯。以前还好，最近这两年，般若山不太平，来了不少新家伙，其中有个特别凶狠。"

说到这里，我就分外好奇起来。

"老和尚，所谓的妖怪，到底是怎么一回事呢？我的意思是说，世界上怎么会产生妖怪呢？"我问。

老和尚哈哈大笑："少爷，你这个问题，太复杂了。"

他想了想，摸了摸自己光溜溜的像木鱼一样的脑袋——

"世间万物，都因为自己内在的精气而存在，花草树木，鸟兽鱼虫，山川流水，所谓万物有灵，指的便是如此。"

"精气，又是什么呢？"我问。

"你可以理解为……一种力量或者能量吧。"老和尚说，"存在之物，由质和形构成，可以简单理解为内在和外表，精气将其融合在一起。但有的时候，由于某些原因，精气突变，质和形也就会产生变化。"

"那就是说，此时的存在之物，就和寻常的不一样了。"

"是的，反物为妖，非常为怪。"老和尚说，"其实简单地说，妖怪，就是各种反常的怪异之物。"

这么说，我似乎懂了。

"妖怪往往超越了时间和空间。从时间上看，物老为妖，从空间上看，妖怪往往生长在世界和人心的缝隙之中。"

这话，我听得有些迷糊。

"总体说来，妖怪，有三个共同的特性。一是怪异反常的事物和现象，是超越平常人们认知的，而且这种事物或者现象并不是虚无缥缈的；二是存在依附之物，这种依附物可以是山石、植物、动物、器具等实体，也可以是人的身体甚至是一种特定的符号或者称呼；三是经过人的感官和心理所展现，也就是说，人看到了、感受到了才能觉察其异常之处……"

我的脑袋，开始大了起来。

或许老和尚见我不甚理解，忙道："其实，'妖怪'这个词，只不过是概括的说法，准确说来，妖怪应该包含妖、精、鬼、怪四大类。"

"有什么不同吗？"我问。

"当然不同啦！"老和尚大笑起来，"妖，人之假造为妖，也就是说，妖乃是人所化成或者是动物以人形呈现的，比如狸妖团五郎。"

老和尚继续说："精，物之性灵为精，也就是指山石、植物、器物以及不以人的形象出现的动物所化，比如护门草朵朵。"

"至于鬼，就很好理解了，魂不散者，为鬼，指的是以幽灵、魂魄、亡象出现的，比如缢死鬼。而怪，物之异常为怪，对于人来说不熟悉、不了解的事物，平常生活中几乎没见过的事物，或者见过同类的事物，但跟同类事物有很大区别的，比如天狗等等。"

老和尚说得滔滔不绝，我听懂了个大概。

看来妖怪比我想象中的，要有学问。

"既然和一般的事物反常，那就是说妖怪都是偏向于坏的一方面？"我问。

"不能这么说！不能说妖怪都是坏的，都是负面的。所谓的妖怪，其实和人没什么不同。"老和尚喃喃道，"其实，相比之下，人心更可怕。"

也是。起码我见过的妖怪，比如团五郎、朵朵、庆忌，都还相当不错。

"妖怪之中，有一些是远古的妖怪，历史悠久，本领极大，世界存在的时候它们就存在了，比人的历史还要长。有些妖怪的存在，则是和人类息息相关。"老和尚说，"其中一些，或者干脆可以说就是人创造的。"

"人，也可以创造妖怪？"我觉得不可思议。

"当然了。"老和尚点点头，"比如，茶壶、桌椅、茶碗等等，人类所用之物，年代久远，因为和人朝夕相处，吸取了精气，又或者因为人的念力寄托其中，就会成为妖怪。"

"哦？"

"这种妖怪，对人类带有很深的感情，往往会像家人一样守护着创造自己的人家，有的时候，危难关头，甚至会挺身而出，舍弃自己的性命为主人家挡祸。"

"听起来，很好哦。"我对妖怪，产生了亲近之感。

"是呀，是呀。"老和尚呵呵一笑，突然像发现了什么，大叫起来，"哎呀呀，不得了！"

"怎么了？"

"光顾着说话，没发现天色已晚。少爷，你还要下山吗？"

果然呢，日头西斜。

"还是回去吧。"我说。

这山里的小寺，空空荡荡，吃不好喝不好，我无比想念老宅，想念我温暖的被窝。

再说，我答应过朵朵一定早点儿回去的。

若是不回去，她肯定很生气。

"决定了？"

"嗯。"

"也罢。那就小心了。"老和尚帮我收拾了东西，然后特意拿出灯笼给我，"如果天暗了，可以点亮照路。"

起身，告辞。

"少爷……要小心哦。"老和尚看着逐渐变得昏暗的山林，"一定要赶在天黑之前下山，否则……"

"否则什么？"

"也没什么，就怕会碰上那东西。"老和尚摸了摸光溜溜的脑袋，"菩萨保佑。"

挥手和他告别，我拄着手杖，飞也似的下山。

夕阳像一块快要燃尽的煤炭，斜斜地挂在树梢上。暮色四合，高山变得青幽暗淡，山林萧瑟，暗影斑驳。

起风了，呼啦啦地吹。林莽发出低低的吼声。

还是快点儿吧！

我一路小跑，想着老和尚的话，竭力想赶在天黑之前下山。

上山很累，相比之下，下山倒轻松了不少。

我迈开步子，像一只张开双翅的鸟儿，一路滑行。

苍天古木之下，光线氤氲，我不顾一切噔噔噔地向下冲，树木、山石唰唰唰地向后退去，也是挺刺激。

我喘着粗气，眯着眼睛，一边掌握着平衡，一边寻找道路。

也不知道跑了多久，停了下来——

我似乎，迷路了！

我停留的地方，是一个凹地，周边都是高大黝黑的岩石，能听到轰隆隆的瀑布响声，闻到一阵阵的水腥气。

眼前是碎石滩，没有路，更没有任何人类通行留下的迹象。

上山时，并不曾经过这样的地方。

我有些慌，迈开腿朝前走，结果转了好久，赫然发现又回到了原地。

夕阳已经被丛林吞没，浓浓的夜色，如同洪水一般席卷而来。

一定要赶在天黑之前下山。否则……

想起老和尚的话，我全身紧缩。

怎么办？

还是先点亮灯笼吧。

红色的灯笼亮起，虽然光亮很微弱，但让内心稍微安定了些。

我艰难地穿过那片乱石滩，在林立的怪石中穿行。

周围变得越来越冷、越来越暗，我哆嗦着，最后连眼前几步远的距离也看不清了。

似乎，掉进了漆黑的洞中那般。

"有人吗？有人吗？！"我一边走，一边大声呼救。

无人回应。

只有茫茫的风声，以及诡异的几声兽鸣。

最后，连这些声音都消失了。

死寂！

巨大的死寂，将我围裹。

咯咯咯……咯咯咯……

有怪声，从身后传来。

刚开始，还十分微小，不留意，很难听清楚。

但慢慢变响，最后听得真真切切，好像有人用长长的指甲在抓挠山石一般。

"谁？！"我蓦地转过身，大叫。

咯咯咯……咯咯咯……

伴着令人毛骨悚然的怪声，一团巨大的黑雾从岩石缝隙中升腾而出！

"那是……"我的瞳孔，骤然收缩！

黑雾中，有东西！

看不清楚形状，但体形巨大，几乎如同一间屋子！

那声音，便是它发出的。

接着，我看到两盏灯笼一样大的眼睛，出现在我的面前。

两只血红的眼睛！

咯咯咯咯！

它在兴奋地大叫，然后呜的一声，伴随着破空之音，一个像长矛一样的东西朝我戳来。

"完蛋了。"我吓得全身乱抖，目瞪口呆，根本无法躲闪。

"文太少爷！"

就在此时，有东西从旁边窜出来，将我扑倒。

呜！

"长矛"贴着我的头皮掠过，插入旁边的一块岩石里！

妈呀！这要是扎在我身上……

"少爷，快走！"我感觉身体好像被谁搀扶起来。

抬起头，看清楚了——

方方的，长长的，门板一样的脸。

高高的、细细的身子，下身穿着绣有桔梗花纹的短裤。

是之前替我指路的那个妖怪阿桔。

"快走！"他大叫着，拉着我的手，嗒嗒嗒地向前跑。

身后是那东西的怪叫，周围是浓雾、腥气和黑暗。

我奋力奔跑着，紧紧抓住他的手，冰凉、坚硬的手。

咯咯咯咯！

怪叫声席卷而来！

我感觉自己被什么东西狠狠撞了一下，身体如同断了线的风筝，飞入了高空。

呜！

锋利的黑色"长矛"泛着寒光，狠狠朝我的胸口戳来！

"文太少爷！"

一道身影扑至。

噗！

我看到了他的脸。

那张方方的、长长的，门板一样的脸。

他抱着我，用自己的身体，替我抵挡了那致命一击。

利爪，穿透了他的脸。

那张方方的、长长的脸上，满是惊愕。

"你没事……就好了……文太少爷。"

他努力朝我笑了一下。

灿烂的笑。

之后的事情，我便什么都不知道了。

……

迷迷糊糊中，听到有人唱歌——

"桔梗花，桔梗花，开满了山崖。桔梗花，桔梗花，穿上我的木屐，去看那漫山遍野的桔梗花。桔梗花，桔梗花，一个老头儿，一个小孩儿，一个脸苦瓜，一个笑哈哈……"

悠扬的歌声。

满山的桔梗花海里，一个老头儿，领着一个身穿红褂、脚踩木屐的小孩儿……

那是……爷爷和我吗？

许久之前的我们吗？

好听的歌，好美的桔梗。

……

"少爷！少爷！呜呜呜，我最心爱的少爷呀！"

"文太少爷！文太……哎呀呀，朵朵，别哭啦，少爷醒了！"

我被摇晃着，醒来。

幽幽睁开眼，看到天花板，看到灿烂的阳光。

能听到风声，能闻到花香。

"我死了吗？"我轻轻地说。

"少爷！少爷，你醒啦？！"有人抱着我。

软软的、香香的身体。

是朵朵。

很快，我发现自己躺在床上，身边站着团五郎、朵朵和庆忌。

"我怎么会在家里？不是被妖怪吃了吗？"身上传来的剧烈疼痛，让我差点儿昏过去。

"是团五郎。"朵朵说，"我见你一直没回来，就让庆忌去找团五郎。"

"大嘴男骑着他的小黄马，一溜烟儿跑到了咚咚山。听说你进了般若山还没回来，我吓坏了，赶紧和大嘴男一起去找你。"团五郎吸着气，"找呀找呀，听到一声惨叫，然后就在乱石堆里看到昏迷不醒的文太少爷。"

"那个怪物呢？"

"怪物？"团五郎挠了挠头，"听到我和庆忌的声响，应该退走了吧。"

哦，这两个家伙，救了我。

不对呀！

我一把抓住团五郎："他呢？！"

"谁？"

"救我的妖怪。阿桔。"

"阿桔？"团五郎和庆忌相互看了看，齐齐摇着头。

"当时除了我之外，难道就没有别的吗？"

"没有。除了这双旧鞋。"团五郎指指地上。

床头放着一双木履。

硬木制成的鞋底，用红色的锦缎做鞋面，上面绣着紫色的桔梗花。

或许因为风吹雨打，鲜艳的颜色早已经褪去，连木底都已经有些腐朽了。

鞋上露出新添的巨大裂口，一眼就能看出是被锐利之物穿透，彻底将鞋戳为两半。

"这双鞋，看着很眼熟呢。"朵朵说。

"哦？"我抬起头，看着朵朵。

"我记得少爷之前在这里时，大老爷曾经为你做过这样的一双鞋。"朵朵皱着眉头说，"亲自用家里放置的千年阴沉木做的鞋底，然后又绣上了桔梗花。少爷那时最喜欢的就是桔梗花。"

"然后呢？"

"好像有一次去般若寺玩儿，丢掉了。"朵朵说，"当时大老爷背着两脚光光的你回来，少爷哭得很伤心呢。"

哦！

我好像记起来了。

"少爷，救下你的阿桔，其实就是它吧。"团五郎指着那双木履。

我的心，仿佛被什么狠狠捏住，生疼。

我想起我们遇到时的情景——

他从佛塔后面跳出来，带着无比惊喜的表情。

"真的是文太少爷哦！好久不见！"

"真没想到还能再次看到你！"

"我是阿桔呀！"

"我一直在等少爷你！"

……

"不小心被丢掉了，挂念心爱的人，才会成为这样的阿桔吧。"庆忌说。

我的耳边，想起了老和尚的话。

"妖怪之中，有一些是远古的妖怪，历史悠久，本领极大，世界存在的时候它们就存在了，比人的历史还要长。有些妖怪，存在则是和人类息息相关。其中一些，或者干脆可以说就是人创造的。"

"比如，茶壶、桌椅、茶碗等等，人类所用之物，年代久远，因为和人朝夕相处，吸取了精气，又或者因为人的念力寄托其中，就会成为妖怪。"

"这种妖怪，对人类带着很深的感情，往往会像家人一样守护着创造自己的人家，有的时候，危难关头，甚至会挺身而出，舍弃自己的性命为主人家挡祸。"

……

救我的，就是当年被我不小心丢掉的那双木履呀！

爷爷亲手制作的包含着浓浓的爱的木履，被丢掉后伤心的木履，固执地在深山角落苦苦等待，只为能再和我见上一面的木履！

关键时刻，宁愿牺牲掉自己的性命，也要守护我的木履！

我的阿桔呀！

抱着那双木履，在众人的注视之下，我呜呜呜地哭了起来。

烟龙

烟之龙

张宁人言：其邻老善食烟，手一竹管，长五尺许，已三十余年矣。忽有道者过门，顾张所持烟管曰："君此物得人精气，久已成烟龙，疗怯者有效，他日有索者，勿轻与。"

——清·袁枚《续子不语》

鹧鸪，叫了起来。

天气逐渐炎热，漫山遍野的绿色沉浸在灿烂的阳光之下。

春已深。

刚刚下过雨，空气湿润无比。

林木顺着起伏的山脊，宛若卷卷海浪，升腾的白色雾气，空蒙淋漓。

眼前，是一幅层次分明的山水画。

真是累坏了！我喘息着坐在光滑的石头上，把双脚伸进溪水里。

冰凉清澈的溪水，顿时让身体舒爽起来。

闭上眼睛，听到风声像一头绵羊般悠悠地闲逛。

野花的芳香，泥土的些许腥气，还有淡淡的青草味。

全身不由自主松软下来——想睡一觉哦。

"文太少爷，你……也太没用了吧！"一个声音十分煞风景地在耳边嘀咕着。

野叉将背篓放在草地上，白了我一眼。

十六七岁的少年，肤色黝黑，四肢健壮，一双眼珠黑白分明，穿着青色的短裤，面容憨厚。

"混蛋！你要是这样说，绝交！"我立刻瞪起眼睛抗议。

他蹲在溪流边，掬起水洗脸："这才走了十几里的山路，你就不行了，完全就是个累赘。难道我说错了吗？"

千真万确。

野叉是这深山中的少年，经常在山里帮着干农活儿、砍柴，即便是空闲时也会采野果、捡蘑菇。对于他来说，山中行走，如履平地，可我这样的病秧子，一口气走十几里山路，就已经是极限了。

野叉和镇里的少年，很不一样。

倒不是说身份或者长相，而是他对待我的态度。

黑蟾镇一两百户的人家，和我年纪相仿的家伙有几十个，不知什么原因，没人愿意和我打交道，平时看到也会远远躲开我，哪怕一句话都不愿意和我多说。

我还看到过不少家长见我经过，连忙把自家七八岁的孩子拉扯进屋。

这事情，让我百思不得其解。

只有野叉，没什么顾忌，经常来老宅和我一起玩儿。

这几日，春雨不断。昨天野叉把他精心晒干的山货拿来百货店卖，告诉我不少山里的趣事，让我心痒无比，所以拜托他再进山时，带上我。于是就有了今天的这次山野之旅。

滕六送货还没回来，我得趁着这机会享受自由。他在时，总是对我管得很严。

山里，的确是个乐园。

且不说烂漫的风景，林中有鸟兽，溪里有鱼，岸边有花，还有数不清的野果、蘑菇，运气好的话，还可以在荆棘丛中捡到光洁的鸟蛋。

尤其是蘑菇，雨后一簇簇生长出来，亭亭如小小伞盖，又大又嫩。采回去，洗干净扔进锅里，什么佐料都不放，也鲜美得让人舌头都掉下来。

但是也挺辛苦。

山路不好走，还时不时碰上毒蛇。至于蚊虫，几乎到处都是，咬得我脸上、手臂上、腿上，全是包。

"我走不动了，脚好疼。"我咧着嘴，对野叉说。

"你还真是少爷！"野叉直摇头，"一路上，干活儿、背东西，都是我，你空着双手，只会说：'野叉，把那片蘑菇采了！''野叉，爬上树，把那野果子摘了给我尝尝！'诸如此类的……"

"我有走路呀！"我毫不客气地反驳，"走路是我自己完成的！"

"哎哟哟，这不废话吗？你难道还让我背着你？"野叉走过来，看看我的脚，"有血泡呢。"

血泡？

抬起脚，果然见脚掌磨出了个大血泡。

"给你挑破了吧，不然更受罪。"野叉抱着我的脚，从兜里掏出银针，稍微用力，我疼得发出猪叫。

"啧啧啧，细皮嫩肉，你这样的人，妖怪一定很喜欢。"

野叉说。

还是别提妖怪了吧。

我皱起眉头。

前段时间，从般若寺回来的路上，我碰到了个凶狠的家伙，差点儿丢掉小命。

"这边，应该不会有那种东西吧？"我说。

般若山在北边，安全起见，我让野叉带我来到了西边的山林。

"不一定哦。"野叉摇头，"看到前面的那座大山了吗？"

我抬起头。

眼前的山，和周围的不同。高，险峻，而且云雾缭绕，看不清楚真容。

"姥姥山。"野叉从背篓里取出布条，将我的脚掌裹起来，包扎好，"是周围最大最深的一座山，爷爷说那里的妖怪最多。"

野叉的爷爷，木场老爹，对周围的群山了如指掌，他的话，应该没错。

"所以我们只能再往前走一小段，就得原路返回了。"野叉挨着我坐下，取出干粮，分给我一半。

用芭蕉叶包裹的饭团，里面是捣烂的白糖红豆泥，清香可口。

"你很怕妖怪吗？"我问。

"当然了，山里没人不怕这些东西。"野叉点点头，"藏在树木、阴影里，碰到了，就跟黏上狗皮膏药一样，甩都甩不掉。"

"妖怪也不都是坏的。"

"可也不会全是好的。"野叉笑了笑，"要不然，为什么叫妖怪呢？"

"其实，和人也没什么不一样。"

"我不知道。"野叉将半个饭团飞快吃完，"但和妖怪扯上关系，就会带来厄运。山里人都这么认为。"

"这话没道理。"我躺在厚厚的草丛上，看着碧蓝的天空，"所谓的关系，那是羁绊所致，总是有原因的吧。还有，这里原本是妖怪的地盘，他们很久很久以前就生活于此，是我们，是人类，闯进来，修建起房屋、道路，开垦出农田，把他们赶进深山，是我们打扰了他们。"

"文太少爷有文化，我说不过你。"野叉挠挠头，"但山里人不喜欢和妖怪打交道，是事实，不光如此，对那些可能会带来麻烦的人，也会尽量躲开。"

"可能会带来麻烦的人？"

"嗯。和妖怪容易扯上关系的。比如文太少爷你。"

"我？"我坐了起来，"你的意思，平常镇里的孩子不和我一起玩儿，是因为这个？"

"肯定的呀。"野叉说。

"为什么？"

"因为你是方相家的人呀。"

"我们方相家怎么了？"

"你是真不知道还是假不知道？"

"什么意思？"

"你们，是妖怪之家呀！"野叉诧异地看着我。

"妖怪之家？"

"嗯。镇里人祖祖辈辈都流传，你们方相家是妖怪之家，从很久之前迁来镇子里时，就带来了很多妖怪……"

"这很过分哦。"

"还有更过分的呢。"野叉笑着说，"说你们家的大宅里，生活着无数妖怪，全部是家里的奴仆；你们家之所以那么有钱，是因为妖怪带来了巨大的财富；凡是方相家的人，都可以召唤妖怪……"

"所以他们才会躲开我？"

"嗯。多一事不如少一事。"

"那你为什么不这样？"

"这个……"野叉想了想，"我觉得你好像没什么特别的。"

"啊？"

"这么没用，绝对不可能召唤妖怪的。"

说完这句过分的话，这家伙肆无忌惮地大笑起来。

好想绝交！

休息了一会儿，起身，继续往前走。

逐渐进入了姥姥山。

周围的景色顿时有了分别——道路消失了，林木交织，随处可见倒伏的生满苔藓的大树。

平时，这里应该很少有人来吧。

不过，收获满满。

几乎到处都是蘑菇、野果，我们很快就采满了背篓。

"哈哈，真是好收获！"我顶着野叉给我做的树叶帽子，手舞足蹈。

"这算什么呀……"野叉像看着白痴一样看着我，"不过是普通的蘑菇而已，几年前，我采到过灵芝的。"

"灵芝？"我睁大了眼睛，"吃了可以长生不老的灵芝？"

"哎呀，怪不得滕六骂你是笨蛋！那只不过是传说啦！"

野叉吃着野果，"怎么可能长生不老呢？不过，的确是珍贵的东西。那东西，我小心保存着，有次爷爷突然犯了急病，给他吃了，第二天就能起床了。"

"哪里采的？"我好想看看这种神奇之物。

"就在姥姥山，在前头。"野叉朝前方的林子努了努嘴。

"去看看，说不定还能碰上呢。"

"怎么可能！你以为是蘑菇一生一大片？爷爷说了，那种东西，可遇不可求，也是我运气好，才能碰到吧。"

"万一呢！万一还有呢！"我极力怂恿，"一枚灵芝，可值不少钱，你上次不是说想买头牛耕田用吗？"

"是哦……"野叉说。

"走吧，去看看。"

在我的诱惑和坚持下，野叉终于同意了。

我们两个在怪木乱石中穿行，走了一两个小时，来到一处凸起的高岩之下。

细小的溪流从山岩中汩汩流出，到处都是湿漉漉的，地上的落叶经年积累，兀自腐烂，踩上去没到膝盖。

"就在那块岩石的缝隙里。"野叉指着不远处的一块大石头说。

我们俩来到跟前，将附近搜罗了个遍，一无所获。

"早跟你说了，不可能还有的。"野叉说。

"回吧。"我垂头丧气。

回去的路上，我一声不吭。

见我心情不好，野叉笑道："哎呀呀，别这样了，我带你去个稀奇的地方吧。"

"什么地方？"

"寻常人根本不知道的地方，连镇里人都很少去。我也是偶然才发现的。"

他带着我，兜兜转转，来到一片小小的凹地。

穿过高高的荆棘丛，眼前豁然开朗。

"竟然是……竹林呀！"我低低地欢呼了起来。

一片小小的竹林，覆盖了整个凹地，在清风中沙沙作响。

我很快就明白野叉说的稀奇之处——那些竹子，和我之前见过的任何竹子都不同，不管是竹竿还是竹叶，都是淡淡的紫色，阳光下氤氲成一片紫色之海！

"没见过紫色的竹子吧。"野叉骄傲地昂着头，"也只有姥姥山这地方有。"

"好美！"

"秋天的时候更美！周围的树叶都落光了，这片竹子依然枝繁叶茂，月光照下来，会发出淡淡的紫色光芒，远远看上去，哎呀呀，简直就像是……"野叉不知道怎么形容了。

真想亲眼看看那神奇之景呀！

"哦，有座坟墓呢。"我说。

在紫竹林的中央，一块高耸的岩石下，是方小小的坟。

馒头一样的土堆，孤零零的，但被收拾得很干净。

没有墓碑，所以不知道主人的姓名。

深山野岭之中的一座孤坟，想来也会十分寂寞吧。

我双手合十，默默问候了一番。

"野叉，我们回吧。"我说。

"好。"

尽管没有采到灵芝，但见识到了这罕见的紫竹林，也算是没白跑一趟。

他在前，我在后，走入林中。

"穿过林子，前面有条近路，日落之前可以回到镇子。"野叉说。

我一边走，一边欣赏着竹林，看一看，摸一摸，心情雀跃。

没用多长时间就来到了紫竹林的边缘。

前面的一棵大树下，荫翳中，有个影子。

是……妖怪吗？

我吃了一惊，拉了野叉一把。

"怎么了？"野叉被我拽得打个趔趄，差点儿摔倒。

我朝前面指了指："妖怪？"

野叉看了看，大笑："哪里是什么妖怪！那是人啦！"

人？这深山之中，怎么会有人？

"是烟锅爷爷。"野叉说。

"烟锅爷爷？"

"嗯。他不是我们黑蟾镇的人，住在姥姥山的另外一边。偶尔会来我们镇溜达。因为他有个大烟袋，烟锅很大，我们都叫他烟锅爷爷。"

哦。原来如此。

"烟锅爷爷，早呀！"野叉走过去，大声打招呼。

"早？野叉，这都日上三竿了，早个屁呀。"对方哈哈大笑，"你小子不好好干活儿，又到山里偷懒了？"

"田里的活儿我早就干完了！"野叉不服气地说。

果然是个老头儿。

年纪大概六十多岁吧，个头不高，四肢短小，脑袋却是出奇的大，穿着一身黑衣，坐在突出地面的树根上，身后放着个比他个头都高的竹篓，鼓鼓囊囊，上面盖着雨布。

"这位倒是面生……"烟锅爷爷看着我。

"我是……"

"方相家的少爷。"野叉抢先介绍。

"哦，是文太少爷吧！"烟锅爷爷高兴地叫起来。

"啊？"

"你不记得我了？你小的时候我还抱过你呢。"

"抱歉，那时候的事情，不太记得了。"我不好意思地挠着头。

"算一算，已经十年了。"他笑眯眯地看着我的脸，"想不到长这么大了，不过，也没太大的变化，还是那么丑。"

啊？我这样的面容，绝对千里挑一、玉树临风，竟然还说丑？！

真是毫无审美能力的讨厌老头儿呢！

"好久没看到你了。"野叉和烟锅爷爷很熟，在对面坐了下来。

"老喽。"烟锅爷爷笑道，"我年轻的时候，一天就能翻过姥姥山，现在呀，走过来要花四五天的时间，所以能不动就不动了。"

"送货？"野叉毛手毛脚地翻着烟锅爷爷身后的大背篓。

里面有很多林林总总的东西——鱼干、腊肉、蜂蜜、狍子腿儿……

"嗯，你爷爷催命一样，已经让人给我带好几次话了。"烟锅爷爷一边说，一边从背后抽出烟袋，熟练地往里面塞上烟叶，点火，抽了起来。

山里的男人，几乎没有抽卷烟的，全是用烟袋。

这玩意儿，是男人们必不可少的随身用具。

所谓的烟袋，由四部分组成：前面是个大烟锅，一般都是铜的，放置烟叶；然后是烟杆，金属、木头、竹子都可以，是过滤的通道；尾端是烟嘴，材质也各有不同，一般是铜的，讲究点的用玛瑙、翡翠或者玉石；除此之外，就是系在烟杆上的烟叶袋了，就是个布袋子，里面装上烟丝。

这东西，我爷爷也有，他瘾大，烟不离手。

我爷爷的烟袋，比较华丽，烟锅是纯金的，上面有精心雕刻的走兽，烟杆则是上好的金丝紫檀木，烟嘴用一整块翡翠雕就，绿得如同一泓碧水，至于烟叶袋，也是用苏杭的丝绸做成，上面用细小的珍珠绣了一个四只眼的大怪物。

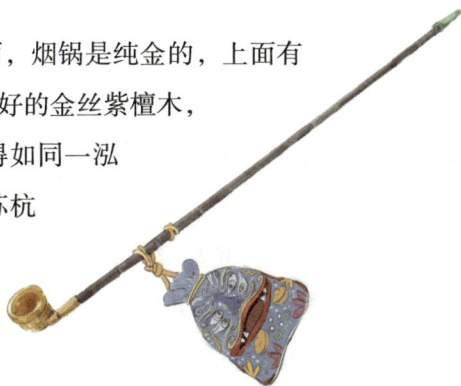

小时候，他把我抱在怀里，咕噜咕噜地抽，那扑鼻的香气，常常让我晕晕乎乎。给他的烟锅装烟丝，是我的乐事儿。

和爷爷的烟袋相比，眼前的这个，就朴素多了。

烟锅爷爷的烟袋，毫不起眼——烟嘴、烟锅都是黄铜，烟杆是一根细细的杆儿，非铜非木，至于烟叶袋，干脆用一块皮子缝了，黑乎乎的，油腻无比。

但这烟袋，很不一样！

首先，是烟锅大！一般人的烟锅，大如铜钱，他这个，简直就是个拳头！其次，是烟杆长，我爷爷的那个烟杆已经算长的了，不过和他的比起来，小巫见大巫，他这烟杆，足有一米半！而且烟杆通体紫黑，油光锃亮，完全看不出是什么材质。

见我盯着他的烟袋发呆，烟锅爷爷笑起来："小时候你就盯着我这玩意儿不放，现在还这样，给。"

我接过来。

好沉！

起码有好几斤！

"我从二十多岁就抽烟，这玩意儿，跟着我三十多年了。"

他说。

年头悠久。

我拿在手里把玩。

烟锅和烟嘴，虽然是黄铜，但已经被磨得跟金子没啥区别，亮闪闪。不过我最感兴趣的，是烟杆，只有拇指粗，光滑、冰凉，极为坚硬，阳光下，泛出紫黑之色。

"这是……竹子吗？"我仔细看了看，发现了上面的竹节。

"是哦。"烟锅爷爷点了点头。

"不对呀，竹子不应该是这个颜色。"我说，"即便是年头久了，也不过会变成深红……"

"是紫竹啦。"烟袋爷爷指了指我和野叉来的方向。

哦！我恍然大悟。那片紫竹林的竹子。

看完了，原物奉还。

"这可是他的宝贝。"野叉跟我说，"两年前，他在我家酒馆里喝酒，有个路过的商人看见了，出一条小黄鱼要买，他都没卖。"

所谓的一条小黄鱼，指的是一根金条。

在这贫穷的深山中，一根金条价值巨大，能买下一座大宅外加几十亩上好的水田，自此吃喝不愁！

一个烟袋，一根金条，完全不等值呀！

"为什么不卖？"我好奇地问。

"有感情了。"烟锅爷爷笑，"毕竟跟了我三十多年。再说，我孤家寡人一个，自己忙活足够花销，要金条干什么？"

也是。

"你们先聊着，我去撒尿。"或许是水喝多了，憋得难受。

我站起身，走远，解决问题后，往回走。

野叉和烟锅爷爷聊得很开心，不过我吓了一跳——

不知什么时候，那棵树的背后，缓缓爬来了一条蛇。

一条粗如手臂、通体乌黑的毒蛇，沿着树根向上，晃晃悠悠地立起脖子，长芯吐出，盯着烟锅爷爷的脖颈！

那样的蛇，野叉先前告诉过我，叫烙铁头，剧毒无比，人若是被咬上一口，很快就死掉。

我吓坏了，想提醒烟锅爷爷，可又怕惊扰了蛇，一时之间手足无措。

"哈哈哈哈！"不知野叉说了什么，烟锅爷爷哈哈大笑，身体后仰。

这动作，激怒了那条烙铁头！

巨蛇毫不犹豫，张开嘴，风驰电掣地咬向烟锅爷爷的脖子！

完了！我捂住嘴巴。

噗！

电光火石之间，烟锅爷爷的烟袋中升腾出一团黑雾！

不，那不是雾，是一条长长的紫色阴影，张开大嘴，一口咬住烙铁头的脖颈，一甩头，将这条毒蛇如同一根烂草绳一样甩到了后面的草丛里，然后迅速缩回烟袋里。

那是……龙吗？！

虽然时间很短，可我看得清楚——分明是长着龙的头！

"刚才！"我气喘吁吁来到跟前，野叉和烟锅爷爷齐齐昂起头看着我。

"怎么了？"野叉问。

"刚才，你们没看到？"我说。

"看到什么？"野叉问。

"一条蛇在后面，然后，龙……"

"龙？"野叉笑起来，"你不会被太阳晒晕了吧？哪来的龙？"

好像两个人没有看到那东西。

怎么可能呢！分明刚才……

"我得走了。"烟锅爷爷收起长长的烟袋，背起大大的竹篓，"我得先去般若寺一趟，给老和尚送点药材，然后才能去镇里，不跟你们同路了。文太少爷，山里不安全，天黑之前一定要回镇上，不能贪玩哦。"

"哦。"

"再见。"说完，他摇摇晃晃地走掉了。

大大的、沉重的背篓压在他的身上，完全看不到他的身体。

我和野叉也飞快下山。

"文太少爷，你脸色似乎不太好。"野叉一边走一边说。

"你刚才，真的没看到？"我问。

"看到什么？"

我将所见说了一遍。

"怎么可能呢！"野叉睁大眼睛，"我就在跟前，根本没看到你说的一团像龙的烟雾。"

"我不可能看错，从烟锅爷爷的烟袋里钻出来的。你不相信？"

"你说的话，我当然相信。"野叉挠着头，"可我的确没看到。不过……"

"不过什么？"

"不过，可能有些事情，只有你们方相家的人能看到吧。"野叉目光复杂地看着我，"比如妖怪。"

"你的意思是说，烟锅爷爷的烟袋里，住着一只妖怪？"

"有可能哦。他身上的有些事，先前我就想不通。"野叉说。

"什么意思？"

野叉一边走，一边说："烟锅爷爷住在姥姥山另外一边，这么多年，只有他一个人能够平安无事地翻山而过。"

"啊？"

"姥姥山，不仅是妖怪的出没之地，更盘踞着很多毒蛇猛兽，更要命的是，山里有一种十分奇怪的瘴气，我们都叫那玩意儿'黄泉瘴'，缥缈不定，只要吸上一口，就会昏迷不醒，用不了几天人就死了。因为这些原因，从来就没人敢深入姥姥山，更不用说翻山而过了。"野叉说，"但只有烟锅爷爷，能够平安无事地跑来跑去。也是因为这个原因，所以山那边的人会委托他带着山货来到咱们镇子里贩卖，然后再买些日用品带回去。凭借着这样的辛苦酬劳，他才能生存下来。"

野叉吸着气，继续说："这事情我之前就觉得稀奇，一般人根本没法办到。我问过爷爷，爷爷也说不清楚，说烟锅爷爷肯定有他的办法。如果他的烟袋里真的藏着这么一个妖怪，那就可以解释了。"

野叉皱着眉头，露出一副苦恼的样子："不过，照理说，凡是和妖怪沾染上，都会带来厄运呀。"

"真是笨蛋！我之前就跟你说了，妖怪也不全是坏的！"

"可能如此吧。"

太阳落山之前，我们终于安全到了黑蟾镇。

在村口分别后，我回到了老宅。

"少爷！"刚进门，正准备偷偷摸摸溜回房间，就听见一声怒喝。

我苦着脸，缓缓转身。

穿着一身锦衣的朵朵气鼓鼓地站在旁边，瞪着双眼，那张小脸，满是怒气。

"呵呵呵，这不是最最可爱的朵朵嘛……"

"少来啦！"朵朵哇的一声哭起来，"真是气死人呢！偷偷溜出去，满身是泥回来，一定是上山啦！告诉你山上不安全，上回就差点儿没了性命！我最心爱的少爷要是有个三长两短……呜呜呜！"

真是没办法！

我使出了自己的绝技——捂着头，身体晃悠，装出一副要晕倒的样子。

"少爷！"朵朵扑过来，扶住我，"没事吧？！"

"头晕。或许是饿的……"

"饿的？！该死的野叉，带少爷出去，竟然不懂得服侍……少爷，你忍一下，我立刻去弄好吃的……"

十分钟后，一桌子美味佳肴摆在面前。

大快朵颐，幸福得很。

当然，也被数落了一两个小时。

夜幕四合。

吃饱喝足之后，我正准备将百货店关门打烊，有人晃了进来。

"文太少爷。"他笑着把背篓放在地上。

是烟锅爷爷。背篓空空，满身酒气。

应该是在木场老爹那里卖完了山货，痛痛快快喝了一顿酒。

"哦，你老人家来了。"我赶紧招待。

"怎么敢让你这样。"烟锅爷爷赶紧制止了我，看了看店，"滕六不在？"

"出山送货了。"

"怪不得。"烟锅爷爷挠着头，"这就麻烦了。"

"怎么了？"

"卖完货，我得帮着乡亲们带些家里用的东西……"

说的是，整个黑蟾镇就我们这一家百货店。

"滕六不在，还有我啦。说，要什么？"我笑道，"今天可是一笔生意都没做呢，我做主，给你打八折。"

"哈哈哈。那就不客气了。"烟锅爷爷很高兴，张嘴报清单，"火柴十封，针五十根，肥皂二十块，老花镜三个……"

我在货柜上忙活了一个多小时，几乎累瘫了，总算是把需要的东西给找齐了。

"哦，还有烟叶吗？"

"有呀。要哪种？"

"就一直抽的碎末子烟。"他说。

百货店卖的烟叶有十几种，碎末子烟是最差的。所谓的碎末子，就是烟叶加工之后剩下的那些碎末。

"烟锅爷爷，你这么辛苦，应该买点儿好的犒劳犒劳自己，这样，我送你几斤最好的上阳黄！"

"那可使不得。我怎么敢抽大老爷才能抽的上阳黄。还是碎末子吧，抽了几十年，习惯了。"

我把烟叶包装好，放进他的背篓。

"一共多少钱？"他摸出钱包。

"烟叶我送你的。其他的，等下次来，你跟滕六算。"我完全就搞不清楚这些东西的价格。

"好。"他答应了。

"喝点儿茶吧。"我给他泡了茶。

"好哟，在木场那里喝酒喝得口干舌燥。"烟锅爷爷想都没想，答应了。

两人喝着茶，坐着聊天。

我的目光，一直落在他的那个烟袋上。

"看来，文太少爷很喜欢我的这个烟袋呢。"烟锅爷爷笑了笑，"我送你算了。"

"那可不行！这可是你的宝贝！"我连连摆手。

"哈哈哈，什么宝贝呀，不过是一个普通的烟袋罢了。也只有你们当成宝贝。"

"你们？"

"嗯。"烟锅爷爷笑着说，"今天野叉也说了呀，有个过路的人要出一根金条买这个烟袋，我没卖……"

"嗯。"

"我不缺钱。"烟锅爷爷说，"不过这事情我很好奇，就问了大老爷。"

"爷爷怎么说？"

"大老爷哈哈大笑，他说一根金条就想买了去，太便宜了吧。"

"啊？"

"大老爷说，这烟袋就是个宝贝，给多少钱也不能卖。"烟锅爷爷有些困惑地说，"当时我以为他跟我开玩笑呢，可他的表情，完全不像。"

"爷爷说原因了吗？"我问。

"没有。"烟锅爷爷摇头，"大老爷没说这东西为什么是个宝贝，不过，他问了我几个问题。"

"什么问题？"

"他问我：'你平时穿山越岭是不是从来没碰到过毒蛇猛兽、蚊虫蚁蛛？过姥姥山的时候，哪怕是夜里，也没有碰到过妖怪？至于疟疾、伤寒这样的病，也没有害过吧？'"烟锅爷爷眯起眼睛，"仔细一想，是哦！"

烟锅爷爷装上烟丝，点火抽烟："大老爷说，这些，都因为这个烟袋。所以，是个无价之宝。"

"的确是呢。"我说。

"哦？这么说，少爷也能看到一些东西了？"

"什么意思？"

"大老爷说他能看到我看不到的东西。当时我问他是什么，他没说。想来，少爷也看到了吧？"

"这个……的确是。"我点头。

"原来如此。"烟锅爷爷笑了笑。

"这个烟袋，当初是怎么得来的？"我问。

"很普通的一个玩意儿。"烟锅爷爷顿了顿，道，"烟锅、烟嘴都是随手买的，没什么稀奇的，要说唯一的不同，可能就是烟杆了。"

"烟杆？"

"嗯。"烟锅爷爷说，"紫色的竹子。"

"是姥姥山的那片紫竹林的竹子吗？"

烟锅爷爷"嗯"了一声："说起来，那片竹林和我，真是有缘分呢。"

他转过头，看着外面的夜色："文太少爷，我不是这里的人，三十多年前，逃难来的。在路上，我结识了一个女子，叫阿竹。我自幼父母双亡，也没有兄弟姐妹，她也是苦命人，一家老小只剩下她自己。"

"阿竹是个很好的人，漂亮，贤惠，我们一路相互照顾，后来就好上了，结为夫妻。虽说没有婚礼，居无定所，但毕竟两个人在一起，相互有了依靠。那是我这辈子最幸福的时候。"

"后来，阿竹病了。"烟锅爷爷抽着烟，"我们没什么钱，所以阿竹的病越来越严重。我们在姥姥山下停了下来，搭了个小茅棚。我拼命搜罗山货，赚钱，买药，但阿竹还是去世了。"

房间里静悄悄的，只剩下烟丝燃烧时发出的吱吱声响。

"我把阿竹埋在了山岩下，完全失去了继续生活的勇气。我打算等过了她的头七，就上吊算了。"烟锅爷爷眯着眼睛，"可是头七那天早上，我送上供品时，突然发现坟头冒出一根嫩竹来。"

"紫色的竹子。真是稀奇哦。"烟锅爷爷笑了笑，"那应该是阿竹特意送给我的吧。竹是她的名字，紫色是她最喜欢的颜色。看着它，我想，可能是阿竹不让我死。"

之前我和野叉在紫竹林看到的那个小坟，应该就是阿竹的坟吧。

　　"我没有上吊，守着坟，细心照料那根紫色的嫩竹。"烟锅爷爷说，"看着它一点点长大，听它在风中发出唰唰的声响，就像阿竹在我耳边说话。可是，一天晚上，那根紫竹被劈断了。"

　　"劈断了？"我十分惊讶。

　　"嗯。那晚，狂风暴雨，电闪雷鸣。我担心竹子，就起身去查看。到了山岩，发现一道道闪电当空劈下，周围的岩石都被击得粉碎，然后那根竹子也被……"

　　那时，烟锅爷爷肯定很难过。

　　"我哭着把竹子拿回了家，虽然断了，但它就是我的阿竹呀。所以，我就把竹枝，做成了烟杆，一直用到了现在。"烟锅爷爷轻轻地摩挲着烟杆，"有它在，阿竹就在。"

　　"那紫竹林又是怎么回事？"我问。

　　"这个……我也不知道呢。"烟锅爷爷说，"那天晚上我就离开了那里，去了山对面的村中。每次过山的时候，都会去祭拜阿竹，跟她说说话。有一天，雨后，我发现周围的地面上冒出了很多的小竹笋，后来慢慢长出许多紫色的竹子来。哈哈，看来在那个地方，阿竹很开心。"

　　"因为阿竹，尽管有不少人给我撮合，我也没有再娶别的女人。这些年，之所以翻山越岭送山货，也是因为能够路过看看她的坟。文太少爷，我老了，最近身体也不太好，不知道还能有多少活头，可能再过两年，我也爬不动姥姥山了。"

　　那晚，烟锅爷爷说了很多的话。

　　那根紫色的烟杆，给我留下了很深的印象。

　　烟锅爷爷聊得很开心，当晚就翻山越岭回去了。

第二天，我和野叉出去钓鱼，玩儿了一整天，直到天黑才回来。

"少爷，你怎么现在才回来，有个家伙等你很久了。"一进门，朵朵就走了过来。

"买东西的？我不是已经把店门关上了嘛。"我放下鱼竿，抬起头，顿时吓了一跳。

房间里，站着个大家伙！

足足有三四米高，悬空而立，一身宽大的黑袍下，露出黑漆漆的烟雾一般的身体。

是……龙吗？

看着那一对大角，那一张平时只能在画册里看到的熟悉的龙面，我吃了一惊。

"打扰了，文太少爷！"他毕恭毕敬地施了一礼，"我们又见面了。"

"又见面了？"

"昨天，紫竹林边，你看到过我。"他说，"我就是藏在烟杆中的那条烟龙。"

烟龙啊……

"你找我，有事？"

"文太少爷！拜托了！"他突然双膝跪地，"请你救救阿泰吧！"

"阿泰？"我有些摸不着头脑，不过很快明白了，"难道是烟锅爷爷？他怎么了？"

"昨晚连夜翻姥姥山回去，半路上遇到了个妖怪，我替他驱除之后，追了上去。他一个人，不小心中了黄泉瘴！都怪我……"

黄泉瘴，野叉说过，吸入一口，就会当即昏迷，几天之后就会送命。

"怎么会这样？！"我急了起来，"黄泉瘴奇毒无比，我……也没有应付的办法呀！"

"方相家法术高超，一定会有办法的！"他哀求道。

法术高超？那应该是爷爷吧。我，可是个出了名的病秧子、窝囊废呢。

"其实，也不是没有办法的。"旁边传来了朵朵的声音。

"什么办法？"我和烟龙异口同声地问。

"少爷，身为护门草，我可是熟悉普天之下所有的药草以及各种瘴气、毒物的克制方法。"朵朵说。

太好了！

"怎么才能救烟锅爷爷？"我问。

朵朵皱起眉头，看着烟龙："办法是有，不过……"

"直说吧，只要能救阿泰！"烟龙说。

"哪怕要牺牲你自己？"朵朵看着他说。

牺牲……

这话，什么意思？

"要我做什么都可以。"烟龙说，"阿泰对我来说，比生命还重要。"

这其中，怕是还有故事吧。

烟龙叹了口气："我原本是一条灵蛇，生活在姥姥山下的那片山岩中，不知道度过了多少年月。姥姥山妖怪很多，固然有很多心地善良的，但也有弱肉强食的。更可怕的，还有人类。我的父母，很久很久以前就被人类杀死了。我独自小心生活着，没有朋友，独自面对天地，独自看花开花落，孤独，寂寞。"

"直到阿泰和阿竹在山岩旁安下了家。"烟龙微微闭上眼，笑了起来，"我从来没有见过那样的人类，和善、安静、圆满。他们相互照顾，充满爱意，即便是面对贫穷、疾病，那个简陋的小茅棚里，也能传出来欢声笑语。我渐渐喜欢上了他们，为他们驱逐妖怪、野兽，只为能看到他们的笑脸。阿竹的笑，很美的。"

烟龙顿了顿："后来阿竹还是去世了。阿泰痛不欲生。在走上黄泉路之前，阿竹找到我，说她已经想出了让阿泰重振希望的办法，拜托我以后多照料阿泰。头七之后，阿竹的坟前，长出了一株紫竹。那是她对阿泰的无限留恋与爱意所化。"

"真是一根美丽的竹子呀。"烟龙说。

"怎么会被雷击中呢？"我问。

"怪我。"烟龙露出悲伤的表情，"灵蛇修行无数年，要迎来最终的时刻，就是所谓的天劫。如果能抵御得了上天降下的天雷的试炼，就能化身为龙，否则，就会身死道消。

"那一晚，我的天劫来了。我拼命抵挡，但无论如何也承受不了最后一道天雷。肉体被击碎了，我的灵魂，在雷霆面前，无比弱小。情急之下，我，钻进了那根紫竹里。"

我张大了嘴巴。

"我躲过了天劫。"烟龙叹了一口气，"却让那根紫竹……"

"也是无可奈何的事。"我说。

烟龙摇了摇头："看着阿泰那么伤心，我很自责。我向山神哀求，交出了自己的龙珠，换来了灵水，让紫竹的根茎重生，让那片竹林郁郁葱葱地生长在阿竹的坟墓旁。"

"这代价，太大了。"朵朵说，"没有了龙珠，你永远都不可能成为真正的龙了。"

"对我来说，无所谓了。成为龙，又怎样呢？"烟龙呵呵一笑，"我自此寄居在阿泰的烟杆中，像之前阿竹拜托我的那样，时时刻刻陪伴着他，替他赶走妖怪、毒蛇猛兽，和他一起四处奔波，看他哭，看他笑。对我而言，他，成了亲人。人的一生，和妖怪相比，真是太短暂了。但是，又是那么的精彩！这三十多年的时光里，我得到的快乐，远远超过之前的千年！"

烟龙看着朵朵："所以，请告诉我拯救阿泰的方法吧，即便是牺牲我自己。"

朵朵沉吟了一下："其实很简单，就是将烟杆炙烤后，碾成粉末，煮成水，给阿泰灌下去。"

烟杆是烟龙的寄身所在，烟杆没了，他自然也就没了。

"如此，甚好。"烟龙丝毫不在意，呵呵一笑，看着我，"文太少爷，这事情，拜托你了！"

"我？"

"事不宜迟，请你立刻跟我去家里，办成这件事。"烟龙说。

他，已经下定决心。

也只好如此了。

随后，我用布蒙上了眼睛，骑上烟龙，在呼啸的风声中，翻过姥姥山，来到了烟锅爷爷的家。

"你决定了？"取来了碾子，我看着烟龙。

"决定了。"烟龙看了看躺在床上昏迷不醒的烟锅爷爷。

"有没有什么话，需要我转达给阿泰？"

"这么多年，我一直想跟他说句对不起。"烟龙笑笑，"不过，还是算了吧……文太少爷，请动手吧。"

说完，他的身形消失在烟杆之中。

　　我伸出颤抖的手，将烟杆卸了，炙烤，碾碎，煮水，给阿泰灌下。

　　忙完了这些，我累得睡着了。

　　"文太少爷，你怎么会在这里？"翌日晨，阿泰叫醒了我。

　　他终于活了过来。

　　"你感觉怎样？"我问道。

　　"感觉很好。我之前，似乎……"阿泰皱起眉头。

　　"你中了黄泉瘴。"

　　"是少爷你救了我？"

　　"我只是帮了点儿小忙。"我赶紧说。

　　阿泰看着房间外的天空："文太少爷，昏迷的时候，我做了一个梦。"

　　"梦？"

　　"嗯。一个好长好长的梦。我梦见一个又高又大的家伙，好像是一条龙，跟我说了句，对不起。"

　　阿泰看着我："是他吧？"

　　我沉默不语。

　　"我看不到你们看到的东西，但我知道这些年，他一直守护在我身边。"阿泰笑笑。

　　我想把烟龙之前告诉我的那些事，讲给阿泰听，但还是放弃了。

　　眼前这样，也挺好。

　　"其实，他不必对我说对不起，反而是我，应该感谢他。"

　　……

　　几天后，我和野叉又去看那片紫竹林。

阿泰正在忙活。

"文太少爷!"他远远地朝我打招呼。

"你这是……"我看着满头大汗的他。

"我想把阿竹的坟迁走。"阿泰笑了笑,"我老了,不能像以前那样翻越这姥姥山,也没办法经常来看阿竹。所以想把她的坟迁到山那边,在家门口,我给她重新选好了地方。"

"我们也来帮忙吧。"我对野叉说。

迁坟进展得很顺利,阿泰将阿竹的遗骸小心装进罐子后,突然惊叫了起来。

我凑过去,看到土壤之中,缩着一条小蛇。

一条紫色的可爱的小蛇。

"紫色的蛇,很少见哦。"野叉说。

"不会是毒蛇吧?"我问。

"听说只有灵蛇才会有这样的模样。"野叉说。

他说的没错,那条蛇,对阿泰似乎很亲近,哧溜哧溜爬到了阿泰的手上,晃动着身体。

"可爱的小家伙。"阿泰似乎很喜欢,"那就跟着我吧。"

然后,我看着它听话地钻进了阿泰的袖子里。

"文太少爷,欢迎你有空到山那边做客。"带着那条蛇,阿泰背着罐子,笑着消失在山林中。

鹧鸪,叫了起来。

起了风。

呼啦啦的风,吹拂而来。

阳光之下,泛着紫色光芒的竹林,沙沙作响。

真是美丽呢。

花月精

山之婚

　　唐代袁郊《甘泽谣》载，有花月之精，名素娥，歌舞之技冠绝天下，魅武三思，以兴李唐。

这张脸，真的丑吗？

不应该呀。

我看着镜子，长吁短叹。

虽然有些苍白，但轮廓分明。高高的鼻梁，微微翘起的嘴角，十分精致！不，应该说，玉树临风、英俊潇洒。

让我耿耿于怀的，只有两个地方：一个是头发，少见的一种栗色，而且微微卷曲；另外一个，就是眼睛了。

我的两只眼睛，瞳孔的颜色，左眼青，右眼红，所以从小到大，很多小朋友叫我"波斯猫"。

除了这两点，我应该算是个美男子吧。

但今天早上，有个家伙，说了一句话，严重伤害了我的自尊心。

"这些花，想必是因为整日看到文太少爷的这张脸，才会集体自杀的吧。"

如此过分的话，也只有笨蛋五郎才能说得出口！

当然，惹恼本少爷的后果，是很严重的。

坐在我对面鼻青脸肿、满头是包的家伙，此刻正疼得直哼哼。

"不过说了你一句，朵朵下手未免太重了！"他说。

"没把你这个笨蛋狸猫剥了皮，已经便宜你了。"我恨恨地说，然后重新将目光聚焦到镜子上。

"我的那句话，似乎有些……言重了。"团五郎吸了口气，"但是少爷，我说的也有些道理呀，不然，为什么那些花……"

想起花，我就开始心疼起来。

这个老宅，面积广阔，空旷无聊，唯一让我中意的，是满园的各色花草，白玉兰、野蔷薇、水仙、迎春花……郁郁葱葱，香氛浓郁。

每天看看，心情都能好起来。

但不知怎的，今早起床，发现它们全都耷拉下脑袋，枯萎了。

现在是春末，不应该这样呀！

"绝对不可能是因为我这张脸，笨蛋五郎！"我怒吼了一声，"肯定有别的原因。"

"是哦。"团五郎连忙举起手，明显口是心非地说，"文太少爷最英俊啦！"

"嗯！肯定是因为我的这张脸，太过炫目。"我点点头，"所谓闭月羞花，便是如此。"

团五郎一口茶水喷了出来。

"咱们不开玩笑了。"圆滚滚的狸妖将茶杯放下，"话说，我来的路上，看到山里的花花草草也都是一副没精神的样子。"

"哦？那就是说，不光是我的院子里是这种情况？"

"是呀。"

"带我去看看！"我小声说道。

"你恐怕是想借机出去玩吧？"团五郎嘿嘿一笑，然后摇摇头，"文太少爷，这几天，还是消停些，比较好。"

"为什么？"

"因为山之婚呀。"

"山之婚？"这词儿，倒是第一次听说。

"三日之后，就是山神大人的婚礼，非同小可。"团五郎认真地说。

"山神……也能结婚？！"

"这不废话嘛！山神大人怎么就不能结婚了？"团五郎甩给我一个白眼，"是极其难得的盛事！各处的妖怪纷纷赶来参加，山里已经摩肩接踵，热闹得快成集市了！"

"那好呀！我就喜欢热闹！"我全身的血液立刻沸腾起来。

山神的婚礼，妖怪大集会，好刺激！

"那些妖怪，鱼龙混杂，随便碰上一个，你的小命就没了，所以还是老老实实待在家。"团五郎摇了摇头，"我可是答应朵朵了，不能让你离开宅子一步。"

"朵朵呢？"我吃了一惊。

朵朵是我们家的护门草，一直都是不离家半步的。

"去山里了呀！"

"去山里干吗？"

"还不是因为文太少爷你。"团五郎揉着脑袋上的包，"院子里的花变成那副鬼样子，你哭得一把鼻涕一把泪的，朵朵心疼坏了，然后就进山了。"

"啊？"

"应该是想到了让那些花重新焕发光彩的办法了吧。"团五郎坐直身体，"总之，朵朵没回来之前，你是出不了门的。文太少爷，我团五郎一言九鼎，答应的事情，一定会办到！"

我了解笨蛋五郎的性格，一根筋，牛脾气，看来今天出门玩耍是不可能的。

"山神大人娶亲，对方应该也是神灵吧？"我问。

"不一定哦。"团五郎说。

"什么叫不一定呀？"

"有可能山神之间互结连理，也有可能是迎娶美丽的妖怪呢。"

"山神之间互结连理？山神不都是男的吗？"

"哎呀，山神也有男有女呀！情投意合，就能成为夫妻。这种情况，最好。但有时候，山神喜欢上了妖怪，娶回家，也没什么大不了，很常见。"

"那这次结婚的，是哪位山神？"

"北方云蒙山的景光大人。"团五郎一脸崇拜的样子，"年轻有为，英俊潇洒，多才多艺，而且人特别好，比文太少爷你简直强上百倍。"

哈？我低头开始找棍子。

"那个，新娘子也相当不错呢！"团五郎吓得够呛，赶紧转移话题。

"谁呀？"我直起身子。

"我们咚咚山的素娥大人呀！"团五郎两眼放光。

"没听说过。"

"素娥大人你竟然没听过？"团五郎鄙夷地看着我，"那简直是我们咚咚山，不，应该说是周围所有山里，最美丽的一位大人！"

"有什么来头？"

"素娥大人，乃是花月之精。"团五郎咂了咂嘴。

花月之精。光这四个字，就已经让人遐想联翩了。

团五郎双肘放在桌子上，捧着脸，无比花痴地看着天花板："是一位花月精气汇聚而成的大人，有着倾国倾城之貌，任何人，看上一眼就会被迷得乾坤颠倒。在满月的夜晚，她会穿着一身雪白的长裙，光着脚在林中游荡，脚步踩踏的地方，硕大的花朵齐齐绽放。她就在那些花朵上跳舞，那舞姿……啧啧……"

"口水！把口水擦干了！"我怒道。

"我这是倾慕的口水呀！"团五郎哼了一声，"唉，景光大人真是好福气。"

"能成为山神的妻子，我觉得应该是素娥大人高攀了吧。"我说。

"不是啦！"团五郎立刻拍了桌子，"景光大人虽然不错，但配不上素娥大人！"

一副酸溜溜的语气，看来是羡慕嫉妒了。

"那可是我们山里最最美丽的素娥大人！"团五郎有些愤怒，"即便对方是山神，我们也认为是下嫁！"

团五郎叹了口气："一想到素娥大人就要离开我们出嫁到云蒙山那边，我的心都要碎了。"

"你一个小狸妖，就别抱有癞蛤蟆吃天鹅肉的想法了。"

"我们对素娥大人，那是钦慕，纯洁的钦慕之情。事实上，很多妖怪都不同意这门婚事。"

"不同意？"

"是呀！这么美丽的花月精，怎么能便宜景光大人！他们就抱着这般的想法，议论纷纷。"

"真是胆大，难道不怕被山神听到了受惩罚？"

"怕呀，但也有胆大的。很多妖怪，尤其是大妖怪，说是要找景光大人干上一架，还有的谋划迎亲那天抢亲呢。"

"这么劲爆？！"我激动坏了。

居然敢抢山神大人的新娘子，这群妖怪实在是太无法无天了。

不过，如此看来，那位素娥大人的魅力非同小可。

"所以，现在的群山之中，表面上看上去十分热闹、喜庆，但很多妖怪怒气冲天，你要是碰上了，会被一口吞了，不会有好结果。"

团五郎越是这么说，我越想溜出去。

如果能看到那位素娥大人，哪怕是一眼，也好呀！

美丽的花月之精。

正说着呢，门口传来马车吱吱嘎嘎的响声。

"好像是滕六大人回来了。"团五郎说。

的确是滕六。

他从马车上跳下，一副风尘仆仆的样子。

"山货卖得怎么样？"我问。

"相当抢手。"滕六一边说，一边开始将马车上采购而来的杂货卸下来，"赚了不少钱呢。"

"那就恭喜了。"团五郎毕恭毕敬地说。

"这不是咚咚山的小狸妖嘛，来帮我卸货吧。"

"滕六大人吩咐，实在是荣幸之至。"团五郎巴结地干活儿去了。

我叉着腰，看着两个家伙忙里忙外。

"我不在的这段时间，笨蛋少爷没惹祸吧？"收拾完，滕六倒了杯茶，坐下来。

"十分安稳。"我说。

滕六看了看团五郎。

"文太少爷，相当的乖！"团五郎学着我的语气。

"是吗？"滕六笑了一声。

那笑容，好假。

"怎么没看见朵朵？"滕六瞅了瞅四周。

"朵朵去山里了。"

"她一棵护门草，不看家护院跑山里干什么？"

我和团五郎相互看看，谁都没说话。

"肯定是因为笨蛋少爷你吧！"滕六吼道。

"过分了哦！滕六！"我也火了，"怎么就一口咬定因为我！"

"任何人朵朵都不会看在眼里，只有你这个笨蛋少爷，打个喷嚏她都能担心一天！"滕六拍着桌子，"肯定是你让她去干什么事情了！"

"混账滕六！你这样冤枉我，我可要解雇你！"

"解雇？！还轮不到你！目前，只有大老爷才有这资格！"

"哎呀呀，别拿爷爷压我……"

"要不是大老爷，我早把你这个笨蛋丢出去了……"

……

"那个，滕六大人，你的确冤枉文太少爷了。"夹在我们中间的团五郎，实在忍受不了飞舞的唾沫星子，举起了手，然后把事情的来龙去脉告诉了滕六。

"简直是胡闹嘛！"滕六瞪着眼，"山里头现在乱哄哄的，她跑进去，万一出事，怎么办？"

"你也知道山之婚？"我问。

"啊？哦，听说了。"滕六点点头，"好像是景光那小子要娶素娥。真是一朵鲜花插在牛粪上。"

景光……那小子……一朵鲜花插在牛粪上……

滕六，你知道你在说什么吗？难道不怕遭天谴吗？

对方，可是山神哦！

"不行，我得去山里一趟。团五郎，笨蛋少爷交给你了。"滕六站起身，急匆匆走了。

"为什么又是我呀！我又不是奶妈！"团五郎抗议道。

"你怎么不阻拦他？"我问团五郎。

"阻拦什么？"

"滕六呀！他跑进山里，你不怕他被妖怪吃了？"

"开什么玩笑，他不吃妖怪就已经阿弥陀佛了。"团五郎说了一句让我摸不着头脑的话。

然后，我们两个，像呆子一样坐在家里苦等。

一直到太阳快落山了，也没见滕六和朵朵回来。

"这样下去可不行！"我坐不住了。

"你要干吗？"

"去帮忙呀！到现在都没回来，肯定是出事了。"我开始收拾东西。

"你不能上山！"团五郎说。

"那咱们就绝交。"

"啊？！"

"拦着我，你就不是我方相文太的朋友了，以后烤香鱼没有你的份儿，还有红豆包、松香鸡……"

"文太少爷，你这太过分了吧！"

"如何？"

"好吧……"团五郎耷拉着脑袋，"但你凡事都得听我的。"

"成交。"

"把这个戴上。"团五郎从兜里掏出个东西，递给我。

一张奇丑无比的狸妖面具。

"戴这个干吗？"

"哎呀呀！妖怪对人的气味很敏感的，发现你就会把你吃掉。这副面具，能遮盖你身上的气味，妖怪会认为你是同类。"

"哦。早该拿出来了嘛！"

戴上面具，我们两个离开家，朝北方的大山走去。

团五郎说的没错，走进山里，喧闹无比。

林木之中随处可见一团团的黑影，有的独自一个行色匆匆，有的三三两两议论纷纷，有的干脆聚在一起摆起了宴会。

群妖出动。

独脚、长毛、人面蛇身、九头长尾……各色各样，看得我头皮发麻。

"一想起素娥大人就要出嫁，我就伤心得吃不下喝不下。"

"听说好几拨大妖怪已经开始招兵买马准备抢亲了。"

"云蒙山那边很紧张呢。"

"素娥大人怎样？"

"似乎闷闷不乐。"

……

一路走过，妖怪们议论纷纷。

为了减少麻烦，我和团五郎都是绕道而行，尽量不和他们正面接触。

找了很多地方，也没有发现朵朵和滕六的踪迹。

"这样不是办法，咱们不能瞎逛，最好找个人问问。"我对团五郎说。

"好吧。"团五郎认可我的意见，然后拦住了一个看起来像坛子一样的呆头呆脑的妖怪。

"这不是咚咚山的团五郎吗？"坛子怪瓮声瓮气地说，然后看了看我，"这个，倒是有点面生，谁呀？怎么有一股淡淡的人的味道。"

"是我的小跟班，刚从镇子里厮混过来，沾染上人的味道很正常。"团五郎呵呵一笑，"你看到滕六大人了吗？"

"滕六大人？没有。"坛子怪咣咣地摇着头。

"那朵朵呢？"

"中午的时候，看到她往咚咚山去了。"

"咚咚山？"团五郎跟坛子怪道了谢，赶紧拉着我离开。

"那家伙呆头呆脑的，长得真好笑。"

"好笑？！文太少爷，要是单独碰上了，他从坛子里伸出长长的舌头，直接把你卷进去，尸骨无存！"团五郎白了我一眼。

"朵朵去咚咚山干吗？"我问。

"不知道呢。"团五郎挠了挠头，"呀！我明白了！"

"什么？"

"朵朵肯定去找素娥大人了。"

"找她干吗？"

"素娥大人是花月之精，守护着群山的花花草草。她宝瓶中的灵水，讨几滴，就能让庭院里的花草重新绽放。"

"那就赶紧去你的地盘吧。"

我们俩一边说，一边快步走向咚咚山。

这是我第一次来到咚咚山，一座外形如同大鼓一般十分搞笑的大山。

一路上去，满眼都是欢呼雀跃的狸妖，有的相互打闹，有的喝得东倒西歪。

"五郎大人！"看到团五郎，倒都是毕恭毕敬的。

"看到朵朵了吗？"团五郎一副趾高气扬的样子。

"中午的时候，朵朵去咚咚泉拜会了素娥大人，然后就走了。"一个小狸妖回答道。

"去哪里了？"

"不知道。"小狸妖打着酒嗝。

"混账东西！滕六大人看到了没有？"

"看到了，怒气冲冲的，来了咚咚山一趟，但也走了。"

"他没去找素娥大人？"

"没有。"

"去哪里了？"

"去了北边的黑蟾山。"

团五郎打发了小狸妖，脸上露出痛苦的表情："滕六大人竟然去了黑蟾山！完蛋了，这下要完蛋了！"

"怎么了？"

"文太少爷，恐怕要出大事。"

"出大事？去趟黑蟾山，怎么就要出大事了？黑蟾山，很厉害吗？"

"黑蟾山不厉害，可住在里头的那位，太厉害了！"团五郎都快要哭了，"滕六大人要是去了……"

"会被吃掉？"

"要干架啦！群山之中，即将爆发一场大战！"

"干架？你的意思是说……"

"文太少爷，黑蟾山里的那位，就不能和滕六大人碰在一起，只要他们俩碰着，肯定没好事！赶紧过去吧，到时你可一定要好好劝一劝，不然我们全都要遭殃了。"

团五郎的话，让我一头雾水。

我们俩一溜烟儿赶到了黑蟾山，爬了半天，我累得像死狗一样，好不容易爬到了半山腰。

"实在是走不动了。"我瘫倒在地，大口喘着粗气。

这座山，通体黝黑，几乎草木不生，怪石嶙峋。

和别处不一样，别的地方都是歌舞升平的妖怪们，这里静悄悄的，一个影子都不见。

"文太少爷，我背你吧，不能耽误时间。"团五郎背起我，一路小跑向上。

"住在山里的这位，到底是何方神圣呀？"趴在团五郎的背上，我小声问。

"少爷住的镇子，叫黑蟾镇，对吧？"

"是呀。"

"这座山，叫黑蟾山。"团五郎一边跑一边说，"周围这么多山，为什么偏偏以这座山的名字给镇子命名呢？"

"是呀，分明很多山比这座山大，而且比这座山美。"

"是呀！"团五郎的声音里带着颤抖，"那是因为周围的山中，只有这座山里有这么非比寻常的一位！"

"难道是厉害的妖怪？"

"何止是厉害……反正文太少爷你不要招惹他就行了。"

团五郎脚步如风，很快来到了山腰。

放下我，团五郎看了看周围："不对呀，静悄悄的，没有打架。难道滕六大人还没过来？"

"或者说打完了？"我说。

"不可能是打完了。"团五郎示意我小声点儿，然后带着我穿过嶙峋的怪石，来到一个山谷。

山谷巨大，一挂瀑布出现在眼前，底下是黑黝黝的深潭。

我看到了火光。

"果然……在呀。"团五郎屏声静气，紧张无比。

不远处，一堆篝火旁，坐着一个家伙。

我从来没有见过这样的胖子——光着膀子，露出一堆雪白的肥肉抖动着，全身只穿着一条红色的大裤衩，大脑袋上一根头发都没有，双目如铜铃，嘴巴一直咧到耳根之下。

那身雪白的肥肉上，满是青色的文身，左青龙，右白虎，老牛在腰间，龙头在胸口，分外耀眼。腰上别着一把寒光闪闪的巨大砍刀，杀气腾腾。

难道不是妖怪，是土匪头子？

有可能，占山为王的土匪头子。

那家伙，撅着屁股，双手挑着个竹竿，似乎在烤食物。

"吹气球，吹个大气球，吹完了气球玩球球……"一边唱一边翻烤，倒是逍遥自在。

不过，那烤串上不是什么寻常的猪肉羊肉，而是一条水桶粗的翻着两只白眼的巨蛇！

"这家伙，谁呀？"我捅了捅团五郎。

团五郎正要张嘴说话，突然那胖子转过身，死死盯着我们藏身的位置："给大爷滚出来！"

不好，被发现了！

我拉着战战兢兢的团五郎，刚想主动站出去，却听到一声爆笑。

"三太果然还是和以前一样嚣张、欠揍呢！"

这笑声，听起来相当熟悉。

是滕六！

滕六从我们前方的一块大石头背后站出来，摇摇晃晃地走到对方的跟前。

"我以为是谁，原来是混账滕六！怎么，嫌命长了？"叫三太的家伙，看着滕六，冷冷一笑，放下蛇串，咣当咣当迈了几步。

那肥硕的身体前，滕六简直就像根竹竿一样。

"把朵朵交给我！不然我把你这只癞蛤蟆油炸了吃！"滕六大喝道。

"呀哈！你让我交，我就交吗？大爷我卸下来你一条狗腿，信不信！"

"这么说，朵朵真的在你这儿？"

"那娇滴滴的小姑娘，本大爷最喜欢了。自从落到了你们那里，我天天朝思暮想！"三太眯着眼，哈喇子直流，"好美的一个小姑娘。"

"所以你就趁着她上山，给拐来了？！"滕六相当生气。

"拐？大爷我需要拐吗？抢就是了！"三太咣咣拍着肚皮，"不过她一直寸步不离宅子，我没机会而已。"

"我不跟你废话，赶紧交人！"

"老子这儿没人，交个屁呀！"

"没人？难道这个不是你们家的吗？"滕六把一件东西扔在地上。

似乎是枚金光闪闪的铜钱。

"我家阿吉的金钱，怎么会在你手里？！"三太吃了一惊，随即怒气冲冲，全身的肥肉都变成了紫色，"你把我儿子绑架了？！"

"真会倒打一耙！分明是你们绑架了我们家朵朵！"

"滕六，老子忍你不是一天两天了！"

"彼此彼此，要不是看在大老爷的面上，我早就把你这只臭蛤蟆收拾了！"

"混账！你这个狗腿子！"

"什么？！你骂我什么？！"滕六出离愤怒。

我从来没有见过滕六那么生气。

"狗腿子！狗腿子！"三太大叫。

"死胖子！我今天叉了你！"

"啊哈？！你骂我什么？！"显然，对方也已经到了爆发的极点。

"猥琐好色男，死胖子！"

"太过分啦！干架吧！"三太发出战鼓一样的怒吼。

"谁怕谁呀！"滕六毫不退缩。

轰！

轰！

"完蛋了，我就说他们两个不能碰面！"在团五郎的哀号中，山谷里如同地震一样剧烈抖动，接着浓浓的雾气喷涌而出，冲天而起，连月光都遮住了。

隆隆隆！

乱石翻飞中，一个庞然大物缓缓抬起了头。

我倒吸了一口凉气——那是一只蛤蟆！

一只如同小山丘一般巨大的蛤蟆！

身上呈现五彩之色，满是巨大的疙瘩，肚皮雪白，穿着红色的大裤衩，扛着一把能劈山裂海的大砍刀！

隆隆隆！

流光四溅中，大蛤蟆的对面，同样出现了一个体形不相上下的家伙。

"那是……狗吗？"我惊道。

一条全身漆黑、双目血红的大狗，鬣毛张开，长长的尾巴覆盖了山谷！

"滕六大人啦！"团五郎说。

"滕……滕六？！"我眼珠子都快掉下来了。

"本来不想告诉你的。"团五郎叹了口气，"滕六大人，是天狗啦！而且是大天狗！"

大天狗？

那是传说中很厉害的大妖怪。

"他不是被我爷爷抱回来的弃婴吗？"我问。

"当然是大老爷骗你们的啦。他是祖祖辈辈守护你们方相一族的大天狗！"团五郎说。

我的脑袋，开始眩晕起来。

一直陪在我身边的那个家伙，竟然是大天狗？

"如此说来，那只叫三太的蛤蟆，应该不是对手吧？"我说。

"文太少爷，别小看他哦。"团五郎直摇头，"他可是拥有万年修行的天下第一大蛤蟆三太呀！暴躁猥琐好色男！"

轰！

咣！

我们说话间，两个家伙已经开始交手了。

直到这时，我才明白团五郎之前所说的话——简直要完蛋了！

这两个混账东西，打起架来完全没什么顾忌，黑蟾山山塌地陷，乱石飞起，浓烟滚滚，连周边的森林都在双方的打斗中被震得乱七八糟，树木横飞。

刀光齿影，你来我往！

三太的那把大砍刀，每一次落下，大地都在颤抖，而在滕六的利齿爪牙之下，即便是高大的山峰，也化为碎石。

"文太少爷，快想想办法吧，不能让他们这么打下去了，否则周围的山全都得遭殃，山里的花花草草、小妖小怪，全都要完蛋啦！"团五郎吓得痛哭流涕。

"我能有什么办法？一个是万年蛤蟆，一个是大天狗，都已经开始暴走了！"我捂着脸。

"滕六大人听你的话呀！"团五郎说，"也只有你有资格出面阻拦了！"

只能试试了。

我咬了咬牙，从石头上跳下去，大喊："住手！都给我住手！"

"滚蛋！"两个家伙睁眼都没瞧我，齐齐吼了一声，继续干架。

"滕六，是本少爷我呀！"

滕六充耳不闻。

"喂，那个……蛤蟆是吧？叫什么来着……对，胖太！胖太，别打了！"我大声喊。

"胖……胖太？！"蛤蟆差点儿气破肚皮，"滕六，你们方相家太欺负人啦！你个狗腿子也就算了，竟然连他也叫我胖太……胖太？！我最讨厌听的就是这个'胖'字！"

双目赤红的蛤蟆，甩手对着我，就是一刀。

呜！

抬起头，我面前一片黑暗。

那把巨大的砍刀，彻底挡住了一切光亮，如同泰山压顶一般砸来。

"我要完蛋了吗？"躲无可躲，我吓得目瞪口呆。

嗡……

一声低低的、清脆的响声，穿透夜色。

那声音，似乎来自我的身体。

我觉得双目很痛，仿佛被针扎了一般。

还有身体，好像被什么狠狠撕裂着。

咣！

蛤蟆的砍刀，在我头顶停了下来。

不，应该说是被挡住。

我被一股光芒笼罩，那光芒，形似一个金色巨人，头戴四只眼睛的黄金面具，披着熊皮，玄衣朱裳，执戈扬盾，冲天而立。

"放肆……"金色巨人沉沉吼了一声，手里的大戈挑飞了三太的砍刀，然后伸出两只巨大手掌，狠狠扇下。

呱！

噗！

半天上争斗的那两个大家伙，被结结实实……拍了下来！

"文太少爷！"团五郎上前扶住我。

我两眼一翻，昏倒在地。

……

有人在耳边吵。

"死蛤蟆，你竟敢对他亮刀子！"

"我打得太投入，不能怪我！"

"不怪你怪谁？！臭蛤蟆！"

"你这个狗腿子血口喷人！"

"死胖子，还想打？！"

"谁怕谁呀！"

……

"好吵哦！"我痛苦地叫了一声。

双方的声音戛然而止。

"滕六大人，三太大人，文太少爷醒啦！"团五郎在我耳边说。

费力地睁开眼，我发现自己躺在一块石头上，团五郎蹲在旁边。

对面，是那两个混账家伙。

哈哈，看到他们，我突然忍不住笑起来。

两个家伙，鼻青脸肿，灰头土脸。

尤其是那只蛤蟆，大脑袋肿得像猪头一样。

"少爷，没事吧？"滕六赶紧走过来，查看了一番，"真是笨蛋呀，不是让你在家里待着嘛！"

"你的账，等回去我跟你慢慢算。"我白了滕六一眼，指了指对面，"喂，胖太是吧？你过来。"

"胖……太？！"大蛤蟆气得全身都哆嗦，然后咬了咬牙，哭丧着脸挪过来，"好吧，你喜欢怎么叫……就怎么叫吧……呜呜呜，真是太欺负人了！"

"胖太……"

"人家叫三太啦！"胖子哭着大声说。

"哦，好的，胖太。"我坐起来，"快把朵朵交出来。"

"朵朵？"胖子直摇头，全身的肥肉也跟着晃悠，"朵朵真的不在这里呀。"

"不在这里？"

"嗯！我连她的毛都没看到一根。"

我差点儿气死："不在这里，你直接跟滕六说了不就行了，为什么还打？"

"我就是看不惯这个狗腿子！"胖子不服气地说，"喂！滕六，你把我儿子怎么样了？！"

"我也没看到你儿子一根毛呀！"

"那他的金钱怎么会在你手里？！阿吉可是我唯一的儿子，出了个好歹，我绝对不放过你！"

"彼此彼此，朵朵要是少了一根手指头，我拆了你的黑蟾山！"

我的头，又疼了起来。

……

"少爷，事情就是这样了。"滕六坐在我面前，说完了之后，双手交叉抱于胸前。

在滕六言简意赅的叙述里，我总算是理清楚了事情的来龙去脉——滕六上山之后，顺着朵朵留下的气息一路追寻，然后听到一个小妖说看到朵朵往东面去了，就跟了过去，结果在咚咚山东面的山脚，朵朵的气息消失了。

"会不会是你的鼻子有问题？"我问滕六。

"不可能！那可是我的鼻子！"滕六叫道。

是呀，狗鼻子一向很灵的，何况是大天狗的鼻子。

"凭空消失了，然后我在地上发现了这个！"滕六摊开手掌。

是那枚金钱。

"胖太，你说这枚金钱是你儿子阿吉的，对吧？"

"千真万确。"胖太点了点头，"这枚金钱，他从不离身。"

"所以很明显，是他儿子绑架了朵朵。"滕六说。

"不可能！"胖太十分护短，"我儿子阿吉，很善良的！虽然我一直努力培养他男子汉气概，逼着他打劫、绑架，可每一次他都没干成。"

"我也觉得阿吉不可能绑架朵朵。"团五郎插嘴道。

"什么意思?"我问。

团五郎说:"阿吉处处与人为善,性格很好的。况且,他和朵朵关系一直不错。难道……"

团五郎打了个响指:"我明白了,肯定是阿吉把朵朵带到了她想去的地方。"

"啊?"我有些听不明白。

"阿吉有一门绝技——土遁,可以瞬间转移到千里之外。"团五郎解释道。

"不错,那小子的这门手艺,比我都强。"胖太哈哈大笑,颇为自豪。

"既然如此,那就说明团五郎的判断应该没错。"

"可朵朵会去什么地方呢?她平时连老宅都不会离开的。"滕六皱起眉头。

"之前,朵朵好像去找了素娥大人。"团五郎说,"会不会和她有关系?"

"素娥?咚咚山的那个花月精?"胖太眯起眼睛,哈喇子又流了出来,色眯眯地说,"听说过几天就要嫁给景光那小子了,我正准备抢婚呢!"

"那我们去问问她,或许她知道朵朵去了什么地方。"我说。

"好呀!"胖太第一个举起手,"问完了,我一砍刀把她拍晕了带回来当老婆,省得抢了。"

这个死胖子真是……无药可救!

就这样,我们四个人,不,一人三妖,浩浩荡荡杀向咚咚山。

之前来的时候，我和团五郎偷偷摸摸做贼一样，这一次，简直是风光无限——有扛着砍刀的胖太在前面开路，路上的那些妖怪一个个落荒而逃。

在团五郎的带领下，我们上了咚咚山，来到了咚咚谷。

真是一个美丽的山谷呀，高树参天，芳草萋萋，繁花遍地。

"怎么这些花，都蔫儿了呢？"滕六说。

"跟我们家院子里的那些，一样。"我说。

"不应该呀，素娥可是花月之精。"滕六纳闷儿。

进了咚咚谷，来到了咚咚泉，我呆住了。

好美呀！

无数的泉水在这里汇聚，静静流淌，铺天盖地的花海上，萤火虫的点点光芒灿若繁星。

泉水的旁边，生长着一棵古老的巨树，通体洁白，在月光的照耀下，圣洁无比。

"素娥大人！"团五郎恭恭敬敬地问候。

丁零……

空中，响起了铃声。

清脆的、空灵的铃声。

白树释放出炫目的光芒，自那光芒之中，现身出一个女子。

我从来没有见过那么美丽的女子！

白衣胜雪，青丝如瀑，肤如凝脂，眸含秋水，清秀绝俗，容色照人！

闭月羞花，倾国倾城！

"团五郎……"女子微微一笑，"哦，滕六大人……三……

三太大人，你们怎么来了？"

光洁的一双脚，缓缓走来，鲜花在那玉足之下绽放，沁人心脾的清香，扑面而至。

咣当！

胖太手里的砍刀掉在地上，一双蛤蟆眼盯着花月精，口水流成了小溪。

"朵朵之前来找过你？"滕六冷冷地问。

他那张臭脸简直像是人家欠了他三吊钱。

"是呀。怎么了？"花月精微微点头。

"你让她干什么去了？"滕六气呼呼地说。

"我……"

"朵朵现在不见了。你老实交代，否则我拆了你的手脚！"滕六鼻子往外喷气。

"狗腿子！这么粗鲁地对一个娇滴滴的姑娘说话，想死吗？"胖太睁着眼，"难道你不知道'温柔'二字怎么写吗？"

"滚一边去，臭蛤蟆！"

"想干架是不？"

……

"闭嘴！"我低喝了一声。

两个家伙乖乖闭上了嘴巴。

"这位是……"花月精看着我，忽然笑了，"哦，应该是文太少爷吧？咯咯咯，朵朵说得没错，果然是一个让人心疼的少爷呢！"

呃……

我的脸，火辣辣的烫，小心脏扑通扑通地跳。

那笑容，简直……比所有的星光都灿烂、炫目！

我将事情跟花月精说了一遍。

"唉。"原本笑容灿烂的她，突然眉头紧锁，长吁短叹起来。

"实在是抱歉，没想到给你们添了这么大的麻烦。"她的眼眶红红的，差点儿落下泪来。

那难过的样子，让人不由自主为之揪心。

"朵朵来，是想向我讨一些灵水，说家里的花朵都干枯了，她心爱的少爷闷闷不乐。我这才注意到，原来满山的花，都变成了这个样子。"花月精抬起水汪汪的眼睛，看着面前的花海。

"为什么会这样呢？"我问。

"因为……我的心情不好吧。"她说。

"心情不好？"我很不理解，"听说你马上就要出嫁了，对方是云蒙山的山神景光大人，难道你对这门婚事不满意？"

"什么狗屁景光大人！就是个臭小子，少爷，实在不必如此称呼他。"滕六说。

"大爷一砍刀做翻他，扒他个'精光'！"胖太鼻孔向天。

两个家伙，在这件事上倒是罕见的意见一致。

"照理说，没什么不满意的。"花月精摇了摇头，"景光大人对我很好，能将终身托付于他，应该会很幸福吧。"

"既然如此，为什么会心情不好呢？"我越发奇怪起来。

"可能是因为……我牵挂那个人吧。"她说。

"噫！"滕六冷笑一声，"这就是你不对了，既然都已经决定出嫁了，怎么还能牵挂另外一个男人呢？这不是一只脚踩两条船吗？"

"不不不，滕六大人，你误会了。"花月精面红耳赤，"我说的牵挂，并不是你认为的那么一回事。我知道我和他是不可能的，这些年，我也只是会想起他，想他过得怎么样，过得好不好……"

"哦，对方到底是什么样的妖怪，竟然能让素娥大人这样牵肠挂肚？"看着花月精含情脉脉的样子，连团五郎都有些嫉妒。

"他……不是妖怪，只是一个再普通不过的人而已。"

"人……"大家都张大了嘴巴。

花月精笑了，看着面前静静流淌的溪水："那一年，也是这样的时节，春天比以往来得要早，花开得漫山遍野，我看着他一步步地来到这里。"

"应该是个画师吧。独自一人，背着行囊，风尘仆仆。"花月精垂下头，嘴角微微上扬，"'好美的山谷，好美的白树呀。'他这样说。然后，就留了下来。

"每天，他都在画画。天空、云朵、流水、山石、树木、花草。他的那双手，仿佛有魔法一样，将一切都幻化得那么美。我从没见过那么美的画。累了，他就在我身前休息，躺在那棵白树下。我低着头，看着他，看着那张轮廓分明的脸，白皙的皮肤，高挺的鼻梁，长长的睫毛，熟睡中婴儿一样的微笑……"

花月精的声音，柔柔的，暖暖的。

"你喜欢上了他？"团五郎问。

"我不知道那到底是什么样的情感，先前从未有过。感觉他在身边，能够每天看着他，心里……很幸福。"花月精说，"他看不到我，我可以在他身边嬉戏、跳舞、歌唱，甚至会恶作剧地打翻他的颜料盘。那时我想，如果一直这样，该多好。"

"后来呢？"我问。

"有一天，他收拾行囊，离开了。"花月精的泪水，落了下来。

"你没阻拦他？"团五郎问。

"没有。我知道我是妖精，他是人，不可能的。再说，他应该有他自己的生活。我们，终不过是时光中擦肩而过的陌生人。"花月精抬起头，看着我，"但这些年，我一直挂念他，我想知道他的一点点消息，知道他近况如何，然后就可以安心嫁人了。"

"这段时间，为此你一直闷闷不乐？"我问。

"嗯。但我不可能离开这里去找他。"

"所以你让朵朵去？"滕六问。

"我没有，是朵朵自己要去的。她说替我去打探一下。"花月精说，"然后她就离开这里了。事实上，我也一直在等她回来。"

"你知道那个人住在哪里吗？"我问。

花月精摇摇头："他走的时候，只留下了一个手帕，系在白树上。朵朵说凭借手帕上的气息，能够找到他。五十年了，真不知他变成了什么样子。"

"五十年？！"我差点儿昏过去，"五十年，对方早就变成个老头儿了，说不定已经过世了呢……"

"少爷，这么说实在是……万一还活着呢？"团五郎说。

"即便是活着，五十年，也难免会搬家、迁徙，找起来，恐怕不是一件容易的事。"我皱起眉头。

嗡嗡嗡。

　　说话间，面前的地面突然发出奇怪的声
音，接着空间扭曲，跳出一只蛤蟆来。

　　一个巴掌大的紫黑蛤蟆，穿着
红色的大裤衩，奇丑无比。

　　"呀哈！我的乖儿子！"胖
太开心无比，一把抱住了小蛤蟆。

　　"啊哈！我的棒老爹！"小蛤蟆更
是撒娇得让人肉麻。

　　那就是胖太的儿子阿吉？

　　胖太那么庞大的身躯，竟然有这么一个巴掌大的儿子……是
亲生的吗？！

　　"朵朵呢？"胖太问。

　　"在后面！"阿吉指了指身后，很快朵朵也跳了出来。

　　"你跑哪里去了？真是担心死我们了！"我一把拉住她
的手。

　　朵朵的手，冰凉。

　　"少爷竟然担心我，好开心！"小妮子笑成了一朵花，
"噫，滕六大人、三太大人、团五郎，你们怎么都在这里？"

　　"还不是因为你！简直已经天翻地覆了。"滕六十分生气
地说。

　　"实在是抱歉了呢。"朵朵有点儿不好意思，"听了素娥大
人的故事，实在是为她感动，所以决定出手帮忙。"

　　"找到……他了吗？"花月精红着脸问。

　　我们也都很关心。

　　"找到了。他，还活着。"朵朵说。

花月精，松了一口气，马上又紧张起来："他过得……怎么样？"

"怎么说呢。"朵朵挠了挠头，"并没有成为出名的大画家，但也和一般人那样结婚生子，过着幸福的生活。"

"能跟我多说一些吗？"花月精期待地问。

"是个很单纯、善良的人。留洋归来，一开始在衙门里任职，后来受不了官场气，就辞了工作，到处采风。从咚咚山离开后，在一个小城里教书、画画，然后和一位女子结了婚，对方很贤惠、温柔。生了三个孩子，都早已经成家立业。十年前，妻子过世，他也得了老年痴呆，孩子们请了仆人专门照顾。"

"他有没有说起这里……说起……我？"

"他已经忘记了所有的事。"朵朵说，"我用尽了办法，也没法和他交谈。"

"这样呀……"花月精低着头，又要哭起来。

"不过，他一直画着画。"朵朵说，"一直画，一直画，画的都是同样的内容。"

"啊？"周围发出疑问之声。

"我拿来了其中一幅，我想他应该不会怪我的。"朵朵从怀里掏出一张画，递给花月精。

我好奇地探出头，忍不住发出了惊叹。

好美的画！

一轮圆月，皎洁的月光从云朵中漏下来，照耀着一棵白树！周围山泉流动，百花盛开。

就在那树下，在花间，在水上，有一个白衣女子，绝色倾城，光着脚，翩翩起舞，笑容灿烂。

"原来……他……一直……"花月精紧紧地把那幅画贴在胸口，开心地笑，然后又哭了起来。

……

两天后的夜晚，一场盛大的山之婚，在皎洁的月光中进行。

我没有去，呆呆地坐在走廊上。

那场景，一定很令人期待。但不知道为什么，一想到美丽的花月精穿上嫁衣的模样，我的心，就失落起来。

是羡慕嫉妒那个叫景光的家伙？似乎，也不是。

真想再看看她的模样，看看她的笑脸。

"少爷，你应该去看看的。哇，真是壮观呢！长长的迎亲队伍足足有十几里长！骑着白马的景光大人，英俊得很。素娥大人坐着用百花装扮的轿子，在无数人的祝福里，嫁过去了。"参加完婚礼的朵朵，极力向我描述当时的情景，简直就是个花痴！

"文太少爷，素娥大人，很幸福哦。"

是的，应该很幸福。

否则，我面前的庭院里，这些花，不会开得如此绚烂。

一朵朵，争先恐后地绽放，好像天上的星斗。

要一直幸福哦，素娥大人。

貘

貘之梦

邈哉其兽，生于南国。其名曰貘，非铁不食。

——唐·白居易《貘屏赞》

貘，象鼻犀目，牛尾虎足。土人鼎釜，多为所食，颇为山居之患，亦捕以为药。

——明·李时珍《本草纲目》

房山有貘兽，好食铜铁而不伤人。凡民间犁锄刀斧之类，见则涎流，食之如腐。城门上所包铁皮，尽为所啖。

——清·袁枚《子不语》

清风吹拂，云层低低压过来。

向阳的山坡上，蕙草芳树皆沉浸在斑驳的光影里。

满眼都是绿色，印染着初夏。

虽然不是适宜的季节，但这棵树上的杏儿，黄了。

抓着长满青苔的树干，奋力向上，摘了十几枚之后，跳下来，躺在厚厚的草丛里，慵懒地咬上一口——

啊，好酸。

"堂堂文太少爷，竟然偷人家的山杏哎！"

这话，说得很没水平！什么叫偷呀，本少爷不过是帮忙试尝而已。

坐起来，周围空荡荡的。

谁在说话？

"这可是黑蟾镇最早成熟的杏儿。别的，一般要等到六七月才能黄。但味道，想必很酸吧。"对方声音脆脆的，"做成杏干，最好的。"

"谁呀？"我呆住了。

"文太少爷，我在这里啦！"面前的草丛里，伸出一只手。

不，光溜溜的蛤蟆腿儿。

一只蛤蟆。

巴掌大的小蛤蟆，全身紫黑，穿着一条红色小裤衩，脑袋上戴着顶小小的草帽。

哦，原来是黑蟾山蛤蟆老大三太的儿子阿吉呀。

"阿吉，你跑到这里干吗？"我问。

"特意前来找文太少爷你呀。"小蛤蟆摘下帽子，施了一礼，"打扰了，文太少爷。"

真是一只有礼貌的小蛤蟆。比他爹强百倍。

"有事吗？"我问。

阿吉蹦跶过来，挠挠脑袋："最近遇到一件麻烦事儿，希望文太少爷能帮帮我。"

"阿吉呀，你这叫身在宝山不知金，明白吗？"

"什么意思？"

"你应该找你爹胖太呀，他可是能力高强的大妖怪。怎么舍近求远呢？"

提起老爹，阿吉很无奈地叹口气："我老爹呀……不靠谱哦。再说，这件事，我也不希望他知道。"

看着愁眉不展的小蛤蟆，我心软起来。

"具体是什么事呢？"我问。

"孩子没娘，说来话长。"阿吉昂起头，"要不我们路上说？"

"行呀。去哪里？"

"五百里之外的一个小村子。"

"什么？！五百里之外！这么热的天，你让我走五百里山路？我可是有哮喘病的！还有，我不能离开宅子，偷个杏儿还是私自出门，跑到五百里之外，滕六会捏死我……"我吼了起来。

简直开玩笑！

"放心吧。"阿吉心平气和，"我已经给滕六大人留下了纸条。"

"即便他答应了，我也去不了！五百里山路……"

"文太少爷，你忘记我会一门叫土遁的法术吗？"阿吉两只大大的眼睛看着我。

是哦，阿吉的土遁之术十分高超，据说瞬间可以转移到千里之外。

如果是这样……倒是可以哦！

权当旅行了。

就这样，我答应了。

"请文太少爷闭上眼，紧紧抓住我的手。"阿吉跳到我的脑袋上，嘴里面嘀嘀咕咕，然后我听到"砰"的一声，身体骤然下沉，土遁就开始了。

这个过程并没有我想象的华丽，反而很无聊。

那就聊天吧。

"阿吉呀，你爹就你一个儿子吗？"

"是呀，就我一个，很宝贝我呢。"

"蛤蟆，通常不是会生下很多小蛤蟆吗？"

"这个我就不清楚了。我爹努力了很多年，才有了我。"

"你有妈妈吗？"

"当然有了。不过，我爹说我还没生出来时，妈妈就过世了。"

"呀，真是失礼。但是……怎么可能呢？我是说，你还没生出来，你妈就……"

"哎呀，我们蛤蟆都是从卵里面跑出来的好不？妈妈去世了，我还在卵里呢。"

"原来如此。为什么你爹全身雪白的一个胖子，那座山却叫作黑蟾山呢？"

"因为我爹心黑呀。"

"啊？"

"你知道我爹为什么叫三太吗？"

"为什么？"

"心太黑、手太辣、脸皮太厚，所以就叫三太啦。"

……

一通聊下来，果真是受益匪浅。

不知过了多久，又听到"砰"的一声，身体周围的那种压迫感消失了。

"可以啦，文太少爷。"阿吉说。

睁开眼，我发现自己站在一个高高的山坡上。

眼前的风景，和黑蟾镇截然不同。

周围群山连绵，是那种高深的突兀的山，陡峭封闭。

山坡下，可以看到一个山谷，三面都是黑黝黝的压抑的山体，挤出窄窄的空间，里面能看到村舍。应该有几十户人家。

一个比黑蟾镇更偏僻的山村。

"就是这里啦。"阿吉从我头上跳下来，说道。

"到底是怎么一回事呢？"我问。

阿吉摘下草帽，晃了晃上面的土："我爹不允许我私自乱跑，整天逼我学习打劫、绑架之事，我实在是不喜欢，所以偶尔就土遁溜出来玩。"

哦，这种行为，我很认同。

"有一次，偶然之间来到这里，和村里的一个叫关口的孩子认识了，成为很好的朋友。但是，他现在醒不了，真是让人头疼。"

"醒不了？什么意思？"

"就是睡觉之后，醒不了呀。"

"我以为什么事呢！"我乐起来，"大惊小怪！那肯定是太困了，睡懒觉而已，我经常这么干。"

"不是那样哦。"阿吉说，"关口已经睡了十三天了，还没醒。"

十三天？听起来，的确不正常。

"而且村里的人说，他会一直这么睡下去，然后就死掉了。"阿吉看着那个小村，"这种事情，村里也有过，但都是一些大人才会有，关口才十四岁。"

"会不会是得了怪病，或者是无意之中撞到了脑袋？"

"不是的。和那些无关。"

"这种事，我也没办法，应该找医生来看一下。"我说。

"医生没用的。"阿吉摇摇头，"我觉得，可能是有妖怪。"

"妖怪？"

"嗯。我能感受到村子里的妖气，可无法发现对方。关口的事情，应该是妖怪干的。所以，我才找文太少爷你来帮忙。"

"既然这样,那就去村子里看看。"我决定试试。

"太感谢啦。"阿吉很高兴,然后"砰"的一声,变成了个十来岁的豆芽菜一般的大脑袋小朋友,拉着我的手,"那我们就走吧。"

沿着山坡走下去,很快来到了村口。

眼前萧瑟的景象,多多少少让我有些震惊。

这是一个毫无生气的村子。

已经是春末夏初了,正是万物生长的季节。但在这里,地上被厚厚的黑色的石渣覆盖,很难看到绿色,即便是长在村里的高大树木,也都是一副垂头丧气的模样,枝叶上蒙着一层灰色的尘土。

村子只有一条主干道,两旁是用原木搭建的大大小小的房舍,许多都早已破败不堪,墙角、走廊的梁柱上,都长出了青苔。

一路走过去,能看到村里的人。他们或者坐在走廊上发呆,或者背着沉重的口袋前行,或者拿着工具走向山里。

这些人,丝毫不关心我和阿吉,全都面无表情,冷漠麻木。

空气中弥漫着一种异常刺鼻的味道,带着臭鸡蛋味,似乎是硫黄一类的东西。

这里的人,衣衫褴褛,孩子们失去了童年的那种欢闹,光着脚站在街边,头发蓬乱,目光无神。

阿吉对这里似乎很熟悉,牵着我的手,一路向村庄的深处走去。

周围的那些山,也让我格外吃惊。

几乎寸草不生,黑乎乎地延伸,巨大的阴影将村子遮盖。

山体之上，到处都是大大小小的洞坑，密密麻麻如同蜂巢一样，依稀还能看到木质栈道之类的东西。

行走在村中，我突然发现了一个问题——静，这里太安静了！

从外面走进来，就好像一头扎进了水底，之前很多的声音都消失了——风声、虫鸣鸟语，都听不见了，甚至即便是你说的话，也会瞬间消失得无影无踪，就好像，所有的声音，被什么东西吃掉了一样。

蹊跷的村子！

阿吉领着我来到村尾的一户人家，敲了敲木门。

过了很久，木门吱嘎一声开了，露出一张苍白的脸。

一个三十多岁的女人，面带愁容，看到阿吉，勉强挤出一丝僵硬的微笑："哦，原来是阿吉呀。"

"草花婶，我是来看关口的，他醒了没？"阿吉问。

叫草花的女人两行泪水流下来，摇了摇头，然后请我们进屋。

屋子又小又暗，气味难闻。

中间是个小小的火塘，上面吊着一口陶锅，日常烹煮食物所用。旁边就铺着床铺，杂乱无比，一个七八岁的小女孩坐在被褥里，好奇地看着我们。

火塘的旁边，蹲着一个老头儿，年纪有六七十岁，眼睛似乎已经瞎了，端着一只破碗，正在喝粥。

"真不知道你要来，请坐。"草花婶请我们坐下，有些不好意思地指着陶锅，"抱歉，家里没什么像样的饭菜，只有稀粥……"

"我们吃过了。"我赶紧说。

"这位是？"草花婶看着我。

"哦，文太少爷啦。他是医生，我特意拜托他来看关口的。"

阿吉介绍。

草花婶向我郑重施了一礼："谢谢文太少爷！"

"关口呢？"阿吉问。

"在里面的屋子。"草花婶指了指旁边。

在征得同意后，阿吉带着我，进去。

一个少年，躺在床铺上。十几岁的少年，双目紧闭，气息微弱，全身已经瘦得皮包骨头。

"似乎情况不妙。"我皱起了眉头，轻轻推了推关口，很快发现不管我怎么叫唤，他都毫无反应。

"没用的啦，少爷。"阿吉摇头道，"我早试过了。"

"真是奇怪的病。"我仔细查看了一番，突然注意到昏睡中的关口，嘴角竟然挂着一丝微笑。

是在做着什么美梦吗？

从房间出来，草花婶忙向我询问："文太少爷，我们家关口……"

"这种事情，是怎么发生的？"我问。

阿吉谎称我是医生，面对草花婶的期待，我也只能装模作样摆出一副医生的样子。

"十几天前，从外面干完活儿回来，晚饭也没吃，就进去睡了。我以为他累了，也就没在意，结果就再也没醒来。"草花婶说。

"那天在外面，他有没有碰到什么特别的事？"我问。

草花婶想了想，摇头："他在田里干了一天的活儿，和平时一样。我们家，你也看到了，他爷爷眼瞎了，我一个女人，他妹妹还小，所以虽然只有十几岁，关口已经成了顶梁柱。"

"那关口的爸爸……"

"死了。十年前矿洞坍塌，和村里不少人一起被埋进了地下。"草花婶又哭了起来。

"哎呀呀，没用的了。"一直不怎么说话的瞎子爷爷开口道，"这种事情，已经不止一次两次了。唉，这是我们这里人的命。"

"什么意思？"赶紧问。

瞎子爷爷叹了一口气："文太少爷，你根本不清楚这里的事情。关口得的，不是病，所以即便你是医生，也无能为力。"

"哦？"我好奇起来。

"他不是第一个，也不会是最后一个。"瞎子爷爷说，"很正常的一个人，从外面回来，睡下，就再也不醒，一点点衰弱，直到死去，多年来，我们村子里一直发生这样的事情。"

我睁大了眼睛——那意思就是，关口的这种情况，已经在村子里持续了很长时间。

"怎么会这样呢？！"我大声问道。

"是惩罚！"瞎子爷爷垂着头，"是老天对我们的惩罚。"

"这话怎么讲？"

"唉，说来可就话长了。"瞎子爷爷抬起头，窸窸窣窣掏出烟袋，一边抽烟一边开始向我们讲述——

我们村，太偏僻了，在这群山里，只能靠田里种植的庄稼谋生，每年全家老少辛辛苦苦劳作，可也吃不饱，碰上天灾，就更难了，只能上山采野菜、摘野果、打猎。可原先，我们村子并不是这样——大家虽然穷，虽然日子过得很难，可村子里总是欢声笑语，每个人都快快乐乐的，碰到困难，大家一起解决，相互帮忙，亲如一家。但后来，就发生了变化。

大概是三十年前了，村里有人背着竹篓去山外赶集，随手拿了块石头放在竹篓里平衡一下货物的重量，到了集市，有个人突然给了一笔钱，要买那块石头。他就很不理解，一问，才知道那是一种十分少见的铜矿。

然后，山外涌来了很多人。他们带来了炸药、机器，在周围的山上炸出矿洞，组建起矿厂，招揽人手，开始采矿。

那时候，村里的人都很高兴。在矿厂当工人，虽然危险，可比种地强多了，干上一个月，得来的钱比种一年的地都要多。所以很快没人种地了，大家都成了矿工，钻入深深的矿洞里，挖掘铜矿石、铁矿石。

山下修建起高高的炼炉，矿石源源不断地运进去，变成了铜和铁。

村里人很快富裕起来，买酒、吃肉，买衣服，个个出手阔绰。

人呀，有了钱，总想更有钱。欲望，没有尽头。

更多的炸药运进来，原本的大山，到处都是被炸的、挖掘出来的矿洞，大大小小，密密麻麻。成片成片的树木被砍下来当作燃料，废水、炉渣四处倾倒。山秃了，草木不长，水臭了，鱼虾再也看不见。矿洞越来越多，往下挖得越来越深，人变得越来越贪婪……

终于有一天，可能是因为挖得太深了，发生了大坍塌。矿厂很多矿工，连同那些老板一起被埋了下去。矿厂也很快废弃了。

瞎子爷爷说到这里，我好奇地插了一句话。

"虽然发生了事故，但为何矿厂废弃了呢？毕竟，那么红火……"

瞎子爷爷摇了摇头："矿难之后，发生了很奇怪的事情。"

"哦？"

"一夜之间，矿厂里炼好的铜和铁全部不见了，不光如此，村子里所有的铜、铁，都不见了。铁锅、门环、铁犁头、菜刀……全都不见了。"

"怎么可能呢？"我觉得不可思议。

"就是这样，而且……"瞎子爷爷嘴唇颤抖了一下，"从留下的印迹判断，好像是什么东西吃的，因为留下了咬痕。"

"吃铜铁？"阿吉也叫了起来。

"是呀！"瞎子爷爷苦笑，"因为这个原因，矿厂废弃了，村子里再也没有用过金属一类的东西。"

果然呢，屋子里煮食物的锅，都是陶做的。

"失去了矿厂，村子里的人失去了经济来源，很快又变得贫穷起来。很多人忍受不了，搬了出去，留下来的人越来越少。"瞎子爷爷说，"欢笑没有了，快乐没有了，生活好像掉进了泥潭里，看不到任何的希望。"

是呀，一路走来，那些人给我的感受，就是一群麻木生活的人，没有喜怒哀乐，如同行尸走肉。

"村子，也变得越来越奇怪。"瞎子爷爷抽了一口烟，说，"不光是铜铁这类的东西被吃，声音也慢慢消失了。"

"是的，太安静了。"我说。

"所有的声音，都好像被抓走了，连说话声也变得隐隐约约。文太少爷，你说得没错，太安静了！因为这个原因，村子里很多的孩子，都变成了哑巴。"瞎子爷爷顿了顿，说，"还有，就是发生在关口身上的事。"

终于说到了重点。

"从二十年前开始，几乎每年都有人这样。一睡不醒，最终安静死掉。其实这种死法，挺好的，我就很想这样死。村里的生活，太难了，完全没有希望。能在美梦中死去，也算是种解脱。可是，关口……只是个孩子呀。"瞎子爷爷呜呜地哭了起来。

我的心，沉沉的，酸酸的，很难受。

当晚，我和阿吉在关口的家里住了下来。

"文太少爷，条件简陋，只能委屈你了。"阿吉在关口的旁边给我铺好了床铺。

我们俩决定守着关口，一探究竟。

劳累了一天，全身酸疼。我舒服地躺下来，长出了一口气。

"阿吉，看来你之前的意见，是对的。"我说。

"啊？"

"妖怪。"我看着旁边的阿吉，"这么离奇的事情，肯定只有妖怪才干得出来。"

"是的，村子里有妖怪的气息。之前我寻找了很多次，但都没发现对方是什么来头。"阿吉说。

"今晚咱们俩轮流看着关口，可千万别睡着了。"我说。

"放心吧少爷。你先睡，我来看着。"

"我现在睡不着，还是我先看着吧。"

"好吧。"阿吉点点头，翻了个身子，四仰八叉地很快睡着了。

今天发生了很多事，我靠着枕头，看着房梁，脑袋里乱得很。

夜色渐深，外面一片漆黑，连月光都没有了。

听不到任何声音，死寂一片。

也不知过了多久，就在我眯着眼快要睡过去的时候，突然听到"啪"的一声脆响。

这声音，立刻引起了我的注意。

三更半夜的，谁？

我眯起眼睛，静静盯着那扇窗户。

窗户并没有关，而且很低矮。

外面，传来了一阵微小的脚步声，然后"啪"的一声，一个影子从窗户上跳了进来。

这是……一头小猪吗？！

不对，不是猪！

我心脏跳了一下。

眼前的这个家伙，长得很奇怪——外形有些像猪，胖嘟嘟的，长着短短的毛，全身一片雪白。头很小，眼睛也很小，但鼻子很长，跟大象很相似，摇来摇去，有点儿像牛，四个爪子，十分锐利，如同老虎。

还有那口牙，锋利无比，往外翻出。

他跳进屋子，很快发现了我和阿吉，眼珠滴溜溜转了一圈，自言自语："嗯？怎么来了两个陌生的家伙？"

或许认为我们都睡着了，他跳到了关口的床上，看着关口，叹了口气："唉！真是头疼，看来一点儿办法也没有了呢！"

我屏声静气，看着这家伙到底想要干什么。

"关口呀关口，不是俺不想救你，俺是真的一点办法都没有了。"他哼哼唧唧着，"俺唯一能做的，就是让你在美梦里幸福

地去另外一个世界。放心吧，这些全都是俺四处采集来的美梦！"

　　说完，他迈着小肥腿儿，来到关口的枕边，将他那长长的鼻子放在了关口的额头上。

　　炫目的光芒，从鼻子里冒出来，一团一团地涌入关口的脑袋里。

　　呼。

关口的身体动了一下，脸上露出了灿烂的笑容。

"阿吉，动手！"我踢了一脚阿吉，突然跃起，伸出手抓住了它的两只后腿。

阿吉醒来，也紧跟其后，扯住了那家伙的尾巴。

突然被袭击，它吓了一跳，几乎蹿了起来。

"哎呀呀！被坏蛋抓住啦！放开俺！放开俺！"他拼命挣扎，哇哇乱叫。

"千万别放手！摁住了！"我大叫。

这家伙劲特别大。

"少爷，交给我吧！绝对不会让他跑了！"阿吉圆睁两眼，腮帮子高高鼓起。

我们两个，用了九牛二虎之力，眼看大功告成，突然——

噗！

从他的屁股后面，喷出了一股黄烟。

竟然……竟然放屁！

那个屁，真是奇臭无比，我被熏得差点昏过去。

阿吉最惨，他扯着尾巴，那屁正打在他脸上，连头发都直直立了起来。

房间里人仰马翻，那家伙趁乱跳窗而逃。

"太……过分了！"阿吉满脸通红，彻底被激怒了，跳出窗，紧追而去。

我也不敢怠慢，跟在后面。

外面就是山脚，能看到一个白乎乎的东西，向山里逃去。

"怎么办？"我问。

"文太少爷，交给我吧。"阿吉怒道，"我可是会土遁，这家伙，竟然对着我的脸放屁，我饶不了他！"

说完，阿吉身体晃动了一下，消失了……

与此同时，就见前方的那个白影突然停了下来。

使用了土遁之术瞬间转移的阿吉，从地下伸出双手，紧紧抓住了他的两只脚，将他摁倒在地。

"我来啦！"我飞跑着，来到跟前，扑了过去。

……

"真是……不好意思！"坐在对面鼻青脸肿的家伙，十分抱歉地说。

圆乎乎的小胖子，全身雪白，有着长长的卷曲的粉嫩鼻子，豌豆一样小小的眼睛。

"你今天吃大蒜了吗？"阿吉脸色铁青。

刚才的那个屁，对他打击很大。

"大蒜？不不不，俺从来不吃大蒜。"对方高傲地抬起下巴，"像俺这样的神兽，怎么会屑于那种恶心的东西！俺，吃的，是铜铁呀！"

"文太少爷，这家伙脑袋好像有点儿问题。"阿吉说。

"俺可没有撒谎，俺以铜铁为食，拉下来的粪，都是精炼的好金！"

"你是妖怪吧？"我说。

"这个……"听了我的话，他好像被戳破了的皮球，慌张起来，脸涨得通红，"也可以说是神兽啦！"

"神兽？神兽不会像你这样吧。"阿吉嘿嘿一笑，"你叫个啥？"

"阿貘，俺叫阿貘。"

哦，原来是只貘呀。

这种妖怪，爷爷曾经跟我提过。

"你为什么要对关口下手？"提起好朋友，阿吉义愤填膺。

"不光是关口，整个村子发生的怪事，恐怕和你也有关系吧？"我说。

阿貘急了起来，晃动着那个滑稽的长鼻子："你们不要血口喷人！俺可没有害关口！俺是在帮助他！还有，村子的事儿，也不能怪俺！"

"到底是怎么一回事儿呢？"我问。

阿貘长长叹了一口气。

"都是人心害的，真的。"良久，他才抬起头，开始了他的讲述——

此地，很久很久的年月里，埋藏着铜铁矿。比起别处，这里的矿藏十分精纯，是自然山川的宝藏。无数年月里，铜铁之精，孕育了俺。

俺自出生之后，基本上都是陷入沉睡之中。这里山川秀丽，草木繁茂，人们与大自然和谐相处，乃是不可多得的栖息之地。

但是，后来一切都变了。

因为贪婪，村里的人引来外面的人，用炸药将大山炸得千疮百孔，在大地上往下挖掘出无数的窟窿，山林被砍伐了，河流干涸了，空气也被污染了……

阿貘说着说着，就哭了起来——

俺十分喜欢此地，不想这么美丽的地方变成草木不长的悲苦之地，所以俺再也无法沉睡下去，苏醒了。

"你做了什么？"我问。

这个是我关心的。

"矿主和那些矿工们太贪心，矿坑已经足够深了，他们依然不满足，还要往下挖，俺曾经告诫过他们几次，可他们不听，结果在开挖的时候，发生了大坍塌，很多人都被埋了。那件事，让俺实在心痛，因此决定无论如何也要阻止。"

阿貘扬了扬长长的鼻子，继续说道："我吃了铜铁。周围一切能看到的金属，都被我吃了。矿机，车轮，门把手、锅碗瓢盆……"

"为什么这么干？"阿吉问道。

阿貘说："发生了这些怪事之后，人们惊慌万分，矿厂就关闭了。"

"这是挺好的事。"我说。

"是呀。本来我以为这样就能让村子恢复原样，可更可怕的事情发生了。"阿貘说，"矿厂关闭，村子里失去了经济来源。因为矿产，他们过上了富裕的生活，没了矿厂，坐吃山空，很快贫穷下去。都说由俭入奢易，由奢入俭难，过惯了好日子的他们，是不可能重新拿起工具面朝黄土背朝天去田里面干活儿的……"

阿貘叹了一口气："失望、愤怒、恐惧，笼罩着村子，慢慢地，人们对生活越来越失去信心，一个个变成了行尸走肉。"

"有件事，我早就觉得奇怪了。"阿吉问道，"为什么这个村子，如此安静呢？就好像，所有的声音都被吃掉了。这事情也是你干的？”

　　“哎呀呀，这可不是我干的！”阿貘赶紧摆手，“这个，我也奇怪呢。”

　　“怎么了？”我问。

　　阿貘说：“不知道是从什么时候开始的，声音，消失了。在这个山谷里，在这个村子里，风声、水声、鸟鸣声、人的声音，出现之后就消失了，你说得很对，就像被什么东西吃掉了一般。当你说了一句话之后，别人还没来得及听到，就消失了。因为这个原因，人们越来越不喜欢说话，说的话越来越少，最终能不说就不说，干脆用手势代替，那样更方便。”

　　“那不就变成了哑巴了吗？”阿吉问道。

　　“是的。”阿貘说，“没人愿意说话了。没有了笑声，没有了歌声，只有一片死气沉沉，就如同掉进了海底一样。”

　　“好可怕。”阿吉说。

　　“这还不是最可怕的。”阿貘说，“陆陆续续开始出现怪病。”

　　“你的意思，就是昏睡不醒吧？”

　　“是的。村里的人会突然之间昏睡，怎么叫都不醒，再也无法醒来。”阿貘说，“这种事情，即便对俺来说，也觉得不可思议。”

　　“那关口怎么回事？”我问。

　　阿貘说：“关口呀。关口和别的孩子不一样，俺和他是很好的朋友。”

　　“朋友？”

　　“是的。”阿貘说，“关口年纪虽然不大，但不想看着村子变成这样，所以他一直在寻找原因，寻找破解这一切的办法。机缘巧合，俺们两个见了面，成了朋友。俺们俩一起调查，可想不到怪病竟然降临在关口的身上。"

阿貘抹了抹眼泪，说："一旦得了这种怪病，绝对没有活下来的可能。人会沉浸在昏睡中，沉浸在他的梦境里，无法醒来。俺和关口是好朋友，俺能做的，只有晚上从别人那里抓取美梦，然后转移到关口的梦里。俺只能让他在美梦中告别这个世界。"

呜呜呜。

阿貘终于哭出声来。

"我和关口，也是很好的朋友呢。"阿吉也开始哭。

哎呀，我的心，也跟着沉甸甸地难过起来。

"文太少爷，你这么厉害，想想办法呀！"阿吉说。

"是呀，文太少爷，拜托了！"阿貘对我深深施礼。

我挠着头："说实话，这件事情，我也一点头绪都没有。"

"那可怎么办？"阿貘说，"关口恐怕撑不了多久了，估计……顶多两三天。"

"形势紧急，真是伤脑筋呢。"我盘着双腿，捏着下巴。

眼前的事情太复杂，以我这么可怜的一点儿经验，根本解决不了，得找帮手才行。

"帮手……找谁呢……"我自言自语。

"文太少爷，你说什么？"阿吉问道。

"我是说，咱们现在都没什么主意，得找帮手。找个聪明的。"

"是哦，滕六大人经常说少爷是个笨蛋呢。"阿吉拍了拍圆鼓鼓的肚皮。

过分了哦!

我卷起袖子要教训他。

就在我的拳头要落在那张可恶的脸上时,阿吉突然嘴巴张得大大的。

"呱!我知道找谁了!"他说。

拳头在他的鼻尖停下。

"找谁?"我问。

阿吉站起身,背着双手,那圆鼓鼓的样子看上去真让人发笑。

"放眼整个黑蟾镇,最见多识广的,最聪明的,最有办法的,那只有一个人了!"阿吉把眼睛眯成一条线,转过身,嘴角上扬,看着我,"少爷,那个人你见过!"

"我见过的人多了!谁呀?"

"老白呀!"

"老白?哪个老白?"我脑袋里对这个名字一点儿印象都没有。

"真是笨蛋少爷。"阿吉摇了摇头,"你把人家脑袋当木鱼敲,忘了?"

"哎呀,般若寺的那个老和尚?!"我睁大了眼睛。

"是呀!"

"那个老和尚?他是最聪明的?"我可不相信阿吉的话。

我见过一次老和尚,除了不正经之外,没看出他有多聪明。

或许看清了我的想法,阿吉认真地说道:"人不可貌相,海水不可斗量,文太少爷可不能小看了他。那可是连滕六大人都颇为忌惮的老和尚呢。"

这个……

如果连滕六都忌惮的话……那应该是个厉害的角色了。

"既然我们坐在这里想不出解决之道，不如干脆去问问老白。"阿吉说，"他认识所有的妖怪，平时对我们挺好的。"

"也行。"我点了点头，"阿吉呀，有个问题我想问。"

"少爷请讲。"

"既然是个和尚，名字为什么要叫老白呢？"

"啊？"阿吉张着嘴巴，一副痴呆样。

"我的意思是说，既然是和尚，名字不应该是智空、法元、虚光如此的吗？一个和尚，叫老白……"

我忍不住笑起来。太不伦不类了！

"谁规定和尚不能叫老白呢？"阿吉直勾勾地看着我。

啊？也是哦！

"真是笨蛋少爷。"阿吉摇了摇头，然后对我和阿貘说，"走吧，我们去般若寺，土遁！"

……

山风呼啸。

夜色之中的般若寺，像个蹲伏的黑乎乎的怪兽。

山门的歪脖子松树下，阿貘在哇哇地吐。

"哎呀呀，不过土遁了一会儿，竟然还能晕成这样，你比笨蛋少爷还没用。"阿吉提了提他的红色小裤衩，鄙视地看着阿貘。

"一会儿？我们可是在地下走了五百里！你速度那么快……"阿貘一边吐一边说。

"很正常，我平时还晕车呢。"我安慰了一下。

"赶紧进去了，也不知道老白睡了没。"阿吉蹦跶进了山门。

我们三个来到了大殿。

大殿里只点亮了一盏油灯，光线昏暗。

我看了看，空无一人。

"哦，在呢。"我指了指供桌旁边的一个光溜溜的东西，然后拿着棒槌狠狠敲下去。

"哳"的一声。

阿弥陀佛，这回不是老和尚的光头，的确是个木鱼。

"不在这里。"我皱起眉头说。

"我似乎闻到了什么味道。"阿吉吸了吸鼻子。

香味，诱人的香味。

顺着这味道，我们出了大殿，绕到了殿后的一个小棚子里。

木头、茅草搭建的棚子，底下垒着锅灶。

柴火烧得烈焰熊熊，大铁锅里咕嘟咕嘟直冒泡。

大大的瓷碗里，色泽鲜亮的麻婆豆腐热气腾腾。

老和尚就蹲在那里，双手捧着一个小碗，吃得热火朝天。

"真是个贪吃的臭和尚！"我低声说。

老和尚乍听此言，双手一抖："谁？！"

抬头见了是我，哈哈一笑："原来是文太少爷，这么晚了来我这里作甚？"

"找你帮忙……"

"没空！"我话还没说完，老和尚两眼一翻，指着麻婆豆腐，"正忙着呢！"

"那就别吃了。"我走上去，端起瓷碗就走。

"哎呀呀！天可怜见！我老人家辛辛苦苦化缘买来的豆腐，辛辛苦苦忙活了一个下午，刚出锅……菩萨呀！"老和尚哀号起来。

……

偏殿，僧房。

小小的房间，乱得无法立足。

衣服、被褥、鞋子、经卷、面具……胡乱堆在一起，空气中满是一股奇怪的味儿。

"你们这就过分了！"老和尚盘腿坐在床上，直勾勾地盯着我们三个。

我们吃得正香。

不得不说，老和尚做麻婆豆腐的手艺，那是相当不错。

"给我留一碗呗。"他说。

"你把这事儿给我们好好想一想，找个解决的办法。"我说。

"是呀，老白，这里没人比你更有能耐了。连我爹都怕你。"阿吉对老和尚十分尊敬，赔着笑脸道。

"你应该找你爹去！"老和尚说，"那个臭蛤蟆，整天闲得慌。"

"不行呀，我爹要是知道我四处乱跑，会把我绑起来挂在树下晒的。"阿吉道。

"可这原本和我没什么关系呀。"老和尚摊了摊手。

阿貘站起来鞠了鞠躬："老前辈，此事请一定帮帮俺，您看，俺这手里的豆腐一口没动呢。"

"这个嘛……"老和尚咂吧了一下嘴，看着我，"行。看在文太少爷的面子上。"

"我谢谢你哦！"

"废话少说，把豆腐给我！"

老白吃了一口豆腐，眯起眼睛，一副享受的样子，道："这个事情嘛，应该跟这只小貘没什么关系。"

这不废话嘛！

"文太少爷，貘这种妖怪，最大的特性是以铜铁为食，除此之外，也有偷取别人梦境的本事。"老白侃侃而谈，"从村子里的事情来看，一切都是他们咎由自取。"

"此话怎讲？"我问。

老和尚舔舔嘴唇："人类呀，太贪婪。有好的，就想要更好的。吃了白米饭，就要顿顿大鱼大肉，然后就想着住好房子，有了好房子，就要有仆人伺候，有高头大马……总之，欲壑难填。一味地索取，这就是人类。"

我连连点头。

"老白前辈，你还是说说怎么解决村子里的怪事吧。"阿吉道，"你说的这些大道理，我们都懂。"

老白吃完了豆腐，盘腿，闭目，像是入定一样。

他在思考。

我们三个都不敢说话。

等了大概一炷香的时间，老白睁开眼睛，看着阿貘："小貘，我且问你，村子里声音消失了，这件事发生在开矿前还是开矿后？"

"开矿后。"

"矿厂开始建造的时候？"

"不是。应该是矿厂开了之后，四处挖掘矿洞之后。"

"有很多矿洞吗？"

"很多！四周的山冈上，全是密密麻麻的矿洞，像是蜂巢一样。"

老白哈了一声，笑道："如果我没猜错的话，问题就在这里了。"

"怎么了？"我没明白过来。

"真是笨蛋少爷！"老白摇了摇头，"其实，声音这东西，无色无形，乃是因为震动，才会产生。产生之后，必须借助物质，比如空气才能传播，传到了人的耳朵里，才能被听到。"

"这个我明白。我在学校学过。"

老白点了点头："其实，村子里的声音，的确被吃掉了。"

"啊？！"我们三个都张大了嘴巴。

"难道村子里还有别的妖怪？"阿貘问。

老白摇了摇头："吃掉声音的，不是别的，正是那密密麻麻的矿洞呀！"

"矿洞？！"

"是呀。小村处在盆地之中，四周都是高高的山体。原本，有这些山体保护着，小村好得很，但是人们在山体上炸出、挖出了无数的矿洞，大大小小，密密麻麻，如同蜂巢一样，这样，就形成了一个巨大的消音器！"

"消……消音器？！"我似乎明白了一些。

"所有的声音，都被那无数的大大小小的洞穴吸收了，被它们吃掉了。风声、雨声、鸟鸣声、人的话语……"老白看着我们，"就像被吃掉了一样。"

我们三个，愣了起来。

有道理！

"可昏睡不醒，又是怎么回事呢？"阿吉问。

"这就是人身上发生的反应了。"老白摸着下巴，说，"人这种东西，靠感官去获取外界的信息，比如眼睛、耳朵、鼻子、嘴巴等等，用佛教的话来说，就是眼、耳、鼻、舌、身、意。"

"嗯。"我点点头。

"其中，眼睛和耳朵得来的信息，最为关键。长期生活在没有声音的世界里，生活在寂静之中，当看到树在摇动、水在流淌、人张开嘴巴的时候，耳朵听不到声音，这样，就会产生一种混乱。"老白说，"眼睛看到的世界丰富多彩，耳朵的世界却死寂一片，长久的寂静中，长久的混乱中，人的大脑，人心里的那个世界，就会发生怪异。"

"什么意思？"我问。

"笨蛋少爷！"老白睁着眼睛，"时间长了，这种混乱的结果积累得太久了，人的内心、人的大脑就会承受不了，就会去强迫去修正！"

老白指着我的脑袋："现实生活中是无法修正的，那就只能在梦里！梦里，大脑可以为风、流水、人的嘴巴配音呀！"

原来……如此！

我深深震撼了。

"但为什么不会醒呢？"阿貘问。

"很简单呀，因为混乱的时间太长了，修正也要花很长的时间。实际上，修正还没完成，人的身体就承受不了，便死掉了。"

"老白，你真了不起！"我竖起大拇指。

"小意思了。"老白摆了摆手，"不值一提。"

"可如何解决呢？"我问。

"嗯。"老白摸着下巴，陷入了沉思。

又过了一炷香的时间，他抬起头。

我们三个满怀希望地看着他。

"没有解决的办法。"他说。

"啊？"我们三个，尤其是阿貘，不敢相信。

"真的没有吗？"我问。

"我想不出来。"老白说，"我之前就讲了，这是人类咎由自取。"

"总不能眼睁睁看着关口死掉吧？"阿吉道，"老白，你再想一想。"

"真的没有。"老白皱着眉头，"不过，有个办法倒是可以试一试，但能不能救醒关口，我没有把握。"

"什么办法？"

"事情的起因，是声音消失了，而声音消失的原因是那些矿洞，所以……"老白挥了挥手，"那些蜂巢一样的矿洞不存在了，应该就可以了吧。"

蜂巢一样的矿洞不存在了？

我的脑袋"嗡"的一声响——这些矿洞都在周围高高的大山之上，怎么可能就不存在了呢……

"唉，这件事，我只能做出被晒成蛤蟆干的心理准备了。"阿吉在我旁边叹了口气。

"什么意思？"

"我去找我老爹！"阿吉说。

"胖太？他能干吗？"

"文太少爷，我老爹，乃是一只大蛤蟆呀！"

"是呀，我知道，心太黑、手太黑、脸皮太厚，三太嘛。"

"他发起脾气来，可是一只能劈山裂海的大蛤蟆妖哦！"阿吉双目放出崇拜的光芒，"蛤蟆老大，那就是我爹哦！"

"等等，你的意思是……"我恍然大悟。

……

大风呼啸。

黑暗中，矗立着一排身影。

阿吉脑袋上都是包。

那是被揍出来的。

在我们三个面前，站着一个胖子。

光着膀子，露出一堆雪花一样的肥肉，抖动着，全身只穿着一条红色的大裤衩，大脑袋上一根头发都没有，双目如铜铃，嘴巴一直咧到耳根之下。

他站在大风之中，嘴巴里叼着个巨大的烟斗。烟斗发出来的光，照出身上的文身——左青龙，右白虎，老牛在腰间，龙头在胸口，分外耀眼。

还有腰上别着的那把寒光闪闪的巨大砍刀，足以让任何看到的人心惊胆战。

这就是黑蟾镇方圆五百里赫赫有名的蛤蟆老大。

"就是这几座山吗？"胖太抽足了烟，把烟斗拿下来，在石头上磕了磕。

"是的。"

"我以为有多高多大呢。这不就是几块蜂窝煤嘛！"胖太冷哼了一声，"文太少爷，我这个宝贝儿子胡闹也就算了，你竟然也跟着胡闹。"

"不是胡闹，胖太，此事关乎很多人的性命，所以，拜托了！"我双手合十。

"阿吉，我的宝贝儿子。"胖太抽出那把巨大的砍刀，扛在肩膀上。

"老爹……"阿吉仰着头，一副委屈的样子。

"去把村子里的人都叫出来，让他们离得远远的。你老爹我，今晚要大干一场！"

"哇！老爹，你永远都是我的偶像！"阿吉扑入胖太的怀里，"我以为你不愿意帮忙呢！"

"哈哈哈，虽然教训了你一番，但你永远都是我最宝贝最宝贝的儿子呀！"

……

那天晚上，发生了很多事。

在我和阿吉的努力劝服下，全村的人搬迁到了山谷之外。

大家站在黑暗中，看着眼前的天翻地覆——

大地剧烈震动，天空中乌云翻滚、雷霆阵阵！

接着，山崩了！

是的，那几座环绕着村子的大山，被一道道霹雳击中，发出痛苦的巨大的声响，轰然倒地！

天亮的时候，眼前的景色，让所有人目瞪口呆。

山峰不见了，山谷被填平了，原本的一切，都被淹没在碎石之下。

太阳缓缓升起，灿烂的阳光照耀着这崭新的世界。

风吹，草木摇动。

溪流流淌，鸟群在天空中翱翔。

是的，山峰没有了，山谷没有了，村子没有了。

但是，声音回来了！

风声，鸟鸣声，草木晃动的哗哗响声，莽莽森林的呼吸之声，回来了！

"关口！关口！"阿吉突然大喊起来。

　　我转过身，看见关口睁开了眼睛。

　　他坐在阿吉的怀里，看着高处，看着枝头上一只云雀叽叽喳喳叫着，脸上露出了灿烂的微笑。

　　他醒了。

　　他终于听到了声音。

　　这世界美妙的声音。

元

春之音

故废丘墓之精，名曰元，状如老役夫，衣青衣而好杵舂。以其名呼之，宜禾穀。

——宋·李昉《太平御览》（引自《白泽图》）

　　"少爷，一定乖乖听话，别让我整天为你担心。"

　　少女站在我面前，监督着我把那碗莲子百合粥喝完。

　　熬了很长时间的粥，入口软糯，舌尖上散着一股淡淡的幽香。

　　"哎呀呀，不过是感冒发烧而已，没什么大不了。"热粥下肚，身上、额头上都冒着汗。

　　"朵朵，我又不是小孩子了。"我擦了擦嘴，看着外面，"今天天气真好呀。"

　　初秋，天高云淡，阳光从空中洒下来，落在花上、草叶上，落在红色的叶子上，落在人的瞳孔里，映照出一个纯粹美丽的世界。

　　一丝风都没有，坐在走廊的躺椅上，全身暖洋洋的。

　　"自己偷偷跑出去，折腾得那么厉害，回来躺了三天，这还叫乖？"朵朵噘着嘴巴，生气道，"下次那个阿吉来，我非扒了他一层皮。"

　　朵朵是我们家的护门草，对我好得一塌糊涂，对其他人，简直像冬天一样冷酷。

　　"下次可不能这样了！你可是我最最喜欢的少爷。"朵朵说。

　　"好啦好啦。"我摆了摆手，"滕六呢？"

　　"那家伙呀……"朵朵撇了撇嘴，"早晨收到木场老爹的传话，进山了。"

　　"进山干吗？"我问。

　　"伐木呀。眼下是一年最好的伐木季节。说起来，挺好玩的。"朵朵取来一条毯子，盖在我身上。

　　"哦，有什么好玩的？"我来了兴趣。

　　"秋天的山里，丛林萧萧，树木落光了叶子，全身清爽，砍下来，推到溪里就能顺流而下。用斧头砍，也可以用锯子，树木断口发出的味道，清香无比，可好闻了。树上树下，野果也成熟了，板栗、浆果、山柿子……数都数不清。还有蘑菇，哎呀呀，一朵一朵的，采集下来，洗干净丢进锅里，再放进羊腿，撒上盐，香的呢……"

　　说得我口水快要流下来了。

　　"不过，少爷，你不能去。"朵朵很快察觉了我的心思，对我发出了警告。

　　看来是没办法进山了。

　　"那我也不能一直待在家里吧。我好得差不多了。"我站起来，活动了一下。

　　顿时一阵头晕。

　　谁让躺了三天呢。

"最好再休养几天，彻底好了我才放心。"朵朵说。

"也只好如此了。"

朵朵笑了笑："这才是我最乖最喜欢的少爷嘛。"

"今天有什么事要我做吗？"我问。

"没什么事。"朵朵想了想，"哦，好像有一个请柬，我不知道如何处理。"

"请柬？！"我叫了起来。

稀罕呀！

我所在的这个黑蟾镇，坐落于大山深处，偏僻得很，生人平时都很少见，居然有请柬！

"拿来我看看！"

"不是给你的。"

"给谁的？"

"大老爷的。"

所谓的大老爷，指的是我爷爷。

我来之前，他着急忙慌地去旅游了，其实十有八九怕我是个累赘给他添麻烦。

"谁会给爷爷发来请柬？"我好奇地伸出手，"我看看。"

"这个，合适吗？"朵朵咬着嘴唇。

"这有什么不合适的？他不在，我就是一家之主。"

"也是。"朵朵拿出请柬，递到我手上，"我最心爱的少爷说什么，那就是什么吧。"

一个大大的信封，纸张有着漂亮的纹路，上面用毛笔写着爷爷的名讳。

打开，取出里面的请柬。

短短的几行字——

慕白兄：

十七日是我和贱内八十寿辰，还请来鄙地一叙。

长久不见，甚是想念。

和泉拜上

我把请柬翻过来，背后空空如也。

这个人啊，写东西惜字如金，一句废话都没有。

"这个和泉，是谁呀？"我问朵朵。

"霭屋山的和泉呀，少爷小的时候，他经常带着妻子阿妙来我们这里，少爷最喜欢他了。"朵朵说。

我一头雾水。

"难道少爷一点都不记得吗？"

"好像……"

"看来是没什么印象了。真让人伤心。和泉对你特别好，听说你喜欢吃米糕，特意走了长长的路给你带来。用荷叶包着的清香无比的米糕，甜甜的、糯糯的，少爷一口气吃了六块，抱着人家脖子说：'和泉爷爷，我最喜欢你啦！'现在竟然一点都不记得人家了……"

"那我的确记不得了。我那时还没到七岁。"我说。

"话说回来，和泉的米糕，我也好多年没吃过了。"朵朵说。

"八十大寿，甚是难得哦！"我看着请柬说。

"是哦，和泉和阿妙两个人情投意合，一直相濡以沫，到了这个年纪，真不容易。"朵朵说，"他们俩没有子女，所以把少爷你简直看成自己的亲孙子一般疼爱。"

"是吗?"越这么说,我越觉得不好意思起来。

把人家都忘记了,实在是……

"大老爷也真是,拍屁股就走了,留下这么多事儿。"朵朵发起愁来,"和泉和阿妙没什么朋友,大老爷估计是他们唯一的知己,如此重要的日子,又郑重其事托人送来请柬,想必是带着无比的期望吧……"

是哦,太过分了!我那个不靠谱的爷爷!

"这个邀请,得去呀。"我说。

"是呀!"朵朵连连点头,"可是大老爷不在家。"

"我在呀!"我说。

朵朵全身抖了一下,顿时明白过来:"你想都不要想!原来动了这么个鬼心思!"

"怎么是鬼心思呢?爷爷不在家,作为一家之主,我去理所应当。再说,和泉爷爷对我这么好,我去了,他们一定很高兴。"

"道理是这个道理,但你不能去!"

"为什么?"

"和泉和阿妙住的霭屋山,距离这里有一百三十里路,起码要走两三天。路上很多地方是荒山野岭,野兽出没,听说还藏着不少强盗呢!"朵朵叉着腰说,"即便碰不到这些,风吹雨淋,你再生起病来,哎呀呀,那简直太不妙了。"

原来如此。

一百三十里的山路,强盗,野兽……

让我走上两三天,孤身一人,那个……

我心里立马打了退堂鼓。

"可风景挺好的哦！"这个时候，冒出了一个声音。

一个身影，大摇大摆地从门口晃了过来。

圆滚滚的脑袋，圆滚滚的身子，圆滚滚的眼睛，圆滚滚的鼻子，鼓鼓囊囊的红色小褂，红色的裤兜，光光的两条腿，脚上穿着一双高高的木屐。

"笨蛋五郎来啦。"我笑起来。

来者，我的好友，咚咚山狸妖团五郎是也。

"文太少爷，你别听朵朵的。"团五郎嘿嘿一笑，正色道，"男子汉大丈夫，就要沐风栉雨、行走于天地之间，就要接受大自然的锤炼，这样才能锻炼出坚强的体格和意志！否则，就是温室里长出的花朵，没有出息的！"

说得好！（尽管听得我面红耳赤。）

"你个笨蛋狸妖！"朵朵眯起眼睛，恶狠狠地说，"你又要出什么馊主意？"

"我怎么敢出馊主意呢。"团五郎讪讪一笑，他很怕朵朵，忙道，"我只不过想帮文太少爷一把。"

"什么意思？"我问。

"少爷，你看现在这季节如何？"团五郎晃了晃圆滚滚的肚子。

一段日子没见，这家伙好像又胖了不少。

"一年中最好的季节呀。"

"是呀！风清月白，秋高气爽，景色最美啦！除此之外，果实成熟，鱼大蟹肥，正是一饱口福的好时候！"

"但这个，和帮我有什么关系？"

"大有关系呀！"团五郎来到我跟前，"少爷，我陪你走一趟霭屋山，如何？"

"啊？"

"团五郎，你想找死吗？！"朵朵顿时火了起来。

团五郎并没有在意朵朵，看着我，道："少爷，虽然有一百三十里的山路，可一路过去，全是美丽的风景，黑蟾镇到霭屋山的这段路，是出名的观光之路，以前大老爷每年这个时候都会游览一遍。我们大可以慢悠悠地走，当作旅游了。至于住的地方，路上有山寺，也有小店，根本不用发愁，吃的东西那就更多了，烤香鱼、烤栗子、卤鸽子、烤羊腿、蜂蜜年糕……啧啧，那味道……"

"野兽和强盗呢？"我问。

这是我最担心的。

"这个真的有，但是，有我团五郎在，少爷大可放心。"团五郎拍着他的肚皮，"谁敢惹咚咚山狸妖一族首领团五郎呀！"

"少爷病还没好呢！"朵朵说。

"走一走，运动运动，就好啦。朵朵，你放心吧，笨蛋少爷由我照顾，绝对没问题。"团五郎暗暗冲我挤了一下眼睛。

"本少爷说什么也要去！"我下定决心，昂起头，大声说。

在我的坚持之下，事情，就这么定了。

太阳刚爬上山坡，我们便出了门。

我全身上下被朵朵收拾得鼓鼓囊囊，穿着厚厚的外套，缠着绑腿，戴着帽子，手里拿着一根竹杖，腰里的钱包也被朵朵塞得"嘴歪眼斜"。

至于团五郎，简直看不清他的身体了——背上背着巨大无比的一个行囊。

　　"被裹、雨伞、换洗的衣服、鞋子、灯笼、驱蛇药、退烧药、帐篷、铁锅、碗、筷子……"朵朵在旁边不放心，检查了一遍，还要往里面塞东西。

　　团五郎快要崩溃了："朵朵，我们只不过去旅游四五天，不是搬家！哎呀妈呀，你这包裹，太狠了！"

　　"要你管！"朵朵白了团五郎一眼，然后抓着我的手，"我最心爱的少爷，一定要照顾好自己哦！"

　　"行啦，知道啦！"

　　"笨蛋五郎！回来少爷要是少一根头发，我扒了你的狸子皮！听见没有？！"

　　"行啦，知道啦！"

　　就这样，我和团五郎雄赳赳、气昂昂地踏上了旅途。

　　从牢笼般的看管之下逃出来，踏上秋日的山道，真是赏心悦目呀！

　　两旁的丛林，色彩斑斓，有些树已经落了叶子，有的还没有，一层层，一片片，好像大自然的巨手蘸着天然的调色盘，在这里尽情挥洒。

　　叶子飘落下来，地上厚厚的，踩上去如同踩着地毯，软软的，沙沙响，有时会惊起藏在里面的松鼠，哧溜哧溜逃到路边的大树下。

　　河流变得清瘦起来，溪水也更清澈，红叶、落花飘落在水面上，仿佛一艘艘小船，荡漾开去。

　　能看到成群的水鸟立在清波中，白色的身子，生着颀长的脖子和腿，轻盈地捕捉游鱼和小虾。

　　羊肠小道，盘旋于山林之间，时隐时现。

这是条古老的驿道，有的地方还能看到巨大的青石板和带有花纹的砖块，但经过风雨洗刷，坑坑洼洼，斑驳不清。

距离和泉和阿妙的寿辰还有五天，所以留给我们的时间相当充裕。

不紧不慢地行走，呼吸着清新的空气，欣赏着美景，心情也好了起来。

我走得全身冒汗，把斗笠、外套都脱了，搭在团五郎的行囊上。

时而采摘路边的浆果或者爬到树上摘野柿子，时而追赶跑出来的小动物，时而蹲在河边观察黑脊背、白肚皮的大鱼，玩得不亦乐乎。

　　黄昏时候，团五郎开始着急了。

　　"少爷，咱们速度太慢了。"团五郎"咣"的一声把行囊放下，"咱们一天才走了二十里，距离前面的路口的客栈，还有十里路呢，远远落后于我的计划。"

　　"是吗？抱歉抱歉，是我太贪玩了。"我脸红起来，"十里路，看样子我们是赶不到那里去了，就在这里露营吧。"

　　我指了指路边。

　　路边有块小小的空地，背后是林子，前方是一条小溪。

　　"我看你是不愿意走了。"

　　"是哦，我的脚板疼得很，估计是磨出血泡了。"

　　"一路上东西都是我背着的！你空手走而已！真是娇生惯养。"团五郎摇着头。

　　帐篷很快搭好了。

　　团五郎忙着把锅架起来，点燃篝火。

　　"晚餐吃什么？"我凑到跟前问。

　　"有干粮。"团五郎说。

　　"出来就吃这些呀？"我摇头，"你不是说有好多美味嘛！"

　　"哈哈，当然是了。"团五郎把火烧旺，说，"你看着火，我出去一趟。"

　　他钻进林子里，消失了。

　　偌大的天地，剩我一人，担惊受怕地蹲在黑暗中。

　　好在月亮出来了。

　　皎洁的月光，笼罩山林。

　　夜空澄澈，星斗漫天，灼灼闪烁。

　　团五郎去了一两个小时，收获颇丰。

"今晚，蘑菇山药汤，主食烤山鸡，如何？"他得意地向我炫耀战利品。

再美不过了！

煮好的蘑菇山药汤又香又浓，喝一口，再咬上一嘴撒上调料的肥得冒油的山鸡，哎呀呀，舌头都要鲜掉了！

吃饱喝足，躺在软软的草地上，看星星，听着风声，听着林莽发出的阵阵松涛，惬意呀！

这样才是旅行呀！

"少爷对和泉和阿妙，真的一点儿印象都没有了？"团五郎躺在我身边，拍着圆鼓鼓的肚皮。

"没有呢。"

"他俩嘛，挺好的。"团五郎翻过身，圆溜溜的两只小眼睛放着光，"具体的来历我也不太清楚，几十年前从城里来到这儿。那时候和泉一身读书人的打扮，阿妙呢，干干净净，长得也秀气。那时候兵荒马乱，估计是逃进山里的吧。来到山里之后，就在霭屋山的十字路口开起了小小的客栈。"

"你去过？"我问。

"去过。"团五郎说，"那是相对偏僻的一条驿道，平时经过的人很少，他们选择那里，估计也是因为这个原因。和泉不希望被太多人打扰。不过霭屋山，在我们这里很出名。"

"为什么？"

"那是一座大山！"团五郎说，"形状如同一座宫殿一般，而且常年都被浓雾笼罩，所以才叫霭屋山。很久以前，霭屋山下有个巨大的驿站，南来北往很多人，还有很多驿卒、官员看守呢，后来就荒废了，原本的建筑都被野草吞没了。和泉和阿妙的小客栈就在原本驿站废墟的边上。"

"那样的生活，一定很寂寞吧。"我说。

"这个，要因人而异。"团五郎说，"有的人可能觉得寂寞，但和泉和阿妙喜欢那里。无人打扰，大山里面一年四季都有馈赠，野菜、野果有的是，河里面有鱼，旁边开垦十几亩土地，种上粮食和蔬菜，完全可以自给自足。没事的时候，看着大山，喝着自酿的米酒，挺好。"

"也是哦。"

"现在，世界突然变得快了起来，说话，做事情，每个人都像是被无形的东西推着往前跑。因为太快，太忙，就会忽略很多事情。"

"什么事情？"

"很多呀，比如这时的星斗，比如从头顶一掠而过的鸟鸣，比如一朵花开时发出的声响。"

"有道理呢。"我点点头，"所以，我们今天走二十里，并不慢。"

"哎呀呀，笨蛋少爷，你跟我说的完全两码事！"团五郎呼哧呼哧喘着气，"明天，一定不能这样了，否则我们没法按时赶到霭屋山。"

"行啦，听你的。"我翻过身，闭上了眼睛。

"少爷，不能睡在这里的！要睡到帐篷里！半夜，露水会落下来，容易着凉。你若是病了，朵朵不会放过我的！"

可我很快睡着了。

接下来的几天，我过得相当快活。

依然是赶路，尽管速度提升了些，但好在我逐渐适应，不在话下。

路上做的事情有很多，除了欣赏景色之外，更多的会在沿途的路口、岔道旁的小摊、小饭馆里品尝美食，也偷偷喝点儿酒，或者走上岔路参拜一些古迹，有时遇到旅人，相伴走一段路，听着他们聊聊有趣的见闻。

就这样，拖拖拉拉，第四天的傍晚，团五郎指着面前的一座大山，对我说："少爷，我们到了！"

秋日黄昏下的一座大山。

远望去，形状如同一座大殿的山峰，浑然一体，山林繁茂，呈现出不同程度的青黛色。

有雾环绕。自山脚生起，缓缓向上升腾，好像一副朦胧的面纱将大山遮住。

山前是一条大河，蜿蜒流转，在我们面前调了个头，注入一片大湖。

我和团五郎走上敦实的高高的白石桥，眼前是宽阔的土路。

土路虽然并不陡峭，但一路起起伏伏，令人眩晕。

两旁的树林中，能看到倒伏的古老石雕。有走兽，有飞鸟，还有奇怪的人像，长满了青苔。

翻过陡坡，面前豁然开朗。

在十字路口，密林之中，露出檐角和客栈的幌子来。

并不太大的院子，土墙围着，能够看到两层的木质小楼。

院子里有一棵巨大的松树，扭转如龙形，一直伸到院墙外面。

土墙之外，种着各种各样的花草，即便是秋天，其中一些也开得灿烂。

路边是开垦出来的田地，拾掇得整齐，庄稼已经收割完毕，留下大大的谷堆，菜地则碧绿一片。

好一幅田园风光。

小院的后面，则是连片的废墟。

能一眼看出结构庞大，不仅有殿堂楼阁，还有庙宇和供祠。可惜，都已经破败倒塌了。

我们走到门口，推开木门。

院子里安安静静，一群鸡雏在追逐嬉戏。

松树下放着茶台，一个须发皆白的老头儿坐在那里打瞌睡。

身材高大的老头儿，穿着青色的短衣，戴着圆圆的眼镜，怀里抱着一只猫。

睡得很香，呼噜声连绵不绝。

"请问……"我探了探头，小声地——

"来客人啦！"团五郎大吼一声。

我被他吓了一跳。这家伙！

鸡雏吓得一窝蜂跑掉了，猫跑了，人醒了。

老头儿站起来，擦着口水，看着我。

"那个……您是和泉爷爷吧？我是……"我有些语无伦次。

"阿妙呀！哈哈哈，你快点儿出来！快！看看谁来啦！"老头儿的声音如同一面敲响的战鼓，高亢而兴奋。

从旁边的厨房里走出来一位鹤发童颜的老奶奶，全身上下收拾得干干净净，鬓角插着一朵黄色的小花，应该是新采摘的山菊吧。

拎着萝卜的老奶奶看着我，咯咯笑起来。

"这不是那小子嘛！哎呀！长这么大了！"

"小时候豆芽菜一样，现在还是这副德行！"

"模样比小时候好看多了，小时候那一张脸，跟个苦瓜一般。"

"可不是嘛，看上一眼，让人心都揪着。动不动就生病，现在看起来依然是弱不禁风。"

"你看这模样，哎哟哟，呆呆的，这德性一直没变。哎哟哟……"

两个人一唱一和，丝毫不顾及我的感受。

然后老奶奶一把把我搂在怀里，那么用力，勒得我几乎喘不过气来。

"咯咯咯，我可爱的文太孙子！咯咯咯，十几年没见了！咯咯咯！"

老头儿使劲在我屁股上拍了一下："不打招呼就来，想给我们一个惊喜是吧？"

哎哟喂，这一巴掌，铁钳子一样，好疼呀！

"和泉，阿妙呀，你们饶了他吧，再这么下去，不把他勒死也拍死了。"团五郎叫道。

……

桌子上，满满当当全是美味佳肴，堆积如山。

肥大的香鱼，烤得吱吱冒油、竹笋烧肉、清炒山菜、黄豆炖猪蹄、烧乳鸽、清蒸河蟹、野辣椒炒粉肠、卤兔头、萝卜大骨汤、莲花鸭、石肚羹、熏鹿脯……

"先吃着，还有十七道菜……"阿妙一边把碗碟堆在我面前一边说。

"阿妙奶奶，足够了吧，吃不了这么多。"我说。

"多吃些！看看你长的这样子，估计你爷爷那个混账平时肯定亏待你，胳膊细得麻秆一样。惨不忍睹。"和泉大马金刀地坐在我对面，抽着烟。

"阿妙的手艺还是那么好！"团五郎吃得风卷残云，简直是活动的、张着嘴的垃圾桶，不管什么菜，一股脑儿塞进嗓子眼。

剩下的十七道菜摆上来之前，我早就饱了。

"你确定吃饱了？"和泉像看个怪物一样看着我。

"是呀。"

"就这么一丁点儿？"和泉摇了摇头，"我家狗都比你吃得多。"

桌子下趴着一只哈巴狗，一脸鄙视地看着我。

"那个……确实吃饱了，再吃，就要生病了。"我说，"我肠胃一直不太好，消化不良。"

"都给我吧，别浪费！"团五郎把碗碟都揽过去，"浪费是可耻的！"

我看了一下，这家伙吃得身体完全变了形，横过来绝对比站着要高，衣服被撑得随时都要裂开。

"美味呀！"当把最后一碗肥肉倒进嘴里，团五郎擦着嘴巴瘫在座位上，"有了这顿饭，我有信心能囤够足够的肥膘度过冬天！"

阿妙和和泉忍俊不禁。

从始至终，他们两个就没怎么吃。

"来点儿喝的吧，老婆子。"和泉说。

"我要蜂蜜酒！"团五郎举着手，"我最爱的蜂蜜酒！"

"文太呢？"阿妙问我。

"当然是酒啦！晚饭之后，来一壶酒，那才是男人的享受！"和泉说。

"那个……我可以喝酒吗？"我愣道。

在家里，酒是绝对被禁止的。

"当然啦！你今年都十六了！"和泉白了我一眼。

蜂蜜酒端上来，咕嘟咕嘟喝一口，又甜又香！

再打一个大大的酒嗝，肚子里的浊气喷涌而出，全身轻盈。

喝完了酒，带着微醺的醉意，到院子里坐。

松树下放着躺椅。躺下来，天气凉爽而舒适，月华朗照，星斗灼灼，寂静中微微有松涛之声，哎呀，真是妙极了。

四个人聊天。

基本上都是和泉和阿妙在说，聊的全是我小时候干的蠢事，我完全插不上嘴，他们会将我的一个很小的细节放大到无以复加的地步！

"啧啧，那时想，这么丑的小子，将来肯定娶不到媳妇。"

"不光丑，胆子还那么小。"

"不光胆子小，还笨。"

"咯咯咯，是呢，笨得离奇！你记得吧，有次把围棋子当成小饼干吃进肚子里……"

"是呀。这小子是怎么活到十六岁的？"

……

我实在扛不住了，开始转移话题。先是解释爷爷出去旅行了，所以此次我专门前来为二人祝寿。

礼物嘛，朵朵早就帮我准备好了——和泉的是一个进口的海柳烟斗，阿妙的则是一只碧绿碧绿的翡翠镯子。

　　礼物很合适，两个人十分喜欢。

　　"让你破费了。"阿妙戴上手镯笑着说。

　　"破费个屁呀！他小时候，我为了他费了多少东西？这是他应该的。"和泉给新烟斗装上烟丝，笑着说。

　　"一转眼，就八十了，真是没想到，一下子就老了。"阿妙说。

　　"是哦。当年进山的情景，就在眼前。"和泉点了点头，"不知不觉，时光呼啦啦就过去了。"

　　"文太能来，值得庆祝。"阿妙咯咯笑，"你们聊，我去准备明天宴会的材料。"

　　阿妙回屋收拾，我们三个继续躺着。

　　"这里原本是个大驿站吧？"我看着周围的废墟。

　　"嗯。一两百年前，这里不光有驿站，还有驻守的军营。"

　　"军营？"

　　"嗯。大概一两千人的规模吧。加上家属以及各种服务的人员，在此形成了一个不小的镇子。可惜后来废置了。"和泉说，"我们来的时候，这里什么都没有。我俩喜欢这里的风景，就扎下根，开了这么个小客栈。"

　　"平时生意好吗？"

　　"好的时候，一个月能有十来个客人吧。生意不好，两个月可能一个都没有。"和泉抽了一口烟，"其实，做不做生意无所谓。"

　　"啊？"

　　"所谓的生意，不过是有人来，解个闷子而已。"和泉道，"钱财对我们来说没用，有客人来，聊聊天，扯上几句，调剂一下。”

“这样不寂寞吗？”

“或许别人觉得寂寞吧。我们不觉得。”和泉说，“各人有各人的活法，各人有各人的追求。有的人看重名声，有的人追逐权势，还有人自己都不知道为的什么，被人流裹挟着，身不由己往前走。所谓的寂寞，就是求而不得后内心的空隙。”

我有些听不懂了。

“我们没有这种空隙。恰恰相反，我们每一天，内心都被美好的事物填满。比如昨日种下的种子发芽了，比如听到了久违的布谷声，比如隔壁树上的松鼠邻居搬了回来，诸如此类的事情。”

和泉笑着：“当人内心的那些空隙，被这些虽然琐碎但美好的事物填满的时候，就丝毫不会觉得寂寞，恰恰相反，你会觉得充盈，不知不觉就到八十岁啦！”

和泉把烟斗里的烟灰磕下来：“况且，这里，并非只有我们俩。”

“什么意思？”我问道。

呵呵呵。和泉笑了一声，打了个哈欠：“我要睡觉了。”

说完，老头儿摇摇晃晃进了屋。

“这院子里，除了他们夫妻俩，还有别人？”我望向团五郎。

没人回答。

凑过去一看，笨蛋五郎早就睡得不省人事了。

……

躺在干净的床铺上听风声。

被子被太阳晒了一天，软软的，香喷喷的，带着桂花和阳光的味道。

大风带来林莽的声音。可以听到枯枝断裂的声响，偶尔有一两声鸟鸣，应该是山鹧鸪或者山雀。

还有松鼠的打斗声。

勤劳的小精灵，即便是深夜，也在辛勤地收集过冬的果实。

吱嘎，咚。吱嘎，咚。吱嘎，咚。

还有一种单调而沉闷的响声。

来自楼下的作坊，听起来像是舂米声。

晚饭时聊起米糕，阿妙奶奶笑得合不拢嘴。

将刚收获的新鲜的稻米舂好，蒸熟，放在石臼中不停地捶打，就会制成软软的、糯糯的米糕，蘸上白糖或者蜂蜜，咬上一口，全身紧绷的毛孔都会舒展开来。

如果掺入菠菜汁一类的东西，就能染出绿色、红色之类的颜色鲜艳的米团来，和桂花一起蒸熟，又香又甜。

这是我小时候的最爱。

为了满足我的肠胃，阿妙奶奶深夜还在劳作，真是不好意思。

或许是因为喝了蜂蜜酒的原因，我很兴奋，毫无睡意。

不如下楼帮帮忙。

总不能以客人的模样一直好吃懒做。

我叫了团五郎一声，那家伙睡得跟死猪一样，看来是没希望了。

穿上衣服，顺着吱嘎吱嘎响的楼梯走到一楼。

推开门，大风灌进来，我忍不住打了个冷战。

外面又黑又冷。

灯笼不知道放在什么地方，只能摸黑了。反正作坊距离这边也不远。

我拖着木屐，啪嗒啪嗒往前走。

噫，奇怪！作坊里一点儿光亮都没有，黑咕隆咚。

吱嘎，咚。吱嘎，咚。

舂机依然在响。

阿妙奶奶难道干活儿不点灯吗？

我皱着眉头，来到作坊门口，

吱嘎，咚。吱嘎，咚。

沉重的舂机被高高踩起，重重落下，能感觉到地面都在微微震动。

这般的力气，连我都自愧不如。

厉害的阿妙奶奶。

"阿妙奶奶，让我也来帮忙吧。"我推开门，喊了一声。

舂机声戛然而止。

没人回应。

"阿妙奶奶？"我喊了一声。

依然没人回答我。

摸索着，点燃灯，发现作坊里空无一人。

窗户都是关上的，只有一扇门能供出入。我站在门前，自始至终就没人出去过。

舂臼中，新鲜的稻米即将舂完，舂机分明刚才还在工作。

到底是谁？

我愣在当场。

"文太呀，这么晚了，有事吗？"门口传来声音。

转过身，看到阿妙奶奶端着托盘走进来。

托盘上放着一壶酒、点心以及几样小菜。

难道刚才是和泉爷爷在这里？

不对呀，和泉爷爷早睡了。

"阿妙奶奶，我刚才听到春机声，想来帮忙呢。不过……"我皱起眉头。

阿妙奶奶笑起来："这春机，是和泉年轻时候做的。他这人，做事情不会考虑太多，结果做出来之后，又笨又沉。原本都是他来春，但年纪越大，就越吃力，二十年前，也就是和泉六十岁的时候，终于承认自己踩不动了。"

"哦。"

"我们原本打算重新找人做个新的，可没想到，春机晚上自己动了起来。"

"自己动了起来？"

怎么可能呢！

"是真的哦。"阿妙奶奶说，"睡觉前将稻谷放进去，早晨起床，就已经春好了。"

"有人来帮忙？"

"先前我们也这么觉得。可这里，平时除了我们俩，并没有外人。"

"那……"

阿妙奶奶来到春机前，把托盘放下，双手合十，对着春机温柔地说："感谢你的劳作，请随意吃些酒菜吧。"

言罢，转过身，拉着我离开作坊。

回到房间，我把团五郎弄醒，把事情说了一遍。

"的确蹊跷呢。"团五郎睡眼惺忪，"不过，这是阿妙、和泉的秘密，我们过问不太好吧。"

"总觉得奇怪。"

"笨蛋少爷，管它呢，对于阿妙和和泉来说，这是好事情呀。"

"的确是好事情。"我说，"既然此地除了阿妙、和泉之外，没有别的人，那就只有一个解释了……"

妖怪呀！

"我要睡觉！"团五郎白了我一眼，重重躺下来。

"你是不是已经发现了？"我问。

这家伙先前来这里很多次，而且听我讲完这件事，完全没有任何的惊讶。

"都说是人家的秘密了，少爷，不要管那么多。"团五郎翻个身，响起了呼噜声。

我只好躺下，辗转反侧，胡思乱想。

然后听到黑暗中，春机声又响了起来。

这一夜睡得并不太好，以至于早晨起来时困得厉害。

因为是阿妙、和泉八十寿辰，我和团五郎加入了准备行列。

和泉与阿妙特意换上了一身红色的衣服，看着喜庆。

庭院打扫得干干净净，采来的鲜花插在窗户下的花瓶里。

没有什么客人，所以阿妙与和泉特意给自己放了一天假，陪着我们在院子里喝茶、聊天。

我一直留意门口的道路。

"今天不会有人来拜寿。"和泉发觉了我的心思，笑道，"我们只发出了一张请柬。"

"这么重要的日子，当然应该参加的人越多越好，越热闹越好，难道……"

阿妙笑着打断我的话，说："我们八十岁了，没什么亲人，亲戚呢，也早就不走动了，至于朋友，你爷爷算一个。"

"那很是……冷清呢。"团五郎剥着一只螃蟹。

"应该还有一位。"和泉看着阿妙。

阿妙望着和泉，两个人同时笑起来。

"是哦，是哦。"

"是啦，是啦。"

在我们面前，他们两个就像是打哑谜。

"是作坊里的那位吧？"我实在忍不住自己的好奇之心。

"哦？文太你昨晚听到了？"和泉问。

"我拿酒菜过去的时候，文太已经在那里了。"阿妙说。

"实在是感觉敏锐，不愧是方相家的人。"和泉笑。

"里面那位……"

"是妖怪啦！"和泉哈哈大笑。

倒真是性格直爽的人，没有一点儿拖泥带水。

"什么模样？"我问。

"一直没有见过。"阿妙摇了摇头。

"啊？这么多年，从来没有见过？"

"是呀，从来没有见过，但应该是位十分温柔的妖怪呢。"阿妙说。

"那怎么会……"我想问怎么会出现在客栈中。

"应该和那件事有关吧？"阿妙看着和泉。

和泉掏出烟斗，点了点头。

"六十大寿。"和泉说。

"是呢，是呢。"阿妙微笑着说，"我们俩进山那时，四十岁。"

"是哦，四十岁，埋葬了阿元之后，就进山了。"和泉划了火柴，手抖了一下。

"阿元是……"团五郎问。

"我们唯一的儿子啦。"阿妙的眼圈红起来。

和泉拍了拍阿妙的手，对我们说："之前，我们有很好的生活。我们俩从小认识，青梅竹马，但并不门当户对。她家是大盐商，有权有势，又是独生女，我呢，穷小子一个，毕业后在大学教书，穷得叮当响。她家不同意，我们就私奔了。

"和之前所有认识的人都断绝了联系，逃到千里之外的城市。我在一个中学当教员，她开了一家小小的书店。两个人虽然生活清苦，但也还算快乐，很快，有了孩子。"

阿妙笑着说："孩子刚生下来时，圆鼓鼓的，我叫他阿圆，和泉嫌不好听，改叫阿元，元代的元。我生他的时候很折腾，差点儿死掉，因为这个原因，也就失去了再生育的机会。不过，我们觉得，有他一个孩子，足够了。"

"那小子很聪明。"和泉抽着烟，"走路、说话都比别人早，识字也快，上学成绩很好，长得也帅气。"

"又孝顺，看着我忙碌，就说：'妈妈，等我长大了，一定给你们买大房子，买很多很多好吃的。'"阿妙说。

"哈哈哈，是呢，我记得你有次生日，他走了很远的路，用自己积攒的零用钱给你买了一条大红色的围巾。"和泉咳嗽着说。

"是呀，是呀。多好的一个孩子。"阿妙抹着眼泪。

和泉的手轻轻拍着妻子的背，安慰着她。

"后来，战争来了。一发炮弹落在他旁边。当时他正抱着刚买回来的热气腾腾的米糕……"和泉说。

接下来是长久的沉默。

"那段日子，很难熬。"和泉抽着烟，说，"我们变卖了家产，离开那座城市，来到了山里。当然，这多亏你爷爷。是他帮助我们解开了心结。"

"我们想找个无人打扰的地方……"阿妙说，"两个人，安安静静地生活。能自食其力的时候，就尽可能快快乐乐，毕竟阿元去世时说的最后一句话，就是让我们快快乐乐。等到无法自食其力的时候，那就安安静静地和这世界告别。"

"在山里，我们过得不错。"和泉说。

"是呀，每一天，都很开心。"阿妙点头表示同意，"开着这个小小的客栈，招待的是南来北往有趣的人。春夏秋冬，欣赏着截然不同的美景，自己耕耘播种，然后收获满满。"

"是呀，辛勤劳作。到了快六十岁的时候，很多事情干不动了。"和泉又换了烟丝，点燃，说，"人呀，不服老不行。刚进山时，砍柴、伐木、耕地，什么事情都能做，客栈就是我一个人搭起来的，可五十岁一过，力气好像一下子就没了。勉强干了几年，发现最后连舂米都干不了……"

阿妙笑起来："是呀，眼见得六十大寿要来了，我们俩一合计，既然不能自食其力，那就在这一天和世界告别，去另外一边跟阿元团聚吧。"

"那天，我们穿戴一新，带了纸钱、饭菜去阿元的坟上。"

和泉说，"后面有个巨大的坟场，层层叠叠，应该是以前遗留下来的。我们把阿元也埋在那边。"

"那天，我们在坟前说了很多的话。"

"嗯。"和泉说，"最后我们把纸钱点着，阿妙说：'阿元呀，你爸连春机都踩不动了。我们今天就来和你团聚。'回来后，我们做了一顿丰盛的饭菜，吃完了，带着绳子来到作坊。"

"我俩打算吊死在那里。"

和泉笑道："等把绳子系好，脖子要放进去的时候，身后的春机突然动了起来。吱嘎，咚。吱嘎，咚……"

阿妙咯咯笑起来："当时我们俩差点儿被吓死。"

"想了想，可能是阿元不想让我们死吧。"和泉说。

"就没上吊。"阿妙忍俊不禁，对我说，"自那以后，春机就像你昨晚看到的那样了。"

"不光如此。"和泉说，"家里的各种体力活儿，劈柴、挑水等等，都不需要我们。田里的活儿也不需要。有好几年，大旱，山川焦灼，草木枯死，只有我们的田地大丰收。年年大丰收。托阿元的福，我们两个，眼看着活到八十岁了。"

"真是孝顺的儿子呢。"团五郎听得感动不已。

"这个阿元，可不是我们那个阿元哦。"阿妙说。

"什么意思？"我问。

"我们原来也一直以为是我们的儿子，后来你爷爷过来一趟，告诉我们，对方虽然叫阿元，但和我们认为的是两码事。"阿妙说。

"总之，就是妖怪啦……"和泉做了个鬼脸。

"那也应该是个很不错的妖怪。"我说。

"是呀，很不错的妖怪。这么多年，始终照顾着我们。"阿妙双手合十，对着空中，"感谢哦！"

让人想落泪但又心中充满幸福的故事。

中午，是丰盛的宴席。

有我最喜欢吃的米糕。

桌子摆放在庭院中。

"咱们四个人，怎么有五个座位、五双碗筷呀？"团五郎说。

"今天早上我去后山了。"阿妙说，"今天是我们八十大寿，我跟他说，照顾了我们这么多年，如果不嫌弃，请务必来赴宴。"

"会来吗？"我说。

"不知道呢。"和泉说，"应该是个很害羞的妖怪，和我们朝夕相处这么久，从来没见过呢。"

"那就等一等吧。"我说。

四个人，坐在位子上，眼巴巴地看着门口。

饭菜都快要凉了，门口依然没有人影。

"那个……"突然耳边有声音出来。

低低的，沙哑的，颤抖的声音。

"那个……其实，我一直都在这里……"

四个人同时回头，见桌子旁边，那棵松树下面，站着一个人。

一个……一个看上去年纪有五十多岁的老头儿，穿着青色的衣服，个子高高的，身体壮壮的，脸长长的，打扮像个以前富贵人家的老仆人。

他站在那里，满脸通红，见我们望着他，越发紧张起来。

"我……我……我有礼物相送。"他小心翼翼走过来，从袖子里掏出一样东西，放在桌子上。

荷叶包裹的是一块采自深山的璞玉，颜色碧绿，放在那里，如同一汪清水。

"你就是那个力气很大，把春机踩得咚咚响的阿元吧？"团五郎仰着头问。

"是……是呢。我叫……元……"他害羞得连脖子都红了。

"笨蛋五郎，别取笑人家！"我弯起食指，在团五郎脑袋上狠狠敲了一下。

"请上座吧。"阿妙与和泉站起来。

"我站着吃吧。"

"请务必上座！"阿妙与和泉异口同声说。

他红着脸，落了座。

真是一个容易害羞的妖怪。低着头，小口吃着东西，连看人都不敢。

"喝点儿酒吧，十年的桂花酒。"和泉抱来了一个酒坛。

　　清冽、浓香的酒倒在雪白的酒盏里，我喝了一口，又甜又辣。

　　阿元喝了一碗，然后……第二碗……第三碗……

　　一口气喝了五碗之后，阿元突然变了一个人。

　　羞涩不见了。

　　是的，变成个话痨。

　　"我在这里几百年，太寂寞了。和泉和阿妙很不错……"

　　"春机那玩意儿，很好玩，我最喜欢。吱嘎，咚。吱嘎，咚……这声音，应该是世界上最美妙的声音吧……"

　　"你这狸子，吃得太胖，太胖不是一件好事情……"

　　"少爷嘛，都挺好，就是太笨。你爷爷那么厉害的一个人，怎么会有你这么一个笨蛋孙子……"

　　"已经没多少人记得我的名字了。也许有一天和泉和阿妙离开人世，我也会消失……"

　　"我的名字，可不是随便叫的。当你们叫了之后，我答应了，那就有好事情要发生……什么事情？不告诉你……"

　　"老白还好吗？已经很多年没见了……他做了和尚？哎呀呀，怎么会做了和尚了呢？不会是假和尚吧？应该是……"

　　……

　　一顿酒宴，从中午一直吃到傍晚。

　　我们都醉了。

　　阿元醉得最厉害，嘟嘟囔囔说了几句，就摇摇晃晃离开了。

　　应该去了工坊。

　　这时候，门前山道上走来一个人。

　　急匆匆的。

是滕六。

"你怎么来了？"我问。

"笨蛋少爷，简直胡闹！"滕六很生气，"你在这里吃喝玩乐，害我和朵朵担心得要死。"

"文太少爷是来给我们祝寿的。"和泉和阿妙说。

"只不过活了八十年而已，你们还有的活。"滕六把团五郎拎起来，"赶紧收拾收拾，回家。"

"现在就回去呀？"我有些意犹未尽。

"当然啦！自你走了之后，朵朵茶不思饭不想，我回去之后，一直在我耳边念叨——我最最心爱的少爷，好担心哦！诸如此类的话，烦死了！"

"那就只好告辞啦。"我起身向和泉与阿妙告别，"明年你们生日，我们再来。"

"笨蛋少爷，已经够麻烦的了！"滕六大声道。

"不麻烦，我们随时欢迎。"

"米糕多给我带一些！"我说。

哈哈哈。大家都笑了起来。

收拾行囊，戴上斗笠，拿上竹杖，走出和泉与阿妙的客栈。

"对了，滕六，你没看到阿元，挺可惜的。"我说。

"阿元？那个喜欢舂米的呆头呆脑的妖怪？"滕六说。

"哦，难道你以前有幸见过？"

"有幸？"滕六哈哈大笑，"不过是故废丘墓里生出来的一个小妖怪，见到我，是他有幸！"

看来滕六对阿元，并没有看上眼。

"挺有趣的一个妖怪呢。"我看着团五郎，"是吧？"

“嗯。”团五郎点了点头，“就是酒品不行，一喝酒就成了话痨。”

“也不是一无是处。”滕六头前开路，一边走一边说。

“哦？”

“你们有没有喊他的名字？”

“喊了。”

“他答应了？”

“答应了。怎么了？”

“那挺好。凡是喊了他的名字他又答应的话，就会给你带来大丰收哦。”滕六说。

“哇！那岂不是说，我不用为这个冬天辛勤劳作了，回去就能看到一山洞的板栗、野果、香鱼……”团五郎掰着手指说。

“还吃？你已经够胖了！”滕六鄙视地看着团五郎，“笨蛋五郎！”

哈哈哈。

山风吹来，霭屋山又升腾起缥缈的雾气。

林木斑斓，阳光照耀下，远处的大湖波光粼粼。

水天一色，风景如画。

吱嘎，咚。吱嘎，咚。吱嘎，咚。

又听到了春机的响声。

在这样美丽的秋色之下，在这样的春之声里，我们快乐地踏上了归途。

雨师妾

雨之旗

雨师妾在其北，其为人黑，两手各操一蛇，左耳有青蛇，右耳有赤蛇。一曰在十日北，为人黑身人面，各操一龟。

——战国·《山海经》

雨落下来。

厚厚的云层在空中升腾、挤压，阴沉着脸，洒下密集的雨箭，敲得万物叮当作响。

一层秋雨一层凉。

院子里，梧桐、柳树叶子落了一地。

巨大的银杏，铺展成金黄的扇面，将屋顶染得一片金黄。

很多花都谢了。

花瓣被雨水砸落在泥土上，落红无数。

只有桂花，细小的花蕊藏在绿色的叶子里，持续散发着沁人心脾的清香。

群山、河流、湖泊、林木，都沉浸在氤氲水汽中，清冷无人。

虽然升起了炉火，但还是觉得冷。

我披着厚厚的外套，坐在柜台后面，百无聊赖地盯着树上一只夏蝉留下的蜕壳在风中晃晃悠悠。

一连下了半个月的雨，时小时大，没有停歇过。

一切都像被泡在水缸里，湿漉漉的，令人难过。

"少爷，喝杯热茶吧。"朵朵把茶壶和白瓷茶盏放在我面前。

"这样的鬼天气，肯定不会有客人，一起吧。"我说。

朵朵立刻露出开心无比的表情。

"再捡几个马铃薯，放在炉边烤。"我咂了咂空淡无味的嘴，"烤得焦黄焦黄的，蘸着白糖吃，美味！"

"白糖就不必了吧，吃多了对少爷肠胃不好。"朵朵提出异议。

"那就少吃一点儿。"

火炉边很快传来了香味。两个人围着火炉，喝茶，吃着烤马铃薯，全身热乎乎的，终于可以惬意地舒出一口气。

"滕六呢？"我问。

"般若寺大殿塌了一块，老和尚叫去维修了，估计得好几天才能回来。"

"大殿塌了？"

"年久失修，雨一直下，塌了很正常。听说当时老白正在喝茶，木梁从上面落下来，把茶台砸得粉碎。"

"人没事吧？"

"人没事。脸被茶水溅得起了泡。"

"哦。"

朵朵递给我一块剥好的马铃薯，皱着眉头："这雨，很不正常呢。"

"下雨有什么不正常的？"

"下雨没什么不正常，可一直下，下了半个月都不停，就有些蹊跷了。"

"为什么这么说？"

朵朵表情复杂地看着我："唉，少爷……真是……笨蛋呢。"

我张大嘴巴。

这和笨蛋有什么关系呀！

"咱们这里是深山，每年雨水最多的是夏季，秋冬很少有雨，即便是有雨，也不会持续下半个月。"

"你的意思是说，这场雨，反常？"

"嗯。这么一直下，大家都急坏了。"朵朵说，"山里的农作物不少烂在地里，刚刚收获的需要晾晒的东西也会发霉变坏。镇子周边有不少地方塌方了，道路堵了好几天，木场老爹正带着大家清理，还有，河水暴涨，桥也冲坏了七八座。因为气候反常，镇子里已经有十一人生病了……"

"这些，我怎么不知道？"我问。

"那是因为你一直躺着呀！"朵朵终于忍不住提高了嗓门，"你生了十天的病，忘记了？"

是哦，这场雨下了没多久，我就着凉感冒了，一直没好过来。

现在一想，真是烦人的雨呢。

"打扰啦！"说话间，门外传来异口同声的问候。

转过脸，看见门口站着两个人。

身体圆圆的、穿着木履的团五郎，还有顶着荷叶、穿着红色小裤衩的小小的阿吉。

两个人显得有些狼狈。

团五郎全身湿透了，木屐上满是污泥，阿吉背着鼓鼓囊囊的行李。

"哈哈，原来是笨蛋五郎和阿吉呀，什么风把你们吹来了？"我大笑起来。

这糟糕的天气，好友前来，围炉闲坐，算是美事。

"应该是这讨厌的雨！"团五郎走进来，脱下衣服，坐在火炉边时，瑟瑟发抖。

阿吉把那柄荷叶放在门口，卸下行李，蹦跶到我旁边："朵朵，请给我来杯热茶，这鬼天气！"

四个人挤在一起，火炉旁边顿时热闹起来。

"再多放点儿马铃薯。"我催促朵朵。

如此，我就可以有多吃一点儿的借口了。

"你们两个怎么一起来了？"我问。

团五郎看了看阿吉："半路上碰到了而已。我和这只蛤蟆可没什么好说的。"

"你以为我喜欢你这只臭狸猫！"阿吉白了团五郎一眼，"我是来投奔文太老大的！"

"投奔我？"我被阿吉搞得有些晕头转向，"你有那么厉害的老爹，黑蟾山都是你家的，家大业大，为什么要投奔我？"

阿吉老爹三太，是周围一带威风无二的大妖怪，作为唯一的儿子，阿吉是三太的掌上明珠。

"哎，别提了，我失宠了。"阿吉愁眉苦脸。

"你爹外面有私生子了？"团五郎说。

"闭嘴，臭狸猫！"阿吉睁着水汪汪的眼睛，"我爹只有我一个儿子，他很专一的！"

"那失宠一说，从何而来？"我问。

"唉。"阿吉长叹一口气，"上个月，我跟老爹谈了谈。你们知道，老爹太溺爱我了，这不是件好事。而且，我年纪也不小了，想搬出去一个人住。结果老爹大发雷霆，说他的乖宝宝变了，嫌弃他了，要分家了，诸如此类的话，然后就把我赶出来了。"

"吵架了？"

"大吵了一架。"阿吉点点头，"我就在般若山下面的河沟建了新的泥穴，辛辛苦苦干了半个月，总算是有模有样。虽然很简陋，却是我独立完成的，很棒吧？"

"比我强多了。"我由衷佩服。

阿吉昂着头，得意扬扬："这是我独立生活的第一步，意义重大！"

"既然如此，为啥来投奔我？"我指了指阿吉带来的行李。

里面除了衣服被褥，还有锅碗瓢盆之类的东西。

"因为这场讨厌的雨呀！"阿吉指着外面，"一连下了半个月，河水上涨，把我的房子淹了！老爹那边回不去，所以……我只能来请求文太老大你收留喽。"

哈哈哈。我没心没肺地笑出声来。

"同是天涯沦落人呀。"团五郎拿着一块马铃薯，伸到我面前的碗里，一下子蘸去了我半碗白糖。

这个可恶的家伙！

咔嚓咔嚓吃着美味，臭狸猫晃了晃圆鼓鼓的肚子："阿吉，我比你更惨。"

"你的房子也被淹了？"

"那倒不至于。我住在山洞里，里面又大又暖和，风吹不到，雨淋不到。"团五郎幸灾乐祸地看着阿吉，随后皱起了眉头，"可我过冬的粮食，全完了！"

"哦？"

"我辛辛苦苦收集的栗子、浆果、松子，本想着在太阳下好好晒晒，结果全都发霉了！"团五郎指着外面，"都是这讨厌的雨！"

和这两个倒霉蛋相比，本少爷我的日子……还算不错！

哈哈哈。

"别愁了，家里很宽敞，阿吉可以跟我住在一起。至于笨蛋五郎，粮食没了，可以到我这里做个食客。"我挺直身子，终于找到做老大的感觉了。

"那就谢谢笨蛋少爷（文太老大）了！"两个人齐齐站起来鞠躬致谢。

雨越下越大，风也起来了。

寒气逼人。

我让朵朵把杂货铺的门关上，一心一意吃东西。

马铃薯吃了好几块，半碗白糖也见了底。

喝着茶，聊着天，人生如此，倒是潇洒。

咣！

聊得正开心，大门突然被人一脚踹开，风雨扑面灌进来，害得我全身忍不住打了个寒战。

"里面有喘气的吗？！"一个声音高喊道。

过分哦！哪个家伙这么没礼貌！

我怒气冲冲地站起身，目光越过高高的柜台，突然愣了一下。

眼前，站着个女子。

身材婀娜，皮肤虽然有些黑但光滑细腻，穿着一袭贴身的红色长裙，领口低垂，腰身盈盈，前凸后翘，两条修长的腿展露于裙摆之下，光脚穿着红色的绣着白蔷薇的绣鞋。

一头长发艳红似火，鼻梁高挺，眉藏青黛，眼含秋波，唇红齿白，妖冶绝世！

竟是个美如天仙的女子！

这女子，如同春风，如同暖阳，立于眼前，竟让那连日的凄清秋雨、萧瑟之气，一扫而光！

那身影，倾国倾城；那面容，美得让人窒息！

一瞬间，我的脑海完全空白一片。

她那双眸子，望向我，上下打量了一番，微微抬起下巴："原来还有活人。"

"嗯……是的。"我下意识地回了一句。

她点了点头，轻轻一跃，坐上柜台，两条长腿在我面前晃悠着，顺手将一杆大旗靠在旁边。

这个时候，我才注意到那面奇怪的旗帜。

旗杆有两三米长，看不出什么材质所做，碧绿坚韧。红色的旗面上，点点金色光芒画着的应该是星星，除此之外，还有金银双线钩绣出流光溢彩的云朵。在云朵与星辰之中，盘旋着一条身生双翅的巨大墨蛇。

"这破店，大白天还关门闭户，难怪生意这么差。"她撇了撇嘴。

"我们不过是个小小的百货店而已。你买什么……"我问。

"你是方相文太？"她懒得听我说话，一口打断，看着我，微微眯起眼睛。

好美的眼睛。里面仿佛住着闪烁的星斗。

"哦，那就是你了。"她朱唇轻启，"你帮我找个东西，这是你的荣幸。"

"找东西？对不起，我们这里只卖东西。"

"嗯？！"闻听此言，她眉头一皱，"你说什么？！"

那声音，带着怒气。连拳头都攥了起来。

"我们……没有这项业务。"我说。

"那这破店就没有存在的必要了！"她冷喝一声，一拳砸在柜台上。

砰！

用硬杉制成的沉重柜台，顿时分崩离析，木屑乱飞。

这！

如此美丽的女子，这脾气也太大了吧！

"哪儿来的野蛮家伙！"朵朵见状，飞身扑了过去。

"一棵野草，也在我面前叽叽喳喳，滚！"那女子冷笑一声，一把抓住朵朵的衣带，往外一丢……

呜！

可怜的朵朵，瞬间在我面前消失，遥遥飞入山林之中。

好大的力气！

"太过分了哦！"

"怪不得我爹说女人尤其是漂亮的女人要当心！这家伙好讨厌！"

"教训她！"

"好！"

团五郎和阿吉肩并肩冲了上去。

仅仅几秒钟后——

厚厚的青砖墙裂出大大的缝隙，鼻青脸肿的团五郎嵌在里面；阿吉要好一些，被一拳打得七荤八素，挂在了梁上的竹篮里。

"就这么点儿能耐？"女子捏了捏粉拳，噼啪作响，莲步轻移，向我走过来。

好可怕！好野蛮！

"只剩下你了。"她吐了吐舌头，说。

冷汗从我的鬓角流了下来。

这一拳如果打在我的身上，本少爷估计一两个月都要躺在床上了，或者，下半辈子？

"你……怎么知道我的名字？"我紧张地咽了口唾沫。

"肚子饿了，抓了几个小妖想当点心，结果看上去太难吃，就随便放了，然后打听了一下。你在这一带，似乎有些名声。"她说。

抓小妖……当……点心？！

"我不是妖怪！"我立刻大声说。

"那更好。人的滋味比妖怪要好。"她舔了舔嘴唇，嘴角上扬。

滕六，你在哪里？！我好怕！

"你丢了什么东西？"我后退一步。

"你答应帮我找了？"

"可以。"

"但是你刚才说没有这项业务。"

"这个……现在可以有。"

咯咯咯。

她突然笑起来，然后迈着轻盈的步子在火炉边的躺椅上舒舒服服地躺下。

可恶，那是我最喜欢的位置！

"酒，菜，端上来。酒要好酒，肉要新鲜的！"她甩掉鞋，一双脚搭在炉子上，映得精致的脚趾微微发红。

火锅咕嘟咕嘟冒着热气，满满一桌子佳肴，新鲜的五花肉、羊肉、肚丝、鸭血……

锅子里的食物堆积如山，漂着厚厚一层辣椒。

我们四个垂手而立，在旁边伺候着。

眼前的这位，跷着二郎腿独霸这一桌，嘴里哼着小曲儿，飞快地将美味塞进嘴里，吃得冒汗，吃得酣畅淋漓。

"酒！"将一团羊肉吞下后，她把一只酒盏伸到我面前。

"好的！"我赶紧提着酒坛倒了一盏。

对方一饮而尽。

"敢问尊姓大名？"我说。

"找死呀！"她睁大眼睛盯着我。

"我没有别的意思，只想称呼方便而已。"我急忙分辩。

"你可以叫我雨师妾大人，或者雨姐姐，或者阿妾。但我建议你叫我第一个，因为随随便便叫我后两个称呼的，都成了我的点心。"

"叫美女可以吗？我觉得你是天下最美的美女！"阿吉低眉

顺眼道。

好无耻的一个家伙！果然继承了他老爹的本色！

竟然抢我的台词！

咣！

阿吉被一拳头打飞到墙上，然后"吱吱吱"地滑了下来。

"我最讨厌油嘴滑舌的家伙！"雨师妾收起拳头，又吞了一大口羊肉。

看着阿吉，我庆幸地捂住了胸口。

"请问，你到底丢了什么东西？"我想了想，说。

我倒是乐意叫她雨姐姐或者阿妾，但更乐意保留一条性命。而雨师妾大人，实在叫不出口。

——我还是少爷呢！

雨师妾腾出双手来，将火红色的海藻一般的头发随手盘起来，露出脖颈。

我顿时一阵眼花缭乱。

"乱看什么呢！信不信我把你眼珠子挖出来当汤圆！"她恶狠狠地瞪了我一眼。

不过，我很快发现雨师妾的这番动作，并非那么简单。

两只尖尖的耳朵下，别有一番风情——右边的耳垂上，有个大大的红色的耳环，不知道是什么材质做的，而左边的耳垂上，则是空空荡荡的。

聪明的本少爷，当即明白了——"原来你丢了耳环呀。"

简直小题大做嘛！

"丢了耳环，大可以去镇子警局。我们这里警局虽然只有一个巡警，但很尽职尽责的。"我说。

黑蟾镇唯一的巡警是木场老爹的小儿子竹茂。虽然人有点儿憨憨的，但干事情特别一根筋，很靠谱。

“少爷……”朵朵暗暗扯了我一把。

“怎么了？一个耳环而已嘛。让竹茂去找，大不了发动一下镇子里的人，大家一块帮忙，黑蟾镇巴掌大的一点儿地方，说不定一顿饭的工夫就能找到。”我说。

朵朵真是要无语了，低声说：“你再仔细看看她的耳环……”

“耳环我又不是没看过！耳环嘛……哎呀！”多看了两眼之后，我吓了一跳。

那红色的玩意儿，竟然还在动！

哪里是耳环，分明是一条红色的小蛇，盘旋在耳朵下！

竟然……竟然用蛇当耳环！

以我有限的经验，那条蛇，颜色鲜艳，脖子极细，脑袋却很大，而且呈现出三角形，一定是剧毒之蛇！

好可怕的女人哦！

阿吉和团五郎也吓得面如土色。他俩一个狸妖，一个蛤蟆，最怕的就是蛇。

“看清楚了吗？”她似乎吃饱了，抹了抹嘴，转过身。

“看……看清楚了……”

啪，她一巴掌拍在桌子上，顿时汁水四溅：“那还不滚出去找？！”

……

邪风冷雨。

我们四个站在镇子的路口，全都皱着眉头。

“好气哦！”朵朵噘着小嘴，“放肆的女人！我一定不会放过她！”

　　“得了吧，你又打不过。”阿吉顶着荷叶，可怜巴巴地说。

　　我裹了裹外套，看着沉浸在雨幕里的世界：“说这些都没用，眼下咱们最重要的是去找那条讨厌的小蛇。”

　　“这个太难了，无异于大海捞针。”团五郎挠了挠头，说，“她就说是条绿色的小蛇，叫春生，除此之外，任何信息都没有，怎么找？”

　　阿吉直点头：“这么大的山，这么密的林，一条小绿蛇随便找个地方窝着，别说我们四个了，就是发动成千上万的人去找，也找不到呀！”

　　“所以我们需要人手。”我说，“笨蛋五郎，你们狸妖家族人丁兴旺……”

　　“少爷，这事拉倒吧，我们狸妖天生怕蛇，他们不会干的，万一引来众怒，我这个首领的位子都不保。”

　　我看向阿吉。

　　阿吉连连摆手：“我是蛤蟆！我更怕蛇！”

　　“找你爹帮忙呢？”

　　“我之前就说了，我和我爹感情破裂了。”

　　哎呀呀，真是愁死个人。

　　“不过，我倒有个主意……”团五郎想了想。

　　“什么？！”

　　“蛇这种东西，生活离不开水，找大嘴男问问，说不定他晓得！”

　　团五郎说的大嘴男，指的是庆忌，一个水里的妖怪，住在南边的云梦泽里。

不得不说，笨蛋五郎这回提出了一个好办法。

一个小时后，大湖边的石桥上，我们把庆忌围在中间。

皮肤黝黑，嘴巴又宽又大的庆忌，戴着黄色的帽子、穿着黄色的衣裤，张着嘴巴盯着我们，像看见了鬼一样。

"你们……你们怎么会招惹上她呀？！"庆忌说。

"不是我们招惹她，是她找上门来……等等，你认识她？"我问。

庆忌直摇头："雨师妾大人，难道你们对她一无所知？！"

我们四个齐齐摇头。

"雨师妾大人呀！"庆忌一脸崇拜的模样，"那么有名的雨师妾大人，你们竟然不知道？！"

"她很有名吗？"我愣住。

"当然啦！"庆忌使劲挥舞着手，"那可是传说中一等一的大妖怪，而且是一等一的美女！美貌和智慧并存的雨师妾大人！"

"我咋看不出来？就是个暴躁女嘛。"我说。

庆忌白了我一眼："在下真是服了少爷你了！"

"那你跟我说说，她到底什么来头？"我捏着下巴，"雨师妾，雨师妾，是不是雨师的小妾呀？"

庆忌要晕了，说："少爷，这句话千万不能当她面说，否则你肯定会被她一巴掌活活拍死的。她和雨师没有任何瓜葛，和雨倒是有关系。"

"和雨有关系？"

"嗯。因为她本来就是能带来雨水的妖怪呀。"庆忌说，"雨师妾大人诞生的年代极其久远，据说在人类初生的时候，就已经存在了。她被人类崇拜，认为是能带来雨水的精灵，很多人祭祀她呢。至于你说的雨师，还有雷公、电母这些神灵，那都是后来才有的。"

"哦。听起来很厉害。"

"因为极其古老，现在很少有人去祭祀雨师姜大人了，所以很多人都不记得这个名字。"庆忌说，"但是在妖怪世界，雨师姜大人大名鼎鼎！"

"那她如何能带来雨水呢？"我对这件事很感兴趣。

"雨之旗呀！难道你没看到？"

"那面红色的上面绣着云朵、飞蛇的旗帜？"

"嗯！"庆忌说，"当降雨的时候，雨师姜大人就会施展法力，荡开雨之旗，然后放出那两条小蛇……"

"哪两条？"

"哎呀，笨蛋少爷！她左耳上有条绿蛇，名叫春生，右耳上有条红蛇，名叫夏鲤，平时看上去就像是耳环一样挂在耳垂上，但降雨时，它们就会成为几十米长的巨蟒，呼风唤雨，降下甘霖。"

"几十米长的巨蟒……"阿吉和团五郎同时叫出声来。

"这些天，在下一直纳闷儿为什么会天气反常，一连下了十五天的雨，现在总算是明白了。"庆忌背着手，一副胸有成竹的样子。

"明白什么了？"我是一点儿都不明白。

"肯定是雨师姜大人在降雨的时候，那条绿蛇自己跑掉了！"庆忌说，"每次降完雨，只有两条蛇都返回雨师姜大人的耳垂上，雨之旗才能收拢，否则雨就会一直下个不停……"

"这个倒是有趣……等等，你说什么？"我睁大了眼睛，"如果我们找不到那条绿蛇，那就意味着……"

"黑蟾镇的雨永远都不会停！"

妈呀！那本少爷的家，岂不是很快就淹没在大水之中了？！

"绿蛇既然是雨师妾大人的随身之物，为什么要跑呢？"朵朵问。

庆忌摆摆手："这个在下不知。"

我觉得自己的脑袋很疼："这些先别说了，眼下最关键的是把那条蛇找出来。庆忌，你有线索吗？"

毕竟是生活在水里的妖怪，对黑蟾镇方圆百里水里面发生的事情一清二楚。

"没线索。"庆忌的回答，给我们迎头浇上了一盆冷水。

"真的一点线索都没有？那么大的一条蛇，总会游到水里面的吧？"我不死心。

"水里面真的没有什么异常的事情发生，否则我肯定会察觉。"庆忌如此回答。

"那如何是好？"我完全束手无策了。

"如果它真的藏身在这一带，那肯定不在水里。"庆忌道，"在下可以四处打探一番。"

庆忌是出了名的飞毛腿，日驰千里，让他帮着打探，的确可靠。

"那就辛苦你了。"我说。

"少爷客气了。有消息，在下及时通报。"说完，庆忌脚一抬，就没影儿了。

"这家伙真是心急，我话还没说完呢！"我叹了口气。

雨越下越大，逐渐成了瓢泼之势。

我们四个暂时放弃了寻找的想法，决定休整一下。

家是不愿意回去的，两手空空地回去，说不定被暴躁女当成点心。

又不能在大雨中杵着，思来想去，我们决定去木场老爹的小酒馆里避避雨。

阿吉变成了巴掌大的小蛤蟆，跳进了我的口袋里，朵朵变成一株草，被我捏在手中，至于笨蛋五郎，他出入镇子不是一次两次了，倒是没什么担心，成了我的一个小跟班。

木场老爹的小酒馆在镇子的路口，木头搭建的一栋建筑，虽然不大，可收拾得干净利索，门外种着五颜六色的花，虽然是秋天了，但开得很灿烂。

"这鬼天气。"我和团五郎迈进酒店，看见木场老爹躺在躺椅上哼哼唧唧的。

酒店里冷清得很，一个人都没有。

"文太？你怎么跑过来了？这么大的雨！你病还没好吧？"看到我，木场老爹赶紧站起来。

这时我才发现，他左腿上缠着层层的纱布，上面血迹斑斑。

似乎受伤了。

"肚子饿了，滕六不在家，所以想在你这里找点吃的。这是我的朋友团五郎……"我说。

"这家伙我认识。"木场老爹系起围裙，"想吃什么？刀削面可不可以？"

"再加两块肥嘟嘟的五花肉！"我流着口水。

"我要猪油拌面！多放猪油！"团五郎举着手。

木场老爹在厨房里忙活一阵，把面端过来，放在我们跟前。

"老爹，你怎么受伤了？"我端起碗，喝了一口汤。

哇，浓郁香醇的骨头汤，煮着劲道的刀削面，浸着几块肥嘟嘟的五花肉，享受呀！百吃不厌。

"别提了。"木场老爹苦着脸，"都怪这雨！"

"怎么了？"团五郎问。

"一连下了半个月，道路坍塌，桥被冲垮，我带着大家四处抢险，一直没停过。"木场老爹指着自己的脸，"你看看，我胡子都没时间剃。"

不仅是胡子，头发也乱得像鸡窝一样。

"先是镇子附近的道路、山体坍塌，然后慢慢地，山里面也开始了。昨天般若山下的雀桥也被冲塌了，我赶紧带人去修。"

"雀桥都塌了？！"我叫出声来。

那是黑蟾镇最古老的一座桥，据说有上千年了，造型十分优美，如同一只云雀张开翅膀连接两岸，是镇里人出入山林的必经之路。

"是呀！"木场老爹声音提高了八度，"去了七八十号人，花了一天一夜，总算是暂时修好了。"

"你的伤是修桥时候弄的？"

"嗯。一根木头滚了下来，上面一根木刺插进大腿里，疼死我了。"木场老爹顿了顿，说，"不过，对于我这样的汉子来说，毛毛雨了。"

他托着下巴，看着窗外："我担心的是，这雨再这么下下去，咱们镇子真要一塌糊涂了。"

是呀！可恶的雨！可恶的那条小蛇！

"老爹，还有吃的吗？"说话间，门外进来一个人。

披着蓑衣，全身都湿透了，雨水顺着裤管流下来。

个头遗传了木场老爹，又高又壮，像一根石柱。

是木场老爹的小儿子，当巡警的那个家伙。

"竹茂呀，你怎么回来了？"木场老爹问。

"忙了三天了，实在顶不住了。有吃的吗？"竹茂把衣服换了，在我身边坐下，打了个招呼。

木场老爹端上来一份蛋炒饭。

竹茂拿着筷子扒拉着。

"事情咋样了？"木场老爹关切地问竹茂。

"总算是有点儿眉目了。"竹茂说。

"什么事？"我问。

竹茂嚼着蛋炒饭，口齿不清地说："捉贼……"

"捉贼？！"我乐了起来。

真新鲜！黑蟾镇也就一两百户，大家低头不见抬头见，彼此亲如一家，平日里镇里人路不拾遗、夜不闭户的，从来没听说过有贼。

"真的。"见我不信，竹茂说，"最近真有贼。"

木场老爹使劲点头："八天前，贾老六的那头大肥猪，没了。那是他辛辛苦苦养了一年准备过年时宰了吃的。心疼得他哟，躺了五天没下床……"

贾老六是黑蟾镇的铁匠，小气鬼一个。

"如果我没记错的话，那猪就是他的性命，怕跑丢了，养在院子的猪圈里，还让家里的两条狗看着呢！"

"是呀，突然就没了！"竹茂说，"案发当晚，两条狗一声没吭，大门也没开过，贾老六从始至终没听到任何动静，就这样凭空消失了。"

"的确蹊跷。"我说。

"还有更蹊跷的呢。"竹茂说，"灯花婆婆的那只羊，你记得吧？"

"记得，叫小花。"我说。

灯花婆婆是镇子里的裁缝，大家做衣服都找她，五十多岁了还每晚点着油灯缝缝补补，所以大家都叫她灯花婆婆。

"灯花婆婆养了十年了，当女儿一样，是她最亲的伴儿，结果也丢了。"

"什么？！"我张大了嘴巴。

"据灯花婆婆说，她给羊喂了草，回屋刚拿起针线，就听见'咩'的一声，忙跑出去，刚刚还在眼皮子底下活蹦乱跳的羊，不见了！"

我无话可说了。

"最奇怪的，是钟先生的牛。"竹茂吃完了蛋炒饭，把碗推到一边。

"钟先生的牛，也丢了？！"这回连团五郎都惊讶了。

钟先生，名振甫，先前当过学堂里的先生，是黑蟾镇最有学问、最受尊敬的人。

钟先生饱读诗书，最爱道家思想，爱骑着那头水牛优哉游哉地四处闲逛。那头牛我见过，长得又高又大，十分有灵性，钟先生还给取了个名字叫青兕。

"这不一直下雨嘛，钟先生怕青兕在家里憋坏了，昨天下午，见雨小了些，就牵了牛去般若山下溜达。牛在林下吃草，钟先生打着伞欣赏一襄烟雨，结果听到'哞'的一声……"竹茂打了个嗝，"回头一看，他那头青兕好像被什么东西缠住了，一下子拖进了林子里，再去找，不见了！"

"那么大的一头牛……看到是什么东西了吗？"我问。

"钟先生眼睛近视呀，看不清楚，据他所说，那东西无头无尾，像根大缆绳一样缠住青儿，呼啦一下就拖走了。"

"大缆绳？"我和团五郎相互对望了一眼。

"钟先生心疼得差点儿跳河，马不停蹄找到我。我带人进了林子，发现林地里树木倒了许多，就像是被什么碾轧过的一般，一直向山上去了。"

"上般若山了？"我愣了一下，"般若山上什么也没有呀！"

"据我分析，贾老六的猪、灯花婆婆的羊，都是这东西偷的。猪羊都不大，所以偷起来不留痕迹，钟先生的牛太大了，所以这回露了破绽。"竹茂卷起袖子，"我这就上山，一定要将老白那家伙捉拿归案！"

"等等。"我拦住他，"老白？你觉得是老白偷的？"

"是呀！这家伙，老不正经的，竟然干出这等事。"

"搞错了吧。老白虽然不太正经，还贪吃，但没必要去偷猪吧。再说，还有羊、牛呢！"

竹茂这家伙，果然脑袋不灵活。

"好像是哦。"

"钟先生也说了，那家伙就像是个大缆绳，老白可是个老和尚，怎么可能像缆绳呢。而且他没那么大力气，能将一头牛给拖走，还搞倒了那么多树……"

"好像……有道理哦。"竹茂认真思考了下，说，"可我一路寻着踪迹，发现的确奔着般若寺去的。"

"那也不一定就是老白呀。"我说，"般若寺大殿塌了一块，这几天老白找滕六过去，两个人在修大殿呢，哪有工夫干这个。"

"如此说来……怎么办？"竹茂看着我。

"等滕六回来，我问问他就知道了。"

"当"，说话之间，有个东西从门外飞进来，掉在我脚下，弹了开去。

是一枚新鲜的栗子。

我转过脸，发现大嘴男鬼鬼祟祟站在酒馆外面的树后，冲我比画着。

肯定是有情况。

我找了个借口，和团五郎离开酒馆。

"怎么了？"站在树下，我问庆忌。

"打探了一圈，问到了一些线索。"庆忌满头是汗。

"什么线索？"

"周围的山区一切都正常，唯独般若山附近，最近发生了不少怪事。"庆忌说，"山上的不少小妖说新来了一个妖怪，十分厉害，有的还看到这妖怪裹着牛羊四处乱走。"

"裹着牛羊……"我眯起眼睛，"小妖们见到那妖怪的真容了吗？"

"那妖怪速度非常之快，它们从没看到过真容，但是有的看到了身子，应该是一条极粗的大蛇，而且……"庆忌舔了舔嘴唇，"而且是绿色！"

"情报可靠吗？"

"可靠。般若山下河里的小水妖亲眼所见，当时这个妖怪卷走了钟先生的那头牛。"

"我明白了。"我呵呵一笑，"事情很明显了，镇子里发生的偷盗猪牛羊的事件，应该就是这个春生所为！"

"那家伙在哪里？"阿吉问。

"说是进了般若寺。"庆忌道。

团五郎道："糟糕，老白和滕六在里面呢，恐怕有危险。"

"老白有没有危险我不知道，但滕六是不会的。"我说。

那个平时看上去人畜无害的伙计滕六，可是千年大天狗，也算是一个大妖怪，他的本事我是清楚的。

"咱们去般若寺！"我当机立断。

"必须……要去吗？"阿吉和团五郎打起退堂鼓。

"必须要去！难道你们要两手空空去见暴躁女吗？"

"好吧。"

一行人浩浩荡荡上了般若山。

大雨中登山，真是辛苦。山路泥泞不说，一路上坍塌的地方很多，树木倒伏，一步三滑，要不是朵朵在，好几次我都差点儿滑到河里去。

上行的路上，能看到庆忌说的倒伏的林木——很多都是参天的高树，被野蛮地折断，横七竖八地倒在地上，就像是有巨人在此打架一般。

两三个小时后，我们终于抵达般若寺的山门。

寺里静悄悄的，一点儿声音都没有。

"老白和滕六不会被吃了吧？"庆忌问。

"进去看看。"我推开了山门。

进了院子，来到大殿前，只见门口堆满了建筑材料——木柱、泥沙、瓦片、石头，旁边放置着各种工具。

走廊下，老白和滕六坐在椅子里，一个舒舒服服地喝茶，一个捧着一碗麻婆豆腐吃得风生水起。

"你们怎么来了？"滕六见了我，呆了呆。

"麻婆豆腐就剩两碗了，不分你们。"老白头都没抬。

我这个气呀："我们累死累活，被人欺负，四处乱跑，你们倒好，在这里舒服得很呀。大殿修好了？"

"正忙着呢。"滕六指了指上方。

顺着他手指的方向望过去，我看到一个身穿绿衣的少年，年纪十五六岁吧，虎头虎脑的，光着脚，站在屋脊上，拎着小桶在修修补补呢。

"你们两个家伙好意思吗？自己喝茶、吃好吃的，让一个小孩子大雨天在上面干活儿！"我真是为这两个家伙感到害臊。

"太过分了！万一摔下来，可怎么办！"朵朵说。

"就是！"阿吉和团五郎也义愤填膺。

"又不是我们让他干的，他自愿的！"滕六说。

"是哦是哦，不答应都不行。"老白一嘴油腻。

"我信你们个鬼！你们坏得很！"我说。

滕六有些无奈："不信你问他自己呀！喂，干活儿的，赶紧下来！"

大殿上那家伙听了，嘻嘻一笑，一个跟头从高高的顶上翻下来，稳稳落在我们面前。

好身手！

他把小桶放在一边，拍了拍手："的确是我自愿的。这活儿，干得真痛快。"

下这么大的雨，这家伙竟然头发丝都没湿一根，而且丝毫没觉得辛苦，反而表情愉悦。

真是少见！我平时可是最怕干活儿的。

"听见了吧？我们可没有强迫。"滕六拍了拍旁边的椅子，倒了一杯茶。

绿衣少年坐下来，把茶喝完："在这里待着很舒服，比我以前好多了。我以前的生活，那才叫水深火热！整天忙来忙去，没有任何休息的时间，稍有不慎，挨骂那是轻的，经常被揍得鼻青脸肿，还饿肚子……"

绿衣少年说着说着就开始呜呜哭起来："别人眼里，我们风光无比，可实际上只有我们自己知道内心的苦楚。自由，比什么都重要，我想一个人爱干吗干吗，我想一个人去看星辰大海，一个人去游山玩水，一个人去看花开花谢，或者什么也不干，就坐在高高的山顶或者树上发呆，再或者，就像这样，站在大殿的高处，专心地修补房屋，抬头还能看到空蒙山色！呜呜呜，我不想回去！"

"真是够惨的。"老白吃完了豆腐，舔了舔嘴唇，"你那个主人，的确太过分了。"

"是哦！尤其是每次行雨，你们是不知道，那活儿有多烦、多累，要念长长的符咒，要飞腾到空中，收集云朵，挤压它们，才能降下雨来。除此之外，还要掌握分寸，多一点不行，少一点也不行，每次累得死狗一样！"

绿衣少年咧着嘴巴："一次两次，你会觉得很好玩，可十次百次千次万次，无数次之后，不断重复，索然无味，简直要人命！"

他越说越起劲："我早就想逃了，中间也逃过许多次，但每次都被抓回去。抓回去之后，惨极了……"

"我很同情你。"滕六一副头疼的样子，"那女人的手段，简直惨无人道。世界上怎么会有这样的存在呢？！"

"是呀！滕六大人，你是理解我的，你是深有感触的。那女人，很多人都趋之若鹜，可实际上哪有半点女人样？！"

"脾气太差了，要不然当初我也不会和她闹掰。"滕六直点头。

老白在一旁笑："当初你们俩分手，搞得人尽皆知。"

"她拎着刀差点儿把我剁了！可即便是被剁，我也要分手！简直过不下去了，上一秒还和你情深意切，下一秒就可能当场发飙，一拳打得你横飞出去！精神分裂，对，绝对是精神分裂！"滕六咬牙切齿。

"关键暴力倾向太严重！"绿衣少年说。

"对！"

三个人一唱一和。

我和团五郎等人都听愣了。

"你是不是叫春生？"我坐在绿衣少年对面的椅子上，盯着他。

"你怎么知道我的名字？"绿衣少年呆住了。

"好呀，你这家伙竟然在这里！真是踏破铁鞋无觅处！"我一把抓住他的衣领，"贾老六的猪是不是你偷的？"

"是。"

"灯花婆婆的羊还有钟先生的牛？"

"是。我饿呀。这寺里面什么吃的都没有。"

"你主人，就是你说的暴力女，是不是叫雨师妾？！"

"是呀。"绿衣少年倒是实诚，有问必答，然后睁着大眼睛看着我，"你怎么知道？"

"我怎么知道？她跑到我家，作威作福，又打又骂，逼我们四处找你，你说我怎么会知道？！"我气鼓鼓地说。

这句话说完，老白、滕六全都站了起来："什么？那女人来这里了？！"

"嗯，就在家里呢。"

"怎么可能！"绿衣少年道，"她一路追，我一路跑，好不容易躲到这里……白大人，你不是说躲在般若寺，她不会发现的吗？"

"是呀。寺里有厉害之物，完全能遮盖住你的气息，她即便是雨师妾，也发现不了你。可我没想到她竟然会使出这么一招！"老白直摇头，"不愧是无孔不入的雨师妾！"

"现在咋办？！"滕六明显慌了，"她来了……我要走！我要走！"

性格向来沉稳如山的滕六，此刻手足无措。

看起来，他对那暴躁女很忌惮。

"走个屁呀。你们的事情早就过去了，我估摸着她这次来，纯粹是巧合。"老白说。

"就算是巧合我也不愿意和她有任何的纠葛。"滕六对春生说，"既然因你而起，你赶紧回去吧。"

"别呀，滕六大人，你之前不是说要保护我的吗？"春生可怜巴巴地看着滕六。

"我保护你，谁保护我呀？！你也没告诉我，她追到了这里！"滕六揪住春生的衣服领子。

这时候，我发现滕六的脸色突然变得很难看——苍白无血色，盯着我背后，双目圆睁，嘴角抽搐。

"咯咯咯，人凑得还挺齐，想不到这么一个破庙，竟然藏龙卧虎呀。"

一声低笑，传到耳畔。

这声音，婉转，悠扬，却让我如坠冰窟。

转过脸，檐下站着一个人。

窈窕身姿，赤发如火，美得让人窒息——

但笑得让人心肝直颤。

"你找的东西在这里！和我没关系！"滕六手一扬，将春生凌空扔了出去。

那动作，行云流水，麻利无比。

雨师妾一把抓住春生的头发，一个飞踹将春生摁在地上，踏上一脚，道："等会儿再跟你算账！"

然后，她抬起那张倾国倾城的脸，笑眯眯地看着滕六："这么多年没见了，想不到你还是老样子。"

"我变了，早就变了。"滕六忙说。

"你急什么，我又没黏着你。咱俩的事情都老黄历了。有些事，过去了就过去了，如同风吹云散。"雨师妾淡淡地说。

但不知为何，我从那话语里能听到一丝若有若无的失落和遗憾。

"那就好。告辞！"滕六抱了抱拳，转身就想走。

"慢着！"雨师妾美目突然圆睁，道，"你今天若是还像当年一样没等我把话说完便走，信不信我发飙？！"

"你想怎样？！"滕六也火了。

　　老白见了，赶紧打圆场："我说二位呀，别一见面就这么掐。买卖不成仁义在，感情破裂了还是好朋友嘛。和和气气说话。阿雨呀，你怎么跑到这里来了？"

　　雨师妾对老白，多少还是有些尊重的，叹了一口气，皱着眉头，那伤心的样子，真是让人莫名生出同情来。

　　"别提了。"雨师妾坐在桌子上，双腿晃荡着，"这些年我一直都四处流浪。"

　　"老老实实待在自己的供祠里不是挺好的嘛。"滕六嘀嘀咕咕。

　　"早没了。"雨师妾说，"我挺怀念以前的，那时候，人们还记得我，向我祭祀，向我祈求。可后来，前来供祠的人越来越少，最后连我的名字都快被人遗忘了。有一天，供祠坍塌了，再也没人去修建，我也就没家了。"

　　"我觉得是时候离开了。"雨师妾抬头看着天空。

　　阴沉的天空，雨还在下。

　　"我离开那片大山，那片土地，游荡在天地之间，游荡在人世。装扮成各种身份，我发现这样也挺好，自由自在……"雨师妾说。

　　"反正没人能欺负得了你……"滕六顺着柱子蹲下来。

　　"我的苦，你懂个屁！"雨师妾眉头一皱，又要发飙。

　　"我不懂，我不懂。"滕六举起双手。

　　"我在最北的地方看雪落无声，在最南的地方看日头落下升起，在东海看水波辽阔，在西荒见过大漠流沙，走呀走呀，突然有一天觉得什么都索然无味，厌倦了。"雨师妾说，"有时候我挺羡慕人类的，尽管只有百年之寿，可娶妻生子尽享人间烟火，妖呀，太寂寞。"

"所以你就跑来了这里？"老白问。

"我没有想到这里来。"雨师妾说，"我背着那杆雨之旗，在大旱的地方出现，人们把我当成灵验的巫师，可以赚到不少钱。"

"一个妖怪，赚钱有什么用？"滕六吸溜了一下鼻子。

"可以像人一样呀，买买东西，吃吃喝喝，最主要的是，在人群里，我发现自己心里的空洞，会少一些。"雨师妾说。

她拂了拂海藻一样的火红长发："然后就一路来到了这里，降雨，结果这小东西又逃跑了！"

雨师妾指了指春生。

春生吓得全身乱颤："主人，我再也不跑了！别打我！其实这些年，我也太苦了！"

"你的意思是你跟着我，受委屈了？！"雨师妾冲过去，一通暴打。

寺里面回荡着春生的哀号之声，惨不忍睹。

打完了，雨师妾若无其事地收回粉拳，转身看着滕六："没想到还能听到你的消息。这无数年，你竟然还履行着当年的约定，守护着方相家。"

"君子一诺千金。"滕六说。

"可你是大妖怪呀，你可是大天狗！怎么能去当这么一个小伙计呢？"雨师妾说。

"这是我的事，和你无关。"滕六说。

"是的。当年你也这么说，你宁愿舍弃我，也要继续守护方相家。"雨师妾笑了笑，眼眶湿润了，"不过这次，我似乎有些理解你。"

"理解什么？"滕六问。

"当我看到那个收拾得干干净净的破杂货铺，看到院子里开满了花，火炉边烤着喷香的马铃薯，当我看到这个笨蛋少爷和一帮小妖相处得亲如一家，当我看到你们悠然自得，享受着云淡风轻，我似乎理解了。"

雨师妾看着滕六，沉默了。

"守护方相家的，不止我一人。"滕六说，"其实这无数年，我看得很开。大妖怪又能怎样？法力无边又能怎样？与天地同寿，又能怎样？生命这东西，和时光无关。如果没有感动没有精彩，即便是活上千万年，跟石头枯木没什么两样，倘若能感受到这世界的美好，哪怕只有一天，也足够了。"

"可你说的这世界的美好，不包括我吧？"雨师妾问。

"怎么能不包括你？你……也属于我的美好记忆。"滕六说。

"只是……美好记忆吗？"雨师妾低着头，然后慢慢昂起来，笑，"便是如此，也极好。"

"你们两个，想腻歪的话，找个没人的地方去。众目睽睽之下，成何体统？"老白发出了异议，然后指着我，"文太少爷可在呢。"

"你今后有何打算？"滕六问雨师妾。

雨师妾没有马上回答，而是双手一摇，亮出了那杆赤红色的雨之旗，然后走到春生跟前。

春生极其不情愿地摇动身体，变成一条小小的绿蛇，落到雨师妾手中。

雨师妾将绿蛇戴在左耳，扑啦啦收了旗帜。

下了半个月的雨，戛然而止。

"我打算不走了，在这里住下了。"雨师妾说。

"什么？！"滕六、老白、我以及其他几个人，大跌眼镜，同时叫出声来。

"我挺喜欢这里的，也累了，想找个地方落脚。"雨师妾说。

"那可不行！"老白第一个反对，"我这里是般若寺，是寺庙，不能收留女人！"

"得了吧，你不过是个假和尚而已。"雨师妾鄙视地看了老白一眼，"再说，我也没说要住在你的寺里。"

"那就好。"老白长出一口气。

"虽然那个破百货店一般般，但后面的院子，也勉勉强强凑合着吧。"雨师妾来到我跟前，把手放在我的头上，揉着我的头发，"文太少爷觉得如何？"

暴躁女要住在我家？！

"我反对！"还没等我反应过来，滕六直接蹦起，"绝对不可能！"

"为什么？"

"不为什么！就是不可能！"滕六脸红脖子粗。

雨师妾继续揉着我的头发，弯下腰，凑在我面前。

我的视线里，是她那张美得窒息的脸。

"文太少爷愿意收留我这个无家可归的弱女子吗？"她眯着眼，粲然一笑。

竟然还露出了小虎牙！

弱女子？你是弱女子吗？

"我可以住在少爷隔壁的房间，我可以给你铺床叠被。哦，我做饭也挺好吃的，还可以哼小曲儿给你解闷……总之，以后少爷有什么吩咐，我都会遵从的。好不好呀，少爷？"雨师妾嗲嗲地说。

没人能抵抗得了这样的声音、这样的笑容和这样的请求吧！

至少，我身后的阿吉和团五郎已经两眼一翻倒了下去。

"就是你的脾气不太好……"我说。

"我改！"

"我不喜欢叫别人什么大人的……"

"不用叫！你可以叫我雨姐姐，哦，阿妾也行！"

"阿妾好听点。"

"是吧，我也这么觉得。"雨师妾继续说，"这么说，少爷你同意啦？"

"我……"

"求求你了少爷，我无家可归了……"雨师妾抽动了一下鼻子，似乎要哭出来。

"行行行，我答应你。"我说。

"好可爱的少爷！"雨师妾一把把我抱在怀里，双手使劲揉着我的脑袋。

本少爷我，真的要窒息了！

"少爷呀！那是她的手段！这么一点，你就抵抗不住了？！哎呀呀！我反对！我坚决反对！"滕六大声喊。

"反对无效！"雨师妾一口回绝，"文太少爷是一家之主，他已经答应了！"

"真是笨蛋少爷呀！"滕六绝望地说。

……

告别了半个月的湿漉漉的雨天，舒舒服服泡了个热水澡，换上干净的衣服，从房间里出来，拉开门，我长长出了一口气。

真舒服呀！

"哎呀，少爷，真是可爱呢！"有个人站在我面前，看着我，两眼放光，一把把我抱进怀里，双手使劲揉搓着我的头发，"这么卷的头发，松松的，蓬蓬的，软软的，哎呀，好可爱！我对毛茸茸的东西，永远都无法抗拒！"

是雨师妾。

我眼冒金星地从她的怀里挣脱出来，见她系着围裙，院子的长桌上，摆满了美味佳肴，足足有二三十道菜。

"你做的？"我问。

"那个……是的，朵朵帮我打了个下手。"雨师妾说。

"你做的？别臭美了！从始至终你只是站在锅边瞎指挥，朵朵忙得团团转！"滕六大声说。

"闭嘴！"雨师妾一拳挥去，滕六被打飞了好远。

"少爷，吃饭吗？"回过头，她嗲嗲地说。

"吃饭，吃饭。"我拉了下椅子，坐下来，捧起饭碗。

滕六爬过来，凑上座，拿着筷子："做了这么大一桌，日子不用过了？阿妾，赚钱很辛苦的……"

"不吃滚蛋！"雨师妾狠狠瞪了一眼。

滕六低头扒拉着饭："还有，为什么贾老六、灯花婆婆、钟先生那边，让我去赔钱？笨蛋少爷，分明是她的手下惹了祸！"

雨师妾甜甜一笑："因为少爷觉得我没钱呀。我一个无家可归的弱女子……"

听了这话，滕六仰天长叹："这日子……真没法过了。"

吃了一口雨师妾夹来的鸡腿，抬起头舒舒服服地看着澄澈的天空，我倒是觉得这横祸，挺有趣。

"噫，阿妾，那旗子你插的？"在杂货铺的屋顶上，飘扬着一面旗子。

"是的呢。好看吧？"雨师妾起身给我盛了一碗汤。

立在白墙灰瓦上，立在蓝天和阳光下，背后是青黛色的山色。

风中舞动的赤红色的旗帜。

雨之旗。

嗯。的确挺好看的。

山魈

魈之面

山魈者，岭南所在有之。独足反踵，手足三歧，其牝好傅脂粉……每岁中与人营田，人出田及种，余耕地种植，并是山魈，谷熟则来唤人平分。性质直，与人分，不取其多。人亦不敢取多，取多者遇天疫病。

——唐·戴孚《广异记》

凉意越来越重。或许过段时间，霜就要下来了吧。

空气变得干燥清爽，群山中先前升腾的水汽，仿佛一夜之间被大山吸了回去。树木萧萧落叶，由原本的繁茂葱茏，恢复了清瘦的样子，亭亭玉立，挺好看。

晚上，坐在火炉边看书，寂静中能听到枯枝断裂时发出的微小啪啪声。有不知名的小动物，在厚厚的落叶上打闹，从左边到右边，从右边到左边，有时会持续整晚。

风也渐渐大起来。掠过树梢，穿过林间或者山石的空隙，发出刺耳的尖叫。

风把夏意吹走了，清空了天地。

这应该是一年中，我最喜欢的季节了。

不热，也不太冷，一切刚刚好。

尤其是每次出门，站在山冈上，或者河边，或者路口，你能以肉眼可见的程度，欣赏这世界的变化。

比如一周前还沉浸在水中的石头，此刻显现出来，全身满是水藻，被太阳晒得发出好闻的气味。比如一天前，白桦树的叶子还挂着半树，结果一夜之间便落光了，露出雪白洁净的皮肤，赏心悦目。

我的生活，变化不大。

自从阿妾住下来之后，家中热闹了许多，滕六总算是有了个克星，对我的管束明显少了许多，起码有些事情，我想做就能做。

比如散步。

我说的散步，并不是午后吃完饭走上一小段路，或者在房前屋后晃悠一会儿。

我喜欢选个我喜欢的天气或者时刻，出门，漫无目的地游走。完全随着自己的心情，把自己交给双脚，信马由缰，走到哪儿是哪儿，走得尽兴了，再返回来。常常反应过来，才发觉自己已经走出了二三十里山路。

对于这样的散步，滕六是不赞成的。他的理由很充分——第一，黑蟾镇位于深山之中，一个人乱跑，很容易发生危险；第二，我身子骨太弱，又有哮喘，容易生病。

他说得有道理，我只能听从。

可阿妾来了之后，在这事情上十分鼓励我——"哎呀呀，散步是件好事，既能锻炼身体，还能怡养心性，一举两得。再说，一个男人，哪有天天窝在家里面的！"

跟我说这句话的时候，阿妾坐在院子里的青石上，光着两只脚在我面前晃悠。

"少爷，别听那家伙的。那家伙一点儿情趣都没有。"她说，"再说，现在外面多美呀，我昨天和朵朵外出一次，哎呀呀，满山的景色好看死了。哦，我们还见到了一个山魈，被我暴揍了一顿。"

"山魈？"

"一种妖怪啦。"

"我当然知道。为什么揍人家？"

"看着不爽呗。那家伙叽叽歪歪，背着一个竹篓，里面装着稻米和栗子，我不过是让他给我一些栗子吃，结果那家伙小气得很，我脾气一上来，就揍了一顿，把栗子全拿回来了。"

"不只是揍了一顿吧？"暴躁女的手段，我是见过的。

"额……下手可能重了些。"她说。

"你们这是拦路抢劫呀！"我笑起来，"很快整个山区，你的恶名都会流传出去。"

"不会的。"雨师妾掏出小巧的烟袋，点燃，抽了一口，翘起的唇角喷出烟。

那小烟袋，不过尺把长，银质，装的烟丝只能抽一口，所以叫"一口香"。

她抽烟的姿势很好看。

山魈这种妖怪，我听爷爷说过——小时候，如果爷爷晚上没事儿，就抱着我在院子里玩儿，他什么都不会，只会讲故事，当然了，话题全都和妖怪有关。

我记得山魈是山里面常见的怪物，独脚，脚后跟长在脚前，手和脚只有三个指头。他们在大树洞里筑巢，用木头制成屏风幔帐之类的东西。

在山里走路，山里人大多都随身带些黄脂铅粉以及钱币什么的，用来对付山魈。雄性的山魈被称作"山公"，遇上他，他一定向你要金钱。雌性的叫"山姑"，喜欢涂抹脂粉。遇上她肯定向你要脂粉，给她脂粉的人可以得到她的庇护。

当然，如果碰到他们，身上什么东西都不带，那就要看自己的造化了。

因为这个原因，小时候我偷偷出门，总会从杂货铺的柜台里拿上钱和胭脂。那时我很渴望能碰到一个山魈，不管是山公还是山姑。但可惜的是，一次都没有邂逅过。

"你们在哪里碰到的山魈？"我问。

阿妾说的这件事，勾起了我的记忆和兴趣。

"牛尾山啦。"她指了指。

牛尾山是西边的一片大山，山高林密，主峰叫牛角岭，常年被云雾笼罩，离镇子有十七八里路。

那地方，我一直没去过。

这样的天气，去走一走，应该不错的。

我站起身，穿上鞋，取过斗笠和手杖。

"少爷要出去？"雨师妾看了我一眼。

"听你的，去散步啦。"

"好选择，这样的天气，最适合散步。"她笑起来，"一个人去？"

"嗯。"

"不要人陪？"她扭了扭腰。

"不要了。"

"哎呀！你这太过分了，我可是很少主动去陪人的！你嫌弃我！"雨师妾呼啦一下站起来，捋起了袖子。

"不是这个意思，对不起啦。散步，还是一个人有意思。"我赶紧赔罪。

得罪了暴躁女，是没好果子吃的。

"那早点儿回来。"雨师妾将手中的烟袋往石头上磕了磕，"我刚买了一条大鱼，做泡椒鱼头。"

"好。"

答应一声，我拐进杂货铺，取了钱和胭脂，揣进兜里，走出门。

一路向西。

不得不说，风景真是好极了。

出了镇子，沿着小河走。水中的芦苇苍苍一片，随风摇曳，大片大片的芦花絮飞起。有嘴巴长长的水鸟在浅水里捉泥鳅，应该是白鹭。

山林中的野石榴挂满了枝头，像缀着一盏盏小小的灯笼，虽然没有家里的大，可味道酸甜，极为可口。

山毛榉高耸，松鼠在树梢上跳跃，那帮家伙一点儿都不怕人，有一只干脆跳到我的肩膀上讨吃的。

脚下的泥土，被晒了一个夏天，天气冷下来之后，蓬松柔软，像地毯一般舒服。不少小花趁着最后的时间努力开放，斑驳一片，地鼠们从花丛中探头探脑，傻乎乎的模样令人想笑。

风吹在手上、脸上，凉爽舒适，夹杂着河水、山林和花草的气息。

远看天地，近处是河，是山，远处是高远的天空。如果能画一幅画或者作一首诗，是最贴切的。

可惜这两样我都不会。

只能……只能纯粹做个欣赏风景的闲人啦。

一路走走停停，停停走走，山路越来越窄，最后路不见了的时候，眼前出现了一座巨大的山峰。

这就是牛尾山的主峰牛角岭了。

一口气走了十几里山路，尽管是闲庭信步，可对于身体虚弱的我来说，也是件极其消耗体力的事。

满身是汗，我停下来喘匀了气，走入山林。

在山中行路，和平地不同，高高低低，起起伏伏，十分辛苦。

但看到的风景截然不同。

参天高树交织连绵，将阳光分割，投下闪烁的光斑，突兀的山石长满青苔，流水潺潺，鸟鸣兽吼，充满野性之气。

令我惊喜的是，有山道，穿行延展向上。

道路不宽，

仅能容纳一辆木车通行，大部分的地方是土路，经过浅溪时有用原木搭建成的简陋的木桥。

如此就省力多了。

入山之后，我的注意力已经不在景色上了。

两边是树，是山石，这样的道路，空无一人，是邂逅山魈的好地方。

这一次，我碰上的会是个山公还是山姑呢？

摸了摸兜，钱和胭脂都在。有这些，顿时安心不少。

往前又走了一二里，山势变得险峻起来，顺着山路艰难翻过一个高坡，不小心踩了一块松动的石头，脚底一滑，我仰面朝天摔下来。

哎呀呀！

视线顿时上下颠倒，在荆棘丛里翻滚，发出呼啦啦的声响，带动石块和泥土一起滚下去。

咕噜咕噜，最终啪的一声躺倒在硬地上。

好在坡不高，否则真要摔得七荤八素了。

我痛苦地爬起来，突然听到有人低喝："什么人？！"

抬起头，眼前站着一个人。

是个老头儿，年纪大概有个六七十岁吧，高高的个子，花白的头发披散在脑后，露出光光的额头。扁扁的脸，扁扁的鼻子，大大的嘴巴。穿着一身黑色的大袍子，全身上下裹得严严实实。

他面露吃惊之色，手中的木叉对准我的胸口。

栎木做的木叉，两股削得尖尖的。

"哦，似乎不是强盗。"看清了我的面目，他嘀咕一声，收起木叉，"摔坏了吧？"

"倒是……还好。"我皱着眉头，揉着屁股。

此地，在溪边。

一条小溪蜿蜒而下，在这里拐了个弯。

溪水不深，清澈无比，能看到底部的石头。

大大小小的游鱼嬉戏追逐，不少在吞食水面上的落花。

老头儿先前应该坐在旁边的石头上，没料想我这么突兀地"从天而降"。

"真是抱歉了呢。"我赶紧道歉。

"没事没事。"他坐下来，看了看我，又看了看周围，"就你一个人？"

"嗯。"

"住在附近？"

"嗯，黑蟾镇。"

"黑蟾镇？好像以前没见过你。"

"我刚搬来不久。"

"哦，那怪不得。黑蟾镇的人，很多我都认识，木场还好吗？"

"老爹好着呢。"

"那家伙最近喝酒喝得太凶了。酒不是个好东西。"

"谁说不是呢。"

……

闲聊了一会儿，便熟络了起来。

"你一个人，不应该到山里来。"他抚摸着手里的木叉，"这里平时人迹罕至，不太安全。"

"指的是猛兽吗？"

"猛兽倒还好，最近有强盗。"他说。

"强盗？"

"嗯。很厉害、很凶的强盗。我孙子被抢劫了一次，现在还躺在家里呢。"老头儿说。

"真是太过分了！"我说。

"是哦！这里虽然是乡下，地处偏僻，但乡风淳朴，强盗这种事情还是从来没出现过的。"老头儿说。

"老先生怎么称呼？"我问。

"叫我炭治就可以啦。"他哈哈笑起来，嗓门又大又响亮。

"我来黑蟾镇这些日子，没见过你。"

"哦，我不住在镇里。我住在山上。"他回头指了指高高的山峰。

"山上？哦，我明白了。"我笑起来，"你一定是在山上烧炭的人吧？"

"烧炭？"他回味着我的话，笑得前仰后合，"你以为我叫炭治，就是烧炭的人了？哈哈哈，你可真有趣。不是啦，我不烧炭。"

那应该是山民了。这一带群山之中，分布着这样的山民，平时以打猎、采集为生，只有需要生活必需品的时候，才会下山到镇子里换取。我的百货店接待过不少。

"你来山里干吗？"他问我。

"散步。"

"散步？"炭治有些吃惊。

"怎么了？就是随便走走而已。这么好的季节，待在屋子里，太浪费了。"

"是呀！这话说得好！"炭治拍着大腿，"这是牛尾山最好的季节，我也这么想，可家里人劝我别乱跑，我偷跑出来的。"

"我也是呢。"

哈哈哈。两个人同时笑起来。

"不过，我不是散步。"炭治咧咧嘴。

他的牙又大又白，这样的年纪还能拥有如此好的牙口，真是罕见。

"那是干什么？"

"当然是为了美味啦！"炭治指了指脚下，"蟹，肥啦！"

顺着他手指的方向望过去，我才发现他坐的石头旁边，用青藤捆着一只螃蟹。

手掌大的一只螃蟹，应该是用木叉插的，蟹盖破裂，露出油油的蟹黄和雪白的蟹肉。

"这可是牛尾山最好的美味！每年这个季节，是螃蟹最肥的时候。鲜美得很！"炭治一边说一边把螃蟹掰开，一半放在自己嘴里嘎巴嘎巴嚼，露出无比享受的样子，一边把另外一半递给我。

额。我承认螃蟹很肥，可这么生吃，怕不妥吧。

"怎么了？"炭治见我接过来不吃，面色冷了一下。

"螃蟹不是这么吃的。清蒸，蘸着调料，喝着黄酒，那才美！"

"哦，是的。先前有个好朋友，我们每年都这么吃。"炭治眯着眼睛，"他是我最好的朋友，我们俩交往几十年了，每年这时候，他都会带着调料和最好的酒来这里，我们一起大快朵颐。"

"那的确是乐事了。"我很羡慕。

"唉。可惜今年不行了。"炭治摇了摇头，"我们一年一度的肥蟹宴，看来要中断了。"

"为什么？"

"他出远门了。"炭治说，"另外，我老了，去年生了一场大病，手脚都不灵活，抓不了螃蟹。你看，我在这里忙活了一个多时辰，才叉到这么一只。要是以前，早就抓一篓了。"

六七十岁的老爷子，的确不适合下水捉四处乱爬的螃蟹了。

"这里有螃蟹吗？"我望向小溪。

溪水清澈见底，似乎没看到有螃蟹的影子。

"当然了！这里是螃蟹最多最肥的地方。"炭治指着水面说，"看到那些石头和沉木了没有？"

"看到了。"

"它们就躲在下面，你翻起石头和沉木，它们就会四散逃跑。"

"哦，那我去试试。"他这么一说，我顿时手痒，脱下鞋袜，卷起裤腿，跳进溪里。

溪水刚好没膝，有几分凛冽。

搬开石头，掀开沉木，果然见又大又肥的螃蟹逃出来。

我手脚并用，抓住了就扔上岸。炭治在上边一边指挥一边配合，忙活了一炷香的时间，二三十只螃蟹便到了手。

"可以啦，可以啦！"炭治高兴坏了，说，"不能竭泽而渔，够吃就行啦。"

我湿漉漉地爬上来，赶紧抹干水，穿上鞋。

"冷吧？"炭治笑。

"冷！"

"要想吃到美味，不付出辛苦是不行的哦。"

炭治把螃蟹递给我："付出劳动之后的食物，吃起来才最香！"

道理是这个道理，但我可不想这么吃。

"炭治，这次我们来个炭烤肥蟹，怎么样？"我如此提议。

"什么叫炭烤肥蟹？"

于是，在我的指挥下，熊熊火堆诞生了，新鲜的肥蟹插在树枝上小心翻烤，吱吱冒油。

"有盐和调料就好了。"我说。

"调料没有，盐我带了。"他打开随身的兽皮小包，掏出盐巴。

诱人的香味下，掀开蟹壳，撕扯一下，再蘸上盐巴放入嘴里——

"美味！这么吃，味道不一样！"炭治大为赞叹。

我也十分高兴。

"今天不仅吃到了炭烤肥蟹，还交到了你这样一个好朋友，真开心。"炭治嘎巴嘎巴嚼着说。

既然成为朋友了，那就可以无话不谈。

"炭治，你常年住在山上，我能不能问你一个问题？"

"你问。"

"山上……有没有山魈呀？"

"有呀！"炭治咬了一口螃蟹，露出大白牙，朝我笑了一声，"我就是山魈呀！"

这老家伙，真是过分。当我是三岁小孩呀，山魈长什么样，我难道不知道吗？

"别跟我开玩笑，我是认真的。"我皱起眉头。

"我也是认真的呀。"炭治啃着螃蟹，吮吸里面的汁水，"我们山魈一族，很久很久以前就在这里了。"

权当这家伙胡说八道。

"牛尾山这一带，山高林密，林子里有果实，溪里面有鱼蟹，生活在这里，吃穿不愁，最重要的是，这里的人淳朴敦厚，和我们相处得很好。"炭治说。

"你说你是山魈，那我问你，平时你们住在什么地方？"

"山上呀。住在牛角岭的山魈最多，我家便在上头。一部分住在树上，是那种几百年的根深叶茂的大树，在上面搭建起房屋，还有一部分，住在山洞里。不管住在哪儿，我们都会像人一样，制造桌椅板凳等生活用具，过得舒服是第一位的。"炭治侃侃而谈，"我家就在山洞里，相比之下，树上又高风又大，住得不舒服，我年纪大了，腿脚不灵便……"

谎话编得有点儿水平。

"每年我们都会有迁徙。"炭治说，"就是搬家啦。"

"为什么搬家？"

"天气变热的时候，我们就会往上搬，搬到牛角岭最高的地方，那里是天然的避暑胜地，我们在凉爽的浓雾之中，安安稳稳度过三伏天。当天气变冷的时候，我们就会搬下来，在低处的林间游荡嬉戏。"

"那你们靠什么为生？"

"这个很多啦。"炭治说，"我们什么都吃，植物的果实、根茎，溪里面的鱼蟹，等等。牛角岭的山魈，每年最重要的食物，是从山魈田里面获得的。"

山魈田？这玩意儿我第一次听说。

"什么是山魈田？"我问。

炭治一连吃了好几个螃蟹，似乎是吃饱了，擦了擦油腻的手，说："我先前讲了呀，我们和这里的人类相处得很好，时间长了，就开始分工合作。"

"分工合作指的是……"

"合伙种田呀！"

"山魈和人类，一起种田？！"我不敢相信自己的耳朵。

炭治笑道："这很正常啦。牛头岭这里，虽然很多地方都凹凸崎岖，但林间会有一些零零散散的肥沃土地。别的不说，从这里往上走二三里路，就有一大块，足足有七八十亩呢。"

七八十亩，面积可真不小。

"这里距离黑蟾镇挺远的，山路又不好走，所以如果是人类单独种植的话，耕地、播种、锄草、施肥，稻子熟了还要防止鸟兽偷食，收割完了还要往下运，都是十分辛苦的。他们不愿意干这种事儿。"炭治说，"可我们山魈就不一样了。这里是我们的家，离我们很近。我们力气很大，做这些事情小菜一碟，至于其他的比如看护之类的活儿，更是轻松。所以我们很久之前就和人类达成了合作的协议。"

"怎么分工呢？"我问。

"很简单。"炭治说，"田地是人类开垦出来的，每年他们只需要出稻谷的种子就行啦。其他的事情，都是我们来干。等到稻子成熟了，收获我们和人类平分。"

"人类只出田地和种子，其他事情你们做，收获平分，似乎……对你们不太公平。"我说。

炭治哈哈大笑："也还好啦。对于我们来说，反正闲着也是闲着，辛苦劳作一年，能吃上香喷喷的大米饭，挺好的事情。山魈田里面不光出产稻谷，旁边还有人类种植的好几百棵栗子树，树上的果实我们也是和人类平分的。有了这些，每年我们山魈一族过冬的粮食就足够了。"

长久以来，人和山魈这么合作，和谐相处，倒真是一件好事情。

"有过冲突吗？"我问。

"什么冲突？"

"你们约定和人类平分劳动成果，有没有在分配的时候，发生过冲突？"

"这个嘛，从来没有过。"炭治说，"我们山魈，性格耿直，极为遵守承诺，每年的收获，我们绝对会老老实实只拿一半。黑蟾镇的人，也这样。"

"私心这东西，人类是有的。总会有贪小便宜的。"我不太相信。

"那就会得到惩罚。"炭治说，"这份协议，十分古老，当初我们山魈和这里人类的祖先对天发誓的，所以人类不敢多拿。"

"如果多拿了，会怎样？"

"那些多拿的人，就会遭到天地和山神的惩罚。"炭治说，"至于是什么惩罚，我就不太清楚了，可能会生病，可能身体上会发生怪异，也有可能……遭雷劈呢。"

"这么严重？！"

"当然啦，这可是天地、山神亲自见证的神圣誓言！"炭治十分严肃地说。

和他聊了这么多，我听得津津有味。

这老家伙，虽然拿自己是山魈的借口戏弄我，可说的事情的确有趣。

"哎呀呀，今天过得真开心，头一回吃到了这么好的炭烤肥蟹，过瘾。谢谢你哦。"炭治吃饱喝足，对我说，"哦，实在是失礼，还没请教你高姓大名。"

"我叫文太。"

"文太？好名字。"炭治点了点头，站起身，从那个兽皮做的包裹里掏出个东西递给我，"初次见面，承蒙你的关照，这个小东西，送给你，就算是答谢之礼吧。"

一根小小的棍子。

手腕粗，长有十厘米左右吧，材质应该是一种少见的石头，黑乎乎的，极为温润。

"这是什么？"

"悠悠棍。"

"干什么用的？"

"这可是我们山魈的宝贝。"炭治说，"至于用处，可大了。如果你在山里面行走，看到高树上生长着果实，比如栗子呀、野柿子呀，等等，长在高高的枝头，爬上去很费劲，对不对？这时候，悠悠棍就能派上用场。只需要用棍子轻轻地敲一下大树，上面的果实就会落下来，不用辛辛苦苦爬上去摘。另外，那些可以食用的植物根茎，长在深深的地下，不好挖，只需要用悠悠棍轻轻敲击地面，它们就会自己爬上来。"

"这么厉害？！"

"那当然。每个山魈都有，是我们生活的好帮手。"

我喜滋滋地接过来："给了我，你怎么办？"

"我老了，干不动了。再说，我的子女、孙子们都很孝顺，有他们在，悠悠棍用不着了。还有，这根悠悠棍，跟了我好多好多年了，所有山魈都认识，文太你喜欢在山里跑，以后遇到了别的山魈，看到你手里这根棍子，他们就不会捉弄你。咱们是好朋友，以后你想找我，用悠悠棍敲击一下山石，我就能前来和你相会。"

"哎呀呀，真是好极了。"尽管我觉得炭治这是糊弄我的谎话，可这根棍子我的确很喜欢。

"尽管收下吧。"炭治大方地说。

"来而不往非礼也。收下你的宝贝，我也回赠一份薄礼吧。"我从口袋里把钱掏了出来。

既然炭治说自己是山魈，那他就是山公。山公是喜欢钱的。

这家伙不是山魈的话，钱这东西，人也很喜欢呀。

"这个……"炭治看着钱，并没有拿过去，"钱这东西，我真不需要。如果……如果你有胭脂的话……"

他有些不好意思地挠着后脑勺儿："我家里的那个老婆子，很喜欢的。"

哈哈哈，我笑起来。

这家伙，装得还真像那么一回事儿。

"这是我们杂货铺最好的胭脂。"我把胭脂拿出来。

炭治大喜，接过去："哎呀呀，真是感谢呢！老婆子估计会高兴好几天。"

他对我深深施礼，然后说："那就在此作别，后会有期。"

"后会有期！"

他摆了摆手，扛着木叉，缓缓走进了林子里。

我把火堆熄灭，看了看时间，日头偏西，已经是下午了。

出来走了这一趟，尽管没碰到山魅，可结识了炭治这个新朋友，还美美吃了一顿炭烤肥蟹，也是相当不错。

高高兴兴下了山，原路返回。

等回到家，已经是黄昏了。

进了大门，却发现形势不妙！

院子里站满了人——朵朵、阿吉、笨蛋五郎、庆忌，都在，而且一个个脸上露出惶恐、焦急的表情。

地上，桌椅板凳乱七八糟地躺着，应该是从房间里扔出来的，还有茶壶、茶盏的碎片。

"怎么回事？"我愣了一下，问道。

"哎呀呀！少爷，你可算回来了！"朵朵看到我，差点儿哭出来。

"你跑哪里去了？"笨蛋五郎大声说。

他的右脸，挨了一拳，肿得老高。

阿吉更惨，一双眼睛被揍成了熊猫眼。

"天气不错，我出去散步了呀。"我放下手杖，"你们怎么成了这个样子？院子里的东西，谁扔的？"

"除了暴躁女，还能有谁？！"阿吉和笨蛋五郎同时说。

"到底怎么回事？"我问。

"说来话长。"笨蛋五郎说，"今天我和阿吉一起来找你，想和你一起去玩，路上碰到庆忌，说云梦泽的菱角成熟了，可以采摘一番，搞个菱角宴，所以我们三个就一起来了。"

阿吉接着说："进了院子，你不在，我们以为你在房间里，就进去了，结果发现暴躁女在里头。"

雨师姜住在我隔壁，经常跑到我房间去。

"然后呢？"

"房间里乱七八糟的，她正在发脾气。我们刚进去，还没搞清楚怎么回事，就被她揍了出来。"庆忌说。

"无缘无故她为什么会揍你们呀？"我十分纳闷儿。

"我们怎么知道呀！"笨蛋五郎委屈地说。

我转脸看了看朵朵。

她一直在家，应该知道缘由。

朵朵说："我也不太清楚。你走了之后，她兴致高昂地去厨房，说是要把那条大鱼收拾了，做一顿泡椒鱼头。我洗鱼、切鱼，正忙活呢，突然听到她惨叫一声。"

"为什么？"

"不知道。说是脸又痒又疼，拼命挠，然后就进屋子里了。"朵朵说，"很快，屋子里就传出来她的骂声、哭声，什么'哎呀呀，这么美貌的一张脸，怎么变成这样？！''要是知道谁做的，我杀了他！'诸如此类的话。"

朵朵叹了口气："我怕发生什么意外，进去看她，发现她用一块红布盖住自己的脑袋，还把我赶了出来。"

"纯粹是发神经嘛！"笨蛋五郎说。

"倒是奇怪了。"我捏了捏下巴。

雨师姜虽然性格暴躁，动不动就发脾气，可基本上也是有原因的，不可能像这样胡搅蛮缠。

"我去看看。"我决定亲自去看个究竟。

"哎呀！少爷，你可别去！万一给你一拳，怎么办？"朵朵立马拦住我。

"放心吧，我是一家之主，她要是打了我，怎么有脸住在这里？"我说。

"也是。"笨蛋五郎点点头，"少爷，我支持你。"

朵朵眼泪汪汪："那你可千万要小心！"

我点点头，蹑手蹑脚上了走廊，来到自己房间门口。

所到之处，一片杂乱。

轻轻推开门，"呜"的一声，一个大花瓶迎面飞过来。我赶紧低头，花瓶贴着头皮飞过去，撞在墙上，粉碎。

"滚出去！"雨师妾大声喊。

她坐在椅子上，头顶果然盖着块红布，全身乱扭，手里拿着块手绢，好像正在哭。

"我是文太！"我赶紧亮明身份，战战兢兢走过去，"阿妾，恭喜呀！"

"什么恭喜呀！喜从何来呀？！"雨师妾大声喊。

"你这红盖头都顶上了，要嫁人了，自然是喜事。"我说。

"呜！"一把椅子被她踢过来。

我闪身躲过。

"混蛋文太！你取笑我！"

"我怎么敢取笑你呢。"我笑嘻嘻地走过去，说，"不过去散了个步，我走的时候你还开开心心的，怎么回来就变成这样？"

"我不想活啦！"雨师妾两条大长腿乱蹬，竟然呜呜哭起来，

"这让我美如天仙的雨师妾，以后如何见人呀？呜呜呜……"

好家伙，太阳从西边出来了！能让暴躁女哭得这么绝望，看来一定是发生大事了。

"到底怎么了？你这么哭，解决不了事情呀？"

"我不想说！我要杀了他！"

"杀了谁呀？"

"那个暗算我的人！"雨师妾攥着拳头，"我要将他碎尸万段！"

"谁暗算你呀？"

"我不知道呀！要是知道，早就动手了！"

我越听越糊涂："阿妾，你把事情说清楚，说不定我可以帮上忙呢。"

"我的脸！"雨师妾指了指她的"红盖头"。

"你的脸怎么了？我看看。"

"别过来！"雨师妾大声喊。

"好，我不过去，你把红盖头拿下来行不？这么盖着，我也看不见呀。"

"不能拿下来嘛！好难看！不能见人了！"

"你那么美，谁见了都会赞叹不已。何来这么一说？"

"现在不美啦！"

"那我看看。看了之后，或许我能有办法。"

"你能有什么办法？！"

"或许有呢。不然还能怎样？"

"那……好吧……"雨师妾伸出手指，对我发出了警告，"看了之后，你不能取笑我！"

"行，我答应你。"

雨师姜深吸一口气，好像下了很大的决心，把那块红布扯了下来。

哈哈哈！

哈哈哈哈哈哈哈！

看清楚之后，我笑得前仰后合，躺在地上打滚。

"呜！"

茶杯扔了过来，砸在我旁边。

"都说别取笑我了！文太，你想死不成？还笑！"

能不笑吗？！

原本美若天仙的雨师姜，现在这张脸，简直是滑稽——变得又大又扁，长满了黑毛，而且皮肤变成了猩红色，龇牙咧嘴！

这简直……简直就是一张大猩猩的脸嘛！

不对，应该是大猩猩的脸和大猩猩的红屁股的结合！

哈哈哈！

"别笑了！再笑，我扯掉你的舌头！"暴躁女捶胸顿足。

我强忍住笑："怎么会变成这样？"

"我也不知道！"

"总不会无缘无故就这样吧？从什么时候开始的？"

"今天呀。具体说……现在想想，应该是从昨天晚上。"雨师姜挠着那张滑稽的脸，"昨天晚上就开始痒，我并没有在意，今早起床，痒得更厉害了，你出去后，我在厨房忙活，突然觉得脸又疼又痒又麻，对着水盆一照，就变成这样了！"

"难道是食物中毒？"我说。

"怎么可能呢！都吃一样的饭菜，为什么偏偏是我？"

也是。其他人，包括我，都没这样。

"那就是你过敏了。"

"不可能！即便是过敏，也不会彻底变成一张可恶的猩猩脸吧！"

是了。

我坐下来，皱着眉头，想了想，然后问："从昨天开始到现在，你都干了什么事？"

"就和以前一样呀，没什么特别的。"雨师妾继续挠着脸，"要说特别，那就是和朵朵去了一趟牛尾山了。可朵朵没事呀。"

牛尾山……

"你们在牛尾山都干了啥？"我问。

"没干啥呀，散步，玩呀。也没招惹什么。"雨师妾想了想，"除了在牛角岭那边把那个山魈揍了一顿。"

山魈……

"当时什么情况，你仔细说一遍？"

"没什么情况呀。"雨师妾绝望地说，"当时，我和朵朵见景色不错，就一直往上走，走着走着，看到一片稻田。"

稻田……

"好大的一片。金黄的稻子已经收割完毕，堆在田边。然后就看到那个山魈，背着个竹篓，里面放着稻谷和栗子。"雨师妾说，"那些栗子又大又圆，挺新鲜的，我想要几个尝尝，可那个山魈小气得很，不给就算了，还冲我龇牙咧嘴。我当然要狠狠揍他一顿！揍得他连滚带爬跑掉了。"

"然后你就把稻谷和栗子带回来了？"

"嗯！连竹篓一起背回来了。"

哈哈哈。

我立刻大笑起来。

还没笑完，就挨了雨师妾一巴掌。

"还笑！"雨师妾叉着腰，一副母老虎，不，一副母猩猩的样子。

"我大概知道原因了。"我说。

"哦？你知道缘由了？"雨师妾很意外。

"嗯。"我指了指门外，"事情就出在你带回来的稻谷和栗子上面。"

"什么意思？"

"一言难尽。要想解决这问题，得好好想想。"我冲外面喊，"你们几个，快进来！"

阿吉、笨蛋五郎、朵朵、庆忌闯进来，看到雨师妾那样子，一起笑翻。

结果……一个个又被雨师妾狠揍了一顿。

"少爷，雨师妾大人这副样子……真的和山魈有关系？"笨蛋五郎捂着脸，不敢看雨师妾那张脸，生怕忍不住笑出声又要挨揍。

阿吉忍得身体乱抖，快要憋出内伤了。

"如果我没猜错，阿妾和朵朵碰到的那个山魈，刚从山魈田里忙活完，准备带着收获回家呢。"

"山魈田？"几个家伙看着我。

"嗯。就是山魈和黑蟾镇的人合作耕耘的田地。他们有个古老的约定，每年的收获平分，谁也不能多拿，否则就会受到惩罚。"我说。

"这和我有什么关系？！"暴躁女说。

"当然有关系了！山魈竹篓里的稻谷和栗子，是属于他们的，你二话不说揍了人家一顿，抢了回来，就是破坏了这份协议。"

"我又不是山魈，更不是黑蟾镇的人！"

"那就更不可饶恕了！稻谷和栗子只属于山魈和黑蟾镇人。你这是不劳而获，还抢劫！田地和山神当然会惩罚你。你看你这张脸……哈哈哈！"我笑了一声，"怎么看怎么是一张山魈脸嘛！"

"是哦！山魈的脸，的确就是这样！我见过的。"团五郎说。

"可恶至极！我现在就去牛角岭，把那帮臭山魈全都扒皮抽筋！"雨师妾要暴走了。

"真要那么干，估计你不但有张山魈脸，说不定天地和山神会把你变成母山魈也不一定。"我乐不可支。

"那到底怎么办呀？"暴躁女一把扯住我的领子，"快想办法！"

"解铃还须系铃人。"我说，"只能找到山魈，请求原谅了。"

"我去找他们！"雨师妾说。

"不行。你这暴脾气，去了之后肯定要打架，只会让事情更糟，还是我代你去吧。"我想了想，"不过，我和山魈不认识呀。"

从来没见过山魈。只是今天碰到了一个假冒山魈的老家伙。

"团五郎，你认识吗？"我问。

"我们狸猫一族和他们关系不太好。"

阿吉和庆忌也都摇摇头。

"我听炭治说，山魈天冷了会从牛角岭下来，天热了就住在峰顶。现在秋天了，他们应该就在山底下的山林里，还是去找一找吧。"

"炭治？！少爷，你和炭治认识？！"团五郎噌的一下站起来。

"是呀，今天才结交的好朋友，还送了我礼物呢。"我把那根悠悠棍拿了出来。

"哎呀呀！"团五郎搓着手，"还找个屁呀！炭治就是山魈，他的悠悠棍都给你了，你还说你和山魈不认识！"

"什么？炭治真的是山魈？那怎么和平常的山魈不一样呀！"我大吃一惊。

"何止是山魈呀，他是整个牛尾山山魈一族的老大，因为喜欢吃螃蟹，所以绰号'肥蟹炭治'！这家伙法力高深，经常变成人的模样。你怎么会和他成为好朋友？"

"这个说来话长了。关键是本少爷长得帅，人又好，谁碰到我都不会有抵抗力吧。"我说。

几个家伙齐齐翻了个白眼。

"既然如此，那我们就去牛角岭走一趟，问问炭治。"我站起身。

"少爷，在下陪你走一趟吧。现在天都快黑了，如果靠你走过去，半夜才能到。"庆忌说，"我背着你过去，不过是一眨眼的工夫。"

好主意！

"那就辛苦你了，庆忌。"

"是在下的荣幸。"

我趴在庆忌的背上，庆忌一个转身，只听得"嗖"的一声，等我睁开眼，已经是在牛角岭的山林里了。

眼前是一大片稻田。黄灿灿的稻谷已经收割完毕，很多山魈正在忙活，将稻谷脱粒。场面热火朝天。

他们很快发现了我和庆忌，大喊起来，纷纷拿着棍棒走过来，把我俩围得水泄不通。

我看了一下，数量足足有一两百之多。

这些家伙，人高马大，两三米高，独腿，全身长毛，穿着树叶做的衣服，长着一张猩红的脸，龇牙咧嘴。

我吓得要命，急忙把那根悠悠棍拿出来："我找炭治！"

"哎呀呀，这不是我的好朋友文太嘛！你们不要伤害他！"山魈群里，走出来一个人，正是炭治。

"文太，你怎么跑到这里来了？"炭治打发了他的手下，呵呵一笑。

"真是……一言难尽。"

"我们正在收稻谷和栗子。既然来了，还请到那边坐坐，也让我尽地主之谊。"炭治把我们请到稻田边。

那里铺了一张大席子，上面有个方桌，放置着各种果实，竟然还有酒。

坐下来，一边吃着山果，一边喝着美酒，欣赏着夕阳下的山景，倒是不错。

"今日回来，把你我的事情一说，家里人都很高兴，尤其是我那老婆子，对文太你送的胭脂爱不释手。多谢呀。"炭治敬了我一杯酒。

"既然喜欢，下次我多送一些。"我笑了笑，考虑怎么说这件事。

唉，真说不出口！难道跟炭治说——打劫、狠揍你孙子的那个女强盗，是我的好朋友，现在变成了山魈脸，特请您帮帮忙？

简直让人丢脸。

"文太，你似乎有心事哦。"炭治说。

"嗯。"

"什么事？"

"这个……实在不好意思开口。"

"没关系啦，我们是好朋友，尽管说。"

在炭治的鼓励下，我一五一十将事情说了一遍。

哈哈哈！

炭治笑得前仰后合。

幸亏没带暴躁女来，否则就炭治这副模样，暴躁女能把他揍得彻底生活不能自理。

"原来如此呀。"炭治好不容易忍住笑，"昨天我孙子跟我说抢他稻谷和栗子又把他狠揍一顿的，是个漂亮的女强盗，这事情我就觉得奇怪。据我所知，黑蟾镇没有这样的人，也不会有这样的人，而牛尾山一带，也没有这么漂亮的女子。"

"叫雨师姜，也是个妖怪啦。"我红着脸道歉，"实在是对不起。炭治，看在我的面子上，能不能想个办法？她那张脸……实在是……"

哈哈哈。炭治又笑起来。

别笑啦，你这个老家伙！我在心里呐喊。

"的确是你说的那个原因。"炭治点了点头，"稻谷和栗子是属于山魈的，她抢了过去，不，她拿了过去，就会受到惩罚。"

"那怎么才能免除这惩罚呢？"这是我关心的。

"首先，得把稻谷和栗子还回来。尽管不多，但这东西，是属于我们山魈的。"

这个好办。

我吩咐庆忌一声，庆忌"咻"的一下消失了，不多时候，再次现身，从家里拿来了装着稻谷和栗子的竹篓。

飞毛腿办事情就是这么麻利。

"其次嘛，得让你的那位朋友前来道歉。"

"这个，还是不必了吧。"我赶紧说，"不是我不想让她来道歉，实在是……她如果来的话，估计你们所有人都难逃一揍。尤其是你，炭治，作为山魈一族的首领，她会把你揍得以后再也没机会吃螃蟹。"

"这个嘛……那算了吧。"

"最后一件事情，也简单，需要吃下我们山魈一族专门配置的解药。"炭治说。

"赶紧的吧！"我再次拜托。

炭治朝身边的一个小山魈嘀嘀咕咕一番，小山魈走进旁边的树林里，不知道搞什么，捣鼓了大概一炷香的时间，走了出来，递给我一个东西。

用一片大大的树叶包着，打开，是一团黑乎乎的东西，还有些许温度，散发着一股奇怪的味道。

"把这个放在热水中搅和，喝下去，就没事啦。"炭治说。

"这是什么呀？"我将东西往前递了递。

炭治捏着鼻子往后缩了缩。

"解药呀。"他捏着鼻子说。

一边说一边笑。周围的几个山魅都笑了，尤其是刚才去忙活的那个小山魅。

"看着挺奇怪的。"我说。

"当然啦。这可是特别灵验的解药。"小山魅晃了晃脑袋，凑到我跟前，低声说了一句。

"什么？！竟然是……"我大吃一惊。

炭治坏笑："这也算是对她的惩罚啦。"

好吧。

拿着解药，我又道谢一番，趴在庆忌背上，回到了家中。

家里，几个人已经眼巴巴等待良久了。

我将事情说了一遍。

"不愧是我最心爱的少爷，厉害！"朵朵为我鼓掌。

"文太少爷威武！"

"笨蛋少爷这次干得漂亮！"

……

虽然是拍马屁，可本少爷觉得格外扬眉吐气。

"这是解药，放在热水里搅和一下，吃下去，就好了。"我把解药交给朵朵。

"等等！"雨师妾拦住朵朵，看着那团黑乎乎的东西，"这什么东西？我怎么闻起来觉得奇怪呢。"

"特别灵验的解药。你还想不想好了？"我大声说。

"那……行吧。"雨师妾捂着自己的脸说。

很快，朵朵端着一大碗黑乎乎的药汤进来。雨师妾捏着鼻子喝了下去。

大家坐在外面耐心等着。

半个小时后，雨师妾哼着小曲儿，心情愉快地走了出来。

那张脸恢复原样，倾国倾城，依然美得让人窒息。

"恢复得还不错。"她摸着自己的脸说。

"这就没啦？我们一帮人为你忙得人仰马翻，他们几个被你揍成了猪头，你就没什么表示？"我说。

"那个……谢谢诸位，对不起了。"暴躁女罕见地表达了一回态度。

"嗯。这样才对。阿妾呀，这次事情要吸取教训，别整天动不动就揍人，女孩子嘛，还是文静乖巧的好，你看看朵朵……"我背着双手教训着。

"烦不烦呀！还蹬鼻子上脸啦！信不信我揍你一顿！"雨师妾对我瞪了起来。

"那个……行吧，吃饭吃饭。"我赶紧转移话题，"吃泡椒鱼头哦！"

晚饭十分丰富。大家吃得很开心。

尤其是泡椒鱼头。

"少爷，有件事我想问你。"庆忌端着碗，凑到我旁边。

"什么？"

"雨师妾大人吃的那解药，到底是什么？"

"哦，山魈的屎啦。"

"什么？！你给雨师妾大人吃这种东西？！"庆忌差点儿蹦了起来。

　　我一把捂住他的嘴。

　　"怎么了？"坐在对面的雨师妾冷冷地看着我。

　　"没什么，没什么。"我额头冒汗，"庆忌说这些东西太寒酸了，下次应该给你买好吃的。"

　　"这还差不多！"雨师妾冷哼了一声，伸出筷子把大大的鱼头夹了过去，尝了一口，然后放在我碗里，"味道还行，你尝尝。"

　　团五郎、阿吉极为羡慕地看着我。

　　对着雨师妾用刚刚喝完"解药"的嘴尝过一口的鱼头，我犯起了难——

　　到底，要不要吃呢？！

船灵

船之灵

南方逐除夜及将发船，皆杀鸡择骨为卜，传古法也，卜占即以肉祠船神，呼为"孟公孟姥"，其来尚也……下船三拜三呼其名，除百忌。又呼为孟公孟姥……又孟公父名憤，母名衣。孟姥父名板，母名履。

——唐·段公路《北户录》

大风刮了起来。

每年秋天的时候，黑蟾山的风便特别的大，从初秋开始吹，几乎会一直延续到隆冬。

吹散了流云，吹老了秋水，吹素了山林。

吱吱嘎嘎，吱吱嘎嘎。

转眼间，好像周围的一切都会发出风之音。

"少爷怎么黑眼圈这么重？昨晚又没睡好？"早晨起床，走出门，朵朵看着我，心疼地说。

怎么能睡得好呢？

一整夜，风都在外面奔跑，像只发狂的巨兽，咆哮着，撕扯着，横冲直撞着。

呜！呜！呜！啪！啪！啪！

最讨厌的，还有房间里的那根顶梁柱。

两人合抱那么粗的柱子，撑起整个房间的重量，矗立在古老的青石基座上，随着房间在摇晃，吱嘎，吱嘎，吱嘎……

这样的声音，整晚都持续不断。

算一算，已经五六天了。

再这么下去，我迟早要精神崩溃。

"那柱子呀，好老了。"饭桌上，听我说完，朵朵把熬好的南瓜粥放在我面前，坐下来，"大概有两三百年了吧。"

"两三百年？那么久吗？"

"这房子盖的时候，就立在那里。听说是方相家的一位很厉害的祖先从深山中寻来的神木。在成为顶梁柱之前，也已经生长了好几百年了。"朵朵说。

"大概是生了白蚁。"卸完货的滕六，洗了手，也坐下来吃早饭，"梁柱久了，白蚁便会在里面筑巢。咱们这一带，白蚁很多的。"

"那很严重，再这么蛀下去，迟早会把柱子掏空，柱折屋倒……"我吓得够呛。

是呀，谁也不想睡得好好的被压死。

"得想个办法，少爷身体本来就不好，需要充足良好的睡眠。"朵朵说。

滕六叹了口气："没什么办法。咱们家房间本来就不多，又住下了雨师妾，少爷想换房间都不可能……"

"我不要换房间！我就喜欢我的房间！"我说。

那个房间，大大的，里面放置着所有我喜欢的东西，又暖和，又明亮，还散发着木头的清香，我才不换呢。

"那就只有一个办法了。"朵朵托着下巴，"把柱子换掉。"

"换柱子？"我张大了嘴巴，"顶梁柱换掉？那岂不是整个屋子都要重新修建？"

朵朵咯咯咯笑起来。

滕六在旁边直摇头："真是笨蛋少爷呀！要是寻常人家，可能会那么做，但我们不用重新盖房子那么麻烦。"

"什么意思？"

"就是换柱子呀！"朵朵说，"让滕六略施手段，把房子撑起来，然后顺手把柱子换了便可以了。"

"这么简单？"

"就这么简单。"朵朵眨巴了一下眼睛。

滕六挠了挠头："麻烦的是找到替代品。"

"一根柱子而已，山里面到处都是树，砍下来一棵运过来就是了。"我说。

"真是……笨蛋少爷呢！"滕六和朵朵异口同声。

"难道不是吗？"

"当然不是！"朵朵说，"少爷把事情想得太简单了，对于一栋房子来说，顶梁柱几乎承担了全部的重量，所以要求特别高。首先，这根柱子得足够粗壮和结实，只有如此，才能撑得起来，其次，咱们的屋子全是榫卯结构，严丝合缝，顶梁柱有任何的膨胀或者微缩，哪怕是一点点，都会改变房屋的受力结构，继而发生偏移，严重的话就会坍塌。"

滕六在旁边插话道："最关键的是，你住的屋子不是简单的屋子。"

他这话，显然内涵丰富。

"怎么不简单了？"我问道。

"这可是确保方相家的人生命安全的屋子！"滕六说，"当年建起房屋的你的那位祖先，不但在地基里布置了诸多的符咒，还在屋子的梁柱、砖瓦里面，布置了诸多禁忌。否则也不会费那么大力气，寻找一棵神木来当顶梁柱。"

原来如此。

滕六和朵朵说完，我彻底失望了："看来，换柱子是不可能的了。"

"也不是不可能，只要找到合适的。"滕六说，"但是一时半会儿，还真找不到。"

"唉，我可怜的少爷。"朵朵同情地看着我。

"你们吃饭呢？"说话间，有人跨进了杂货铺的门。

是木场老爹。

天气这么冷，他竟然满脸是汗，热气腾腾的。

"滕六呀，上次跟你说的那件大事，怎么样了？那可是绝好的发财机会哦。"木场老爹走到桌子旁坐下，也不客气，顺手抓起了朵朵给我做的烤糍粑。

真是过分！

"放心吧，这么好的机会，我是不会错过的。哈哈哈。"滕六大笑着说，"这两天我已经和外头十几家大店说好了，所需要的材料全都会源源不断地运进来，到时候你想要多少就有多少。"

"什么事？"我看着两个唾沫飞扬的家伙。

"你不知道？"包括朵朵，三个人齐齐看着我，像看着一个怪物。

"我知道什么？我天天在院子里，跟坐牢一般，你们也不让我出去。"我耷拉着脑袋。

"少爷，咱们这里，要发达了！"朵朵说。

"发现金矿了？"我问。

"那倒没有。比金矿可要厉害多了。"木场老爹跷起二郎腿，"咱们这一带，虽然山高林密，但地广人稀，省里面那些头头推出了个发展规划，要大力开发这里。"

"怎么开发？"

"移民。"木场老爹说，"听说先要移一两万人过来，后续还会增加。这样不仅能够开发土地、增加税收，还能充分利用山里的资源，发展经济，功在当代，利在千秋。"

这文绉绉的字眼，肯定是木场老爹听人说的。

"前两年规划就已经开始了，半个月前开始实施，第一批移民已经到了，就在山对面的那片山谷里，开始推倒林木，修建房屋和村庄，两三个月之内，还会进来七八批，很快，文太呀，我们这一带就不仅仅只有咱们黑蟾镇了。"

"这么多人？"我吃了一惊。

"嗯，听说规划是要来十万人呢。以黑蟾镇为中心，会形成一片人头涌动的村镇群呢。不仅要修建房屋，还要铺公路，修铁路，当然了，澡堂、学校、医院等等，这些城里人有的设施，咱们都会有。哈哈哈，好日子就要来了。"木场老爹越说越兴奋，"这么大的工程，需要的原材料是海量的，这可是发财的好机会。"

滕六说："所以我们两个合计了一下，趁着这个机会，多倒腾倒腾，大赚上一笔，到时候，少爷，嘿嘿，咱家这百货店说不准能变成将来这一带数一数二的百货大楼！"

"百货大楼？！吹吧你就。小心赔钱赔得裤衩都没了。"我翻了个白眼。

　　滕六根本不搭理我，对木场老爹道："老爹，眼下有个事情想跟你打听打听。"

　　"你的事，就是我的事。说。"

　　"不是我的事。"滕六指了指我，"是我家笨蛋少爷的事。"

　　"文太怎么了？又生病了？天天生病呀！"

　　我……

　　"倒不是。咱们家的顶梁柱坏了。"滕六详细说了一遍。

　　木场老爹的脸，变得严肃起来："这可是件大事！那房子，不正经的死老头儿很看重，比他性命还重要呢。"

　　木场老爹口中说的不正经的死老头儿，指的是我爷爷。

　　"所以眼下需要找一根合适的替换。"

　　"怕是不好找。"在这方面，木场老爹是行家里手，他这一辈子，不知道过手了多少木材。

　　"山里面没有合适的。即便有合适的，砍伐下来，也需要晾晒、浸泡、再晾晒，没有十年的时间是不可能的。"木场老爹皱着眉头说。

　　他这么一说，连滕六都露出了放弃的表情。

　　"不过……"木场老爹眉头舒展了一下，"有个地方，说不定有。"

　　"什么地方？"滕六赶紧问道。

　　"三岔湾，你知道吧？"

　　"知道呀。那里怎么了？"

　　三岔湾，是距离黑蟾镇大概五六里路的一个河湾。在那里，从上游流过来的好多小溪、直流，汇集成三条大河，形成一个弯道，滚滚注入大湖。

那个河湾我去过，奔腾的河水在那里，曲曲绕绕了三个大弯，变得异常平静和缓。

"那地方，河道纵横，上游经常有被冲过来的大木头聚集……"木场老爹的话，被滕六打断了。

"那些木头我清楚，稍微能卖钱的，都被我拖上岸了，根本没有合适的。"

木场老爹呵呵一笑："可你不是每天都去呀。前几天，上游冲下来一艘船。"

"一艘船？"

"嗯！一艘大船！"木场老爹比画了一下，"起码有二三十米长，但一看就是没人要了。"

"这么大的船，怎么会没人要？"

"年头太久了。桅杆全断了，船底也漏了，上上下下就没有一块好板子，估计很快就要彻底散架了。"木场老爹说，"不知从哪里冲来的，看样子漂流了不知道多少地方，最终搁浅在三岔湾的芦苇荡里。我看了一下，没什么好再利用的了，不过那船的龙骨，却是不一般。"

所谓的龙骨，指的是船体的基底中央连接船首柱和船尾柱的一个纵向构件，是所有船最为重要的部分，跟房屋的顶梁柱作用差不多。

"那可真是一根好龙骨呀！"木场老爹赞叹有加，"将近三十米长，直径有两三米，而且是极为难得的楠木材质。一棵大树，起码也要七八百年才能长成那样子。发现之后，我高兴坏了，本想着有时间拖出来，做成棺材，哈哈，楠木棺材，绝对能卖好价钱。不过，这次便宜你了，谁让我和那个不正经的死老头儿是至交呢。"

木场老爹把最后一块糍粑放进嘴里："那根龙骨，不管是大小、粗细还是材质，都极为适合当顶梁柱，最关键的是，木头在水里浸泡了很多年，稍微晾晒之后，绝对不会发生细微的膨胀或者冷缩。"

"那太好了！等会儿我就去看看。"滕六拍了一下桌子。

"不过，那可是个大工程。"木场老爹说，"要得到那根龙骨，需要把整条破船彻底拆除，还需要从淤泥里拖出来。"

"这小事情……小意思啦。"滕六眨巴了一下眼睛。

的确，对他这么一个大天狗来说，分分钟搞定。

吃完了糍粑，木场老爹又把原本属于我的南瓜粥喝完，抹抹嘴，拍屁股走了。

"咱们什么时候去拖那根龙骨？"我眼巴巴地看着滕六。

这件事我很急迫，一方面我实在不想晚上再听到那讨厌的吱吱嘎嘎的声响，另外一方面，我已经被圈在院子里好几天了，想趁着这个机会，跑出去放放风，三岔湾那边风景很好。

"过两天吧，今天我很忙，还要去施工现场送货。"滕六指了指外面的车子，"能赚一大笔！"

真是个财迷！

早饭吃完，滕六折腾了一阵，赶着车子走了。

我却在铺子里抓耳挠腮。

"我最心爱的少爷是怎么了？"朵朵看着我的那副模样，笑起来，"是不是想偷偷跑去三岔湾？"

"这个……嘿嘿嘿。"

"那可不行！"朵朵摇了摇头，"你的病还没好。"

"好了，早好了！再这么圈着我，没病也有病了。适当放风，有益于身体健康。"

"有点儿道理。但是我要看店，那个暴躁女成天不做事情，天还没亮又出去玩了。你不能一个人去那么远的地方。"朵朵说。

"这个重任，就交给我们两个吧！"有人在外面说话。

抬起头，看见阿吉举着大荷叶摇摇晃晃走过来，后面跟着个胖乎乎、长鼻子的家伙。

"哎呀，是阿貘呀！你怎么来了？"见到阿貘，我十分惊喜。

"文太少爷，好久不见呢！"阿貘摇了摇胖乎乎的身体，笑道，"上次的事，一直没机会再次当面道谢，所以我就和阿吉一起来了。"

"客气啦，都是朋友，不要见外。"我转脸对朵朵说，"有他们两个陪着，我去一趟三岔湾，没问题吧？"

朵朵看着我可怜的样子，只能点头同意。

"万岁！走也！"我欢呼一声，迫不及待地穿上外套，拿起手杖，冲出门去。

外面阳光很好，虽然有些风，但还能承受得住。

山色已经很深了，大片大片的叶子和花朵从高处落下来，铺满了道路。

远远地能看到大湖，一路走过去，处处都是美景。

"久在樊笼里，复得返自然。"用这两句诗形容我眼下的心情，十分贴切。

"少爷，怎么突然要去三岔湾了？"阿吉蹦到阿貘的脑袋上，大声问我。

我把事情说了一遍。

"原来如此。那艘船，我见过，的确太大了。"阿吉点了点头，然后低声说，"可是，少爷，你真的要去吗？"

"当然了，怎么了？"看着阿吉神秘兮兮的样子，我皱起眉头。

"这个……昨天晚上，我在那边游荡，听到了哭声呢。"

"哭声？"

"嗯。嘤嘤嘤的哭声，十分伤心。"阿吉盯着我，"是从那艘破船上发出来的。"

我顿时全身起了一层鸡皮疙瘩。

"谁在那里哭？"

"这就是关键所在呀！那周围，根本没人！"

"船里呢？"

"船里也没人呀！一艘破船，沉浸在水里，船舱里怎么可能有人？"

"那……难道是……"我打了个冷战，不愿意说出那个字。

"不知道呢。"阿吉摇了摇头，"所以，少爷，你真的要去吗？"

不想去！

但是如果不去的话，就没有放风去玩的理由。我可不愿意再回家。

"现在是白天，即便是有那种东西，也不会在阳光下现行吧？"我说。

阿貘转过脸，嗡嗡地来了一句："少爷，你竟然怕鬼？"

这家伙！为什么非得说出来呢！

"没有的事！本少爷浑身是胆！"骑虎难下，只能去了。

一路上胡思乱想，没有了看风景的兴致，晃晃悠悠，中午时分才到三岔湾。

"少爷你看，就在那里！"阿吉指了指。

顺着阿吉手指的方向望过去，我倒吸了一口凉气。

荻花飞舞的芦苇荡里，匍匐着一团黑影。

真是一艘大船呀！

来到近前，我更是赞叹不已。

虽然已经破败不堪，但依然能够感受到它的雄浑气息。

将近三十米长的船身，又高又挺拔，船外侧用铁皮包裹着，满是铁锈和水藻，原本粗粗的桅杆彻底断掉了，甲板坑坑洼洼，全是破洞。船头用一整块原木雕刻出一个精致的船首像，应该是一条俏皮的海豚，可惜残缺不全了。

船底部有好几个大洞，船帮也有，搁浅在芦苇荡里，里面满是污泥和浊水。

隐隐约约能看到木场老爹提到的那根龙骨，黑乎乎的，好像一条大蟒蛇躲在暗处。

"好大的一条船。"阿吉看了看，"先前应该是条捕鱼船。"

阿貘说："这么破了，照理说早就应该沉了，竟然还能随着水流漂过来……"

阿貘的话，让我也觉得有些诡异。

的确是，都破成这样子了，照理说根本没办法浮在水面吧！

"少爷，咱们该干些什么呢？"阿吉抬头看着我。

"干什么？看过了，当然回去了。"我说。

站在荒凉的芦苇丛里，对着这么一条破船，尤其是船舱里面黑乎乎的，实在不是很好的体验。

"白跑一趟呀？！"阿吉提出异议，"那可不是我阿吉的风格！"

"你想干什么？"

"你不是说了嘛，要把船拆掉，把龙骨拖出来。龙骨嘛，太重，我是干不了的，但是拆这条破船，还是可以的。"阿吉笑道。

"也……行吧。"我说。

"既然如此，那我就献丑了。"阿吉卷起袖子，使劲大口大口吸气，原本巴掌大的身体，吹气球一样膨胀起来，很快变成了一个几米高的大蛤蟆。

"少爷，好好欣赏欣赏我阿吉的英姿！"阿吉哈哈大笑，不知道从哪里变出来了一根狼牙棒。

虽然没法跟他爹胖太的那根狼牙棒相提并论，但也有几米长，这么一棒打下去，那艘破船肯定彻底散架。

"呔！"阿吉高举狼牙棒就要砸，突然，船舱里传出来了声音。

"请……请住手！"

这声音，细细的，柔柔的，带着惊慌和恳求。

"谁？！"阿吉听了，一个趔趄，摔个屁股蹲儿。

"那东西，出来啦！"我和阿貘同时往后跳了开去。

船前，站着个人。

一个看上去十来岁的女孩。

穿着一身雪白的长裙，绿色的长发，雪白的皮肤，大大的眼睛，洋娃娃一样可爱。

看清对方容貌之后，我松了一口气。

容貌这么可爱，看来不太像那种东西。

"你是谁？"阿吉爬起来大声问。

"请住手！求求你。"女孩怯生生地对阿吉说，"请不要打碎这艘船，起码不要现在。"

"为什么？"阿吉问。

"因为船如果碎了，我也就消失了。"女孩低着头，长长的睫毛上挂上了晶莹剔透的泪珠，"我还有一个心愿没有完成。"

"这位，到底什么来头？"我捅了捅阿貘。

"我也不知道呀，文太少爷。"

"我是船灵，我叫缬衣。"女孩说。

"船灵？！"我们三个，又紧张了起来。

……

岸边，缬衣坐在一块青石上，看着不远处的那艘破船。

我们三个坐在她对面，昂着头。

多可爱的女孩呀，怎么会是船灵呢。

"缬衣，船灵是个什么东西呀？"我问，"妖怪？"

"应该属于吧。"缬衣交叉着手指，怯生生地说。

这是个很害羞的小姑娘。

"船被造成的那一天，我就诞生了。所谓的船灵，就是船的生命所化。"缬衣说，"船就是我，我就是船。"

这么一解释，我大概明白了。

"每一艘船，都会有船灵吗？"我问。

缬衣摇了摇头："不是。要看缘分的。一方面是船本身，还有一些机缘，比如用年久的古木做成；另一方面，要看船和主人之间是否有情谊。反正很复杂的。"

"这艘船，看起来好多年了。"阿吉说。

"已经……一百零五年了。"缬衣说。

"我的天！你已经一百零五岁了？"

"嗯。是孟老爷爷建造的，在他手里，我诞生了。"缬衣说，"可能是因为那条龙骨的原因。那是深山中极其古老的一棵树木。孟老爷爷家世代以捕鱼为业，倾家荡产才制造出来这么一条船，他是个勤劳的人，每天风里来雨里去，从来不懈怠，靠着他的双手和我，养活了一大家子好几十口人。他对我十分爱惜，就像爱惜自己的生命一般。"

缬衣看着远处的水波，双目散发出光彩来——

那时我还年轻，船身强壮。实际上，我是周围所有船里面最大、最坚固、最漂亮的船。孟老爷爷驾驶着我，常常会开得很远，有时候顺着大河往下走，有时候栖息在大湖里，还进过大江，去过大海。

跟着他，我去了很多地方。白天我们一起劳作，晚上静静横在水波上，看着星星，悠悠荡荡，喝着酒，唱着歌。真是快乐的时光。

大概二十年后，孟老爷爷患病去世了。

他有五个儿子，瓜分了家产，我被分给了他的小儿子。

那是一个沉默寡言、和孟老爷爷一样有着健壮体魄的男人。

我们待了三十年，有天晚上，他下船到码头卖货的时候，被抓了壮丁，再也没有回来。

接下来的十年，我被转手卖过十几次。当过运粮船、杂货船，被征集到军队里运送士兵，也参加过战争，好几次差点儿被炸毁。

再后来，被一个老人买去，继续打鱼，巧的是，老人也姓孟。

老人去世了，儿子继承了我，儿子去世了，又传给了孙子。

老人的孙子叫孟愦。

缬衣提起这个名字，嘴角浮现出甜甜的微笑。

那时候，他只有十五岁。

因为战争和瘟疫，全家人都死了，只剩下他。是个可怜、瘦弱但倔强的男孩。

房子毁于战火，他就干脆把所有的家当都搬到船上，以船为家。

我和他整日游荡在水面上，打鱼，劳作。

我看着他小小的瘦弱的肩膀，撑起自己的道路，不辞辛苦，从不抱怨。

他会一连几天耐心地守候鱼群，会勇敢地和网里的大鱼搏斗，会在暴风雨里努力撑着船不向老天爷屈服，会在收获之后，坐在船首，坐在满天的星斗之下，轻轻地哼唱着歌。

"你喜欢上了他？"阿吉问道。

缬衣点了点头——

是的，我喜欢上了他。

我有过很多主人，但这个少年，让我产生了一种从来没有过的感觉。

有一天，湖面上刮起了大风暴，铺天盖地。他落水了，眼见要被淹死，我出手救了他。

他异常惊讶，但我解释之后，他便接受了我的存在。

"这个世界上，我已经孤身一人了，以后，你就是我的家人。"当时，他就这么说。

我，真的好开心。

接下来的时光，是我一生中最为幸福的时光。

我们两个人，朝夕相处在一起，是最好的朋友，是最亲的家人，是彼此的唯一。

我会带着他到鱼群最多的地方，每一次出航，回来都会鱼蟹满仓。

我会带他去风景最美的地方，去看水天一色，看花谢花开，看成群的白鹭落在枝头，看古老的沉浸在水中的佛像，看河道里饮水的兽群，看深夜古寺飞檐上的一轮圆月。

他会牵着我的手，跳进水下，追逐游鱼，在水草中玩耍，会带我去岸上的码头，在人群中闲逛，给我买漂亮的帽子。他会为我采来雪白的山茶花，在湖面放美丽的焰火给我看，也会蜷缩在我的臂弯，甜美地入睡。

听着缬衣长长的讲述，我们都沉醉了。

那是一个美好的世界。一个属于他们两个人的美好的世界。

"后来呢？"阿吉问。

"后来呀……"缬衣的笑容，僵硬了，"不知道从什么时候开始，他变了。"

"怎么了？"我问。

"我也不知道。"缬衣说，"他笑的次数越来越少，开始酗酒，或者在船头发呆。"

"为什么呀？"阿貘问道。

"开始我以为他长大了，二十多岁的人，渴望一个家。这是我无法给予的。可后来，我发现，他渴望的东西更多。"

"什么东西？"

"这个世界上男人都渴望的东西吧。名声，财富，权势。"缬衣说，"他是个孤儿，在码头上备受欺负，无钱无势，这样的生活，他忍受不了。"

"然后呢？"阿貘问。

"有一天，他驾驶着我，走了很远很远，来到几百公里外的一个码头上，把我卖给了一个满身腥臭、大腹便便的渔夫。拿了钱之后，他便上岸，离开了。"

"什么？！"我们三个都尖叫起来。

"那是一个粗鲁的渔夫。"缬衣捂住脸，"他根本不懂得爱惜我、爱惜这艘船，贩鱼，运送垃圾、粪便……只要赚钱，他就干。从来不会清洗我，更不会维修，喝得大醉时，常常挥着斧子到处乱砍……几年不到，我就遍体鳞伤了。"

"后来我又被转卖了七八次，一次比一次差。船太破了，实在开不动了，最后的这个主人就想把船拆了，卖了当木柴。"缬衣哭了，说，"我是船灵，船散了，我也就不存在了。我好想孟帧，好想再看他一眼，哪怕是最后一眼。"

缬衣抽泣了一下："我逃了出来。尽管全身是伤，尽管摇摇欲坠，尽管船底满是窟窿，可我还是用最后的一点灵力维持着，在江河湖海上，在我和孟帧去过的地方游荡，寻找他，只为和他相遇。"

我的眼眶，湿润了起来。

阿吉和阿貘也是。

"十年了，我游荡了整整十年，再也没有看到过他。我累了，灵力即将消耗殆尽。或许，我再也见不到他了。"缬衣看着我们，终于放声大哭。

"你所谓的心愿，就是要再看孟帧一眼，是吗？"我问。

"是的！"缬衣咬着嘴唇，那么用力，"就看一眼，哪怕远远的。"

我长叹一声，转脸看着阿吉和阿貘。

两个家伙被我看得发愣。

"少爷，你不会是想……"阿吉很快明白了我的心思。

"我们帮帮缬衣，行不行？"我说。

"当然……可以啦！"阿吉使劲点头，"但是……茫茫人海，寻找一个人，又过了这么多年，实在是太难了。"

"那也要试一试。干什么事情，都要竭尽全力，不然怎么知道不行？"我说。

"是！少爷，我支持你！"阿貘甩了甩长长的鼻子。

"真的……可以吗？"缬衣惊喜地站起身来。

"可以！"我决定了，"我们帮你！"

"谢谢！"缬衣擦了擦眼泪，重新浮现了微笑。

……

百货店里。一帮人围着桌子。

"船灵？这东西我以前碰到过几次。"滕六晃着脑袋，"寿命很短的。"

"你拉倒吧！我跟你说清楚，顶梁柱你自己别处找去，不准打那条船的主意，不然我跟你翻脸，明白吗？"我对滕六大声道。

"行，只要你睡觉不嫌吱嘎吱嘎的吵闹声。"滕六说。

"真是太可怜了。少爷，你可要好好帮帮她。"朵朵哭得稀里哗啦。

"那是必须的。"我拍了一下桌子，"我宣布，从现在开始，寻人小组成立，本少爷是队长，你们都是成员。"

"我不行，太忙。"滕六站起身，"这种事情你们自己忙活去。"

说完，这家伙晃悠着出去了。

"掉在钱眼里的家伙！"我白了他一眼，"那么，就剩下你们了。"

朵朵、阿吉、阿貘、庆忌，四个人齐齐点了点头。

"少爷，咱们从哪里开始呢？"阿吉看着桌子上的地图，皱着眉头问。

那是一张水流分布图。

"这么大，这么多的河流，上面无数的村镇、码头，起码也有大半个省，怎么找？"阿貘说。

"是呀，缥衣在水面上晃荡了十年，凡是他和孟帻去过的码头，她都到过，凡是能停船的地方，也都探索过一遍，都没找到呢。"阿貘说。

"那就只有一个原因了。"庆忌捏着下巴。

大嘴男虽然平时话不多，可绝对比阿吉和阿貘要聪明。

"你说。"我希望满满地看着他。

"很简单呀，孟帻已经不在水面上混生活了。"大嘴男说道，"他肯定上了岸，干起了别的营生。所以缥衣在水上找他，是不可能找到的！"

"果然……厉害！"我对大嘴男竖起大拇指，"肯定是这个原因了。"

"少爷，那我们怎么办？"阿吉问。

"岸上找！"

"岸上？那需要找的地方就更多了！"

"缥衣和孟帻最后见面的地方，在哪里？"我问。

"就是卖掉她的地方？在这里！"阿吉的指头点了点，"宣州码头。"

好家伙，离我们这里六七百里路呢。

"庆忌，看你的了。"我望着庆忌。

对于千里一日往返的他来说，这么点儿距离，毛毛雨。

"好，我去问问。不过距离那时候也有快三十年的时间了，打听这么一桩陈年旧事，还是别抱太大希望。"庆忌站起身，在门口晃了一下，没影儿了。

接下来，就是耐心等待了。

当天晚上，庆忌没有回来。

第二天，没有。

第三天依然没有。

百货店里的一帮家伙，包括我在内，开始慌了。

"大嘴男不会出了意外吧？"阿吉担心地搓着手，"怎么去了这么久？"

的确。庆忌日行千里，去一趟宣州码头，当晚就可以回来。

现在两三天不见人影，我的心里也七上八下。

"昨晚好大的风。"我抬头，看着外面阴沉的天空说。

昨晚不仅风大，还下起了大雨。

风雨呼啸，能够听到大湖那边传来的波涛巨浪之声。

"我回来啦！"就在我们忐忑不安之时，庆忌跨进了门槛。

大嘴男风尘仆仆，身上的衣服又脏又臭，鞋子上满是污泥，狼狈不堪。

"怎么去了这么久？"我赶紧让他坐下，吩咐朵朵端茶倒水。

庆忌急匆匆地喝了一口水，舔了舔干裂的嘴唇，长出了一口气："别提了，一言难尽！"

实际上，庆忌并非单单跑去了宣州码头一地。

　　当天他到了码头，打探孟帻的消息。因为时间太久了，打听起来十分困难，一度都要放弃了，才在一个小酒馆里问到了一个货栈的老伙计。

　　三十年前，孟帻卖了船之后，在宣州码头将全部身家兑换成一笔资金，加入了货栈的商队。

　　这支商队，以贩卖茶叶为主，而且商路一直延伸到北方、口外甚至是库伦。孟帻加入之后，成为小股东，因为他吃苦耐劳人又聪明伶俐，所以很快升为领队，奔波在漫长的商路上。

　　"这家伙生意做得很成功，过了一两年，就组建了自己的商队，在口外开了铺子。刚开始继续倒腾茶叶，后来又倒腾皮货。过了两年，搭上了当地官员，投资矿产，赚得盆满钵溢。"庆忌说。

　　"这么厉害？"

　　"更厉害的还在后面呢！"庆忌说，"生意做大之后，孟帻在北平、南京都开设了分号，后来又进军上海，成了大富豪。这人八面玲珑，结交三教九流，同行的都说他是心黑手辣，两面三刀……"

　　"不会吧？怎么会变成这样？"阿吉有些吃惊。

　　"人呀，总会变的。"庆忌说，"他娶了几房姨太太，过得花天酒地。后来又和一位督军捆在一块，官商勾结，生意越来越大。但后来出事了，那位督军被罢免之后，新督军上台，彻查，翻出了孟帻的老底，一下子将他打回原形。手里的财富没了，姨太太们也作鸟兽散。"

　　"挺惨的。"阿貘说。

　　"不过这家伙也是有能耐，又跑了回来。"庆忌说，"凭借着手里剩下的一点钱，勾结黑道，拿下了大江一段的管辖权，走私军火、粮食甚至是烟土，慢慢地，有钱有人有枪，东山再起。十年前，洗白上岸，摇身一变，成了政府的顾问，做起了寓公。"

庆忌这么一说，我还真是对孟帧刮目相看。

"这家伙，现在就在阳安。"庆忌抬头看着我。

阳安距离黑蟾镇不过三百里，是仅次于省城的一座大城。

"你见到他了？"我问。

庆忌摇了摇头："没有。他老了，五十多岁了，去年得了癌症，躺在医院里。我打听了一下，他两个儿子，一个被人杀了，一个是个花花公子，吃喝嫖赌正事不干。他妻子早死了，两个姨太太如今闹着分家产，打官司打得鸡飞狗跳的。医院我去了，但没进房间。医生说，先前那么风光的一个人，如今床头一个家人没有，只有一个老仆人服侍着，惨着呢。"

"真是辛苦你了。"我对庆忌说。

庆忌摆摆手："少爷，眼下怎么办？"

"还能怎么办？缬衣的心愿就是再见他一面，既然打听到了，就带着缬衣去吧。"阿吉说。

我也赞同。

一帮人离开杂货铺，来到三岔湾的芦苇荡，面前的景象让我吃了一惊。

这两天的风雨，大湖水涛翻滚，芦苇荡一片狼藉。

那艘船，原本就摇摇欲坠，现在被风浪拍击得几乎塌了一半。

"不好！"庆忌急忙走过去，大喊，"缬衣！缬衣！"

"我在这儿……"缬衣躺在甲板上，面色苍白，虚弱不堪。

"我们找到孟帧了。"庆忌说。

缬衣的脸上，露出了无限的欣喜，挣扎着想爬起来："快带我去。"

"你这情况，怎么去？"阿吉说，"根本支撑不了，很有可能半路上……"

船即将毁去，虚弱的缬衣，根本经不起折腾。

"缬衣，我代替你去一趟吧。有什么想跟他说的？"我轻轻抓起缬衣的手。

冰凉得没有一丝温度的手。

缬衣挣扎了一下，放弃了，她喘着气，从怀里掏出一样东西，交给我。

一个小小的精致的铜铃铛。

"把这个交给他。他看到，就会明白的。"缬衣的泪水落下来，"文太少爷，告诉他，我一直念着他。"

"好。"

留下庆忌照顾缬衣，我和阿吉去阳安。

三百里的路，阿吉施展土遁不过一炷香的工夫。

"是这家医院吗？"站在阳安城人头涌动的十字路口，我问。

面前是一家大医院，属于高档的私人医院，医生和护士都是西洋人。

"没错，就是这里。"阿吉点了点头。

我整理了一下衣服，费尽口舌通过大门，打听了一下，来到了医院后面的病房区。

"孟先生在休息，不能见客。"道明来意之后，照顾孟帧的老仆人面无表情地拒绝了我，"他不是什么人都见的。"

"那个……请把这东西交给孟先生。"我掏出了那个小铃铛。

"这什么破烂东西！"老仆人皱起眉头。

"孟先生看了，就会知道。"

"好吧，你们等着。"

老仆人进去之后，没过多久，急匆匆走出来，满脸堆笑："实在对不起，刚才得罪了，孟先生有请！"

我和阿吉相互看了看，跟着老仆人进了屋子。

这是一个巨大的套间，打扫得十分干净。

进门就可以看到靠在墙边的病床，周围放置着桌椅板凳。

窗帘被拉开，灿烂的阳光透过落地窗，洒在一个男人的身上。

这个男人，和我见过的任何一个男人，都不同。

他身材高大，却瘦得脱了形，半躺在床上，如同骷髅一样。

面额凹陷，胡子拉碴，脸色铁青，硬硬的头发支棱着。

穿着一身黑色的睡衣，手里点燃着一支雪茄，却并没有吸。

那双眼睛，充满血丝，赤红一片，却无比的锐利，犹如暗夜中闪烁的尖刀，死死盯着我和阿吉。

"这东西，你们哪儿来的？！"他冷冷地问我。

声音冰冷，带着杀气。

"一位朋友的。"我在软软的沙发上坐下来，看着这个男人。

缅衣念念不忘的孟帧。

"不可能！这个东西……早就应该不在了……"他紧紧握着

那个铃铛。

"你当年卖了船之后,把它扔到了水里。"我盯着他,"然后转过身,头也不回就走了。有个女孩,把它捞了出来,一直带在身边。这东西,是当年你送她的第一件礼物,一直挂在船舱里。你说它的声音很好听,有风的时候,响起来就像天籁,和她的笑声很配。"

孟帧猛然转过脸,看着外面的阳光。

很好的阳光。

"你走之后,那艘船受尽苦难,被屡次转卖……"

"她……还好吗?!"孟帧大声问我。

"你觉得呢?"我丝毫不闪避他的目光。

孟帧没有说话。

"那艘船,即便是摇摇欲坠,还在江河湖海中漂泊,四处找寻,只为再见你一面。一艘残破的船,风雨之中,寻你十多年……"

"够了!"孟帧粗暴地打断我的话,"她在哪儿?!"

"一个距离这里三百里的小地方。"

"带我去见她!"孟帧直起身子,剧烈咳嗽。

老仆人急忙走过去:"老爷,你这状况,床都下不了……"

"没关系!"孟帧用手帕捂住嘴。

我看到上面咳出来的血迹。

"能带她来吗?"他的语气,软了下来。

我摇摇头。

"为什么?"

"她来不了。让我把这个东西交给你。她说,只要你看到,就什么都知道了。她还说，她一直……念着你。"

"缬衣！"这个倔强的男人，握着那个小小的铃铛，潸然泪下。

"有什么话需要我转达给她吗？"我问。

"我……很后悔。"孟帻咬着牙，站起来，走到窗户旁边，看着远处，"我这一辈子，不知道怎么就过来了，不知道为何就变成了这样。几十年来，走南闯北，积累了巨大的财富，有钱有势，别人看来，风光无限，是个成功的人物，可只有我自己知道，每当夜深人静的时候，我是那么的……寂寞。"

房间里一片沉默。

"人生，不过区区几十年。名也罢，利也罢，生不带来死不带去，这道理似乎谁都懂。可又有几人能真正看透呢？芸芸众生，都像是追逐腐肉的苍蝇那样乐此不疲，为此尔虞我诈、钩心斗角。有时候我想，当一个人死了之后，他会给这世界留下什么？百年之后，你的名利烟消云散，再过百年，当所有认识你的人都死了，你在世界上的痕迹将会彻底被抹去，就好像……就好像你从来没有来过这个世界一样。多可怕！"

孟帻大口大口喘着气："直到现在，我才明白，一个人活着，和别人的目光无关，和这个世界无关，只和自己有关。珍惜那些真正有意义的时光，纯粹的温暖的时光，尽情享受它，面对死亡的时候，才会坦然微笑而去。"

"你做到了吗？"我问。

"没有！"孟帻苦笑了一下，指了指病房，"权势如我，财富如我，你们看到了，如今我的身边，只有一个老仆人而已。"

老仆人给孟帻端来一杯茶。

孟帧喝了一口："和她在一起的时光，是我这辈子最快乐的时光。如果上天再给我一次选择，我不会上岸，我会驾着那条船，和她游荡于水波之间。人生太苦，欢愉无多。和她在一起，对我来说，便是天堂。"

"可惜，人不可能再有这样的选择。"

"是呀。所以，我很后悔。"孟帧看着我，"自从在宣州码头上岸以后，这么多年来，我一直后悔。"

"那为什么不回去找她？"

"我……没脸呀！"孟帧使劲拍了一下玻璃窗，"一想到她的那张脸，那张阳光、水波下的笑脸，我恨不得找个地缝钻下去！"

"所以你用更多的物质的东西，来填充你的愧疚和悔恨？"

"是！我发疯地赚钱，绞尽脑汁地往上爬，风花雪月，灯红酒绿，麻木自己。"

"有用吗？"

"没有。有些人，有些事，如同种子一样，早就扎根于你的心头，不经意间就长成了参天大树！"

"你应该去找她的。"我说。

"她，还好吗？"孟帧再问。

"好。很好。"我顿了顿，说。

"请把这个，交给她。"孟帧从脖子上，摘下一个挂件。

皮绳穿着的一块石头，蓝色的水晶一样的石头，朴素无华，在阳光下闪烁。

"这么多年，我始终都戴着它，从不离身。"孟帧把它交给我，"告诉她，我对不起她，我从未忘记她。"

接过吊坠，我起身告辞。

走出门口的时候，我听到了房门后面传出来的哭声。

此起彼伏犹如波涛一样的号啕大哭。

……

水波不兴。水天一色。

阳光照耀着大湖，远山如黛。

片片荻花飞舞，升腾，好像下雪。

"这东西，他竟然一直都戴着。"缬衣握着那个吊坠，在阳光下微微闭起眼睛，"这是船之石。"

"船之石？"

"嗯。一艘船的灵魂之石。我送给了他。在宣州码头的那个晚上，趁他不注意，放进了他的口袋里。"

"缬衣，你知道那天他要把你卖掉？"

"知道。"

"为什么不阻止？！为什么不跟他说？"我有些生气。

"没关系啦。"缬衣笑了笑，"决定下来的事，就会去做。这是他的性格。只要他想做的事情，我就会支持。对我来说，只要他过得好，就好了。"

"他过得……很好。"我说。

"那就好。现在想想，我不去见他，也是对的。"缬衣看着我，笑起来，"这副样子见他，实在是没脸呢。他还是以前那样吗？"

"嗯。尽管五十多岁了，依然高大帅气。"我说，"哦，他想对你说，他很后悔。尽管如今有名有利，但他始终都没有忘记你。他拜托我，向你说声对不起。"

呵呵呵。

缬衣笑了。

笑着笑着，泪水滚落下来。

"不用啦。"缬衣的肩膀抖动着，"文太少爷，你知道吗，船灵和别的妖怪不一样，一艘船，不管多久，都注定要毁灭的，船毁了，我们也就消失了。能够遇上他，能够度过这么丰富多彩的一生，我已经很庆幸、很满足啦。"

我们几个，全都说不出话来。

"文太少爷，可不可以再拜托你一件事？"缬衣说。

"你说。"

"听庆忌说，少爷需要一根顶梁柱？"

"这个……"

"我走之后，还请少爷把这根龙骨带走吧。"缬衣看着船舱底下的那根龙骨，"算是对少爷的报答。"

"这个……真不用……"

"请文太少爷把这根龙骨当作我吧。"缬衣笑道，"船毁了，少爷也不想看到我躺在这污浊的烂泥里，对吧？"

"这个……好吧。"

"那就谢谢啦。"缬衣眯起眼睛，笑起来。

吱吱吱。

船身发出一阵沉吟之声，终于再也支撑不住，崩塌了。

一艘船，终于完成了它的使命。

"各位，那就，再见啦！"

缬衣站起身，对我们深深鞠了一躬，身形缓缓，缓缓，消失了。

那张笑脸，在阳光之下，是那么的美！

……

五天后，我躺在温暖的被窝里。

外面风声呼啸，传来山林茫茫之音。

"少爷，怎么还不睡觉？"朵朵推门进来，"换上的新柱子，没问题吧？"

"没有没有。"我赶紧摇头。

吱嘎，吱嘎，吱嘎。

原先令人讨厌的声音，没有了。

那根新换上的顶梁柱，静静地屹立在房间里。

"那为什么不睡觉？三更半夜了。小心明天起来黑眼圈！"朵朵给我盖好了被子。

"朵朵，如果有一天，我把这栋院子卖了，把你卖了，你会恨我吗？"我问。

"真是胡说八道。少爷才不会呢！"

"为什么？"

"因为你是笨蛋少爷呀！"

"哈哈，如果，我是说如果那样做，你会恨我吗？"

"不会。"朵朵干脆地摇摇头，"少爷想做的事情，我就会全力支持。因为你是我最心爱的少爷呀！"

哎呀呀，真是的，惹得我眼泪都快下来了。

"你们也是我最心爱的朋友和家人。"我说。

"行啦，赶紧睡觉吧。"朵朵关了灯。

房间里黑漆漆一片。

闭上眼睛，不知道怎么的，我听到了声音。

咯咯咯。

是缬衣的笑声吧。

银铃一样的笑声。

还有那张笑脸。

想起那张美丽的、纯粹的笑脸，我的心里，顿时暖起来。

"晚安啦，缬衣！"

对着那根新柱子，说完这句话，我终于进入了梦乡。

杜公

社之禽

会稽人贺瑀，梦为吏人引上天，见架上层有印，中层有剑，凭其取之。辝取剑而未取印。吏人叹曰："恨不得印，可策百神，剑唯能使社公耳。"疾愈，果有鬼来，称社公。

——晋·干宝《搜神记》

费长房能医疗众病，鞭笞百鬼，及驱使社公。

——南朝宋·范晔《后汉书》

……有人着帻，捉马鞭，罗列相随，行从甚多。社公寻至，卤簿导从如方伯，乘马騑，青幢赤络，覆车数乘。

——南朝宋·刘义庆《幽明录》

"真是……太过分了！"

我哀号一声，把照片放在桌子上。

照片是随着信寄来的。

妈妈的信。

我从城市里的家来到黑蟾镇，转眼几个月过去了。其间，不管是爸爸、妈妈抑或是哥哥姐姐们，从来没有联系过我。

感觉就像是被远远发配了一般。

昨日，木场老爹的孙子野叉登门拜访，说是有我的一封信，令我喜出望外。

看到老妈那歪歪扭扭的字迹，一股暖流涌上心头——终于想起我来啦！

但是读完之后，大失所望。

信中提到，自我离家之后，家里一切安好（何止安好，老妈的语气里简直感觉她从地狱到了天堂一般）。老爸每日快乐地哼着小曲儿，再也不用对着我的一张臭脸，老妈则不必为我在医院和家中辗转，"因为你不在的缘故，不但睡得好吃得好，脸蛋也年轻了好几岁。"这样的话，太过分了！

更可气的是，寄来的这张照片。

应该是在野餐。老爸西装革履，老妈花枝招展，哥哥姐姐们虽然和以往一样呆头鹅般好笑，但看起来其乐融融。

尤其是老妈，笑得牙龈都能看得见。

"你不在，我们终于可以快快乐乐野餐啦！"

诸如此类令人伤心欲绝的话！

信写到后面，或许她也意识到言辞的过分，开始寥寥提及我，无非是叮嘱我饿了吃饭、冷了添衣之类毫无营养的话。

"听木场老爹说，黑蟾镇周围搬迁过来了很多移民，规划在一两年之中，建起星罗棋布的村庄，到时会成为一个颇具规模的城镇，听说不久之后，还会建起学校、公路和铁路呢。真是令人期待呢。"

看着老妈这样的话，我有十分不好的预感！

果不其然——"既然如此，我觉得你不如在新学校上学。你那样的身体和成绩，其实上不上学都无所谓。儿子，能活着，就很不错了哦。"

啥？！能活着就很不错了？这是妈妈应该说的话吗？！

"我和你爸准备马上远行，出门好好玩一玩，去上海哦，可能要待三四个月，说不定过年也在那边。你照顾好自己吧。暂时写到这里吧，今晚要去看电影，你爸在楼下催我啦。"

信写到这里，便结束了。

连个最基本的问候和祝福都没有。

我反反复复读了好几遍，从这封信里，总结出一句话，那就是——你最好待在山里别回来了，否则就是给我们添累赘！

简直太过分啦！

我耷拉着脑袋，垂头丧气。

想一想，我的人生真是失败。

我们方相家，据说原本很显赫，后来不知道什么原因，几百年前搬迁到这么一个偏僻山区。奶奶早早就去世了，爷爷拉扯着爸爸，父子俩相依为命。

爷爷是个奇怪的人，等爸爸十来岁，就把他送到了省城的朋友那里。

我爸也是个奇葩，据说当时快快乐乐地就去了，高兴得手舞足蹈。我爸又高又帅，琴棋书画样样精通，学习好得不得了，毕业之后，成了一位声誉很好的医生，然后就碰上了我妈。

他们两个人，大家恭维说是郎才女貌，其实是臭味相投。具体是谁追的谁，我不清楚，他们也不说，反正就走到一起了。结婚第二年生下我大哥，隔年又生下了我二哥，再隔一年，生下了我姐姐。

我爸说，三个孩子，够了。

结果一着不慎，妈妈怀上了我。

当时两个人共同决定——要好好享受生活，再来第四个，简直受不了，赶紧去医院堕胎。

幸亏爷爷在我家，说什么也不同意，这才让我有机会来到世间。

据说，我生下来的时候，医生和护士都吓坏了——别的孩子哇哇大哭，我是悄无声息。

我爸抓住我的腿，倒拎起来（是的，他亲自为我妈接生），使劲在我屁股上扇了一巴掌，我才哇哇大哭起来。

他呢，没心没肺地大笑："看看，我就说是活的吧！"

我妈更过分，看着包裹得严严实实的我，当场哭得稀里哗啦，说："怎么生了一只小老鼠呀！太难看了！赶紧扔了吧，或者送人也行！"

气死个人哦！

自小，我身体便不好，三天两头生病，相比之下，住在医院的日子远远比家中要长。

我爷爷实在看不惯我爸和我妈的作风（我后来猜测是生怕他俩养不活我或者把我送人了），就将我接回黑蟾镇亲自抚养，一直到我七八岁，才送回去。

所以，我和家庭，格格不入。不管是在形象上还是在性格上。

我爸、我妈、大哥、二哥、三姐，男的高大英俊、身体强健，女的貌美开朗、性格泼辣，我呢，小萝卜头一个，脸色苍白，虚弱不堪，还患有严重的哮喘。一家子打扮整齐出去，不熟悉的人会觉得我是家里的小佣人。

所以，把我扔在黑蟾镇，他们总算是扬眉吐气了。

唉。我叹了一口气，把信和照片收起来，走到门外。

院子里，朵朵正在忙着晒梅菜。

这东西晒干了，冬天做梅菜扣肉，美味得不得了。

"少爷，起来了？我这就给你弄早饭。"朵朵说。

哪来的食欲呀！一肚子气，早饱了！

我坐在走廊上，问朵朵："咱们这里，要建学校？"

"是呀。少爷，上次木场老爹都说了呀。"朵朵转身去厨房，不多时，端来了热气腾腾的粥和油条，"不光有小学，还有初中、高中呢。"

唉！老妈果真是打探清楚了。

这一个多月，原本安静的黑蟾镇周围闹腾无比。无数人涌进来，接着是骡马、车队、各种机械，到处都是工地，乌烟瘴气，机器轰鸣，黑蟾镇上更是一夜之间多了很多陌生面孔。

"周边已经有八九个村子新建起来了，我去看过，虽然房子搭建得很简陋，可初具规模，据说开春还会有十几个村子。木场老爹跟着上面的官员，四处乱跑。哦，对了，好像叫设计师啥的，拿着一张纸，上面画得密密麻麻。村子与村子之间不仅要开辟道路，其他的设施都要迅速开建。其中，就包括学校。"

"有那么多学生吗？"我问。

"有呀。别的不说，光咱们这一带，就有二十个村子，孩子多的是，小学、初中，高中，都有。听说还要从省城请教书先生呢。"朵朵滔滔不绝，"少爷也可以进去读书哦。"

我去个屁呀！

"阿姜呢？"我看了看院子，暴躁女不在。

"打架去了。"

"打架？谁又惹上她了？"

我顿时头大如斗——自打雨师姜住下来，正事儿我没见她干过，天天往外跑。这也就算了，可陆陆续续山上有很多妖怪跑来告状，有的向我诉苦，有的干脆跪着恳求我，理由只有一个——"文太少爷，你管管雨师姜大人吧，别让她再揍我们啦！太心狠手辣了，这女人！"

"三太呀。"朵朵说，"说是昨天在山里碰到了，具体因为啥我不知道，反正三太惹到了雨师姜。今天早晨吃完饭，她就气鼓鼓地去黑蟾山了。"

"胖太呀？哈哈哈。"我乐得不行。

三太是阿吉的老爹，黑蟾镇一带有名的大妖怪，因为长得胖，我平时都叫他"胖太"。这俩人打架……

嗯，挺好，打吧打吧，最好打个狗血淋头。

"少爷，你有点儿幸灾乐祸哟。"朵朵看出了我的心思。

"没有啦，也该让暴躁女接受接受教训。"我双掌合十，心里暗暗祈祷——胖太呀，一定要狠狠揍一顿暴躁女哦。

"那个，少爷，你今天有事情吗？"朵朵问。

"没事呀。我天天吃饱了睡、睡足了吃，你又不让我出门。能有什么事？"

"哦，能不能帮我一个忙？"

"什么？"

"般若寺的老和尚昨天托野叉来要一些艾叶，说是房间里闹蜈蚣。本来我想送去的，可现在没空……"

"我替你跑一趟吧！"朵朵话还没说完，我便举起了手。

天赐良机呀！

本少爷被关在家里已经三四天了，正好趁着这机会出去放放风。

"那太谢谢了。"朵朵拿出一个背篓，将院子里晾晒好的艾叶装了，挂在了我的肩上。

我家老宅后面生长的艾叶，叶子肥大，茎秆粗壮，阳光下晒了之后，发出的馨香沁人心脾。

这样的艾叶，点起来熏屋子，蜈蚣呀、蜘蛛呀之类的东西，肯定消失得无影无踪。

"早去早回，别贪玩。路上注意安全。"朵朵叮嘱道。

"行啦，看情况吧。中午别做我的饭了，我在老白那里吃。"我摆了摆手，兴致高昂地出了门。

外面是深秋的世界。

群山染赤，跌宕开去。

山与山之间，是升腾起来的雾气，向上凝结成薄云，流转变幻。

空气清冽湿润，微微有风，踩在厚厚的落叶和濡湿的泥土上，可以看到各种昆虫、鸟兽在林间忙碌着。

般若山距离黑蟾镇并不远，中午之前就能轻松抵达，所以我并不着急赶路。

手里拿着竹杖，缓步而行，东张西望，有时看着松鼠在树上跳上跳下，有时追着一只蝴蝶到了荆棘丛里，有时站在溪边看鱼，完全放松起来做自己喜欢的事。

通往般若山的道路，已经被加宽加固，上面满是沉重的车辙印迹。

周围的新村镇如同雨后春笋般拔地而起，需要的大量建筑材料和生活物资，很多都要经过黑蟾镇中转。

原本一年之中最为闲暇的季节，如今却变得格外忙碌起来。

走到山腰，全身是汗。喘息着坐在一块石头上休息一下，放下竹篓，掏出水壶。

刚喝了一口，就听见对面的树丛里传来"沙沙沙"的声响，跳出一帮小东西来。

一群地鼠，晃着圆滚滚的身体，背着小小的各色包裹，手牵着手。

"文太少爷好！"小家伙们很有礼貌地对我打招呼。

"你们这是干什么去？"我笑出声来，"一家子出去野餐吗？"

"不是啦。"领头的家伙叹了口气，"在搬家。"

"搬家？你们不是一直生活在这里吗？"

"现在生活不了了。最近周围人来人往，到处在建新村子，我们家那边的林子被砍了很多，只能搬家啦。"

人来了，村镇起来了，虽说是好事，但对于他们来说，却是丢失家园。

好在这里足够大，深山之中完全有他们栖息的地方。

"搬到哪里呢？"

"云麓山啦。很多都搬过去了。"

云麓山是般若山后面的一座大山，林壑尤美，高树参天，是个好地方。

"一路小心哦。"我说。

"你也是啦，文太少爷。等我们安顿下来，欢迎你去做客！"

"那一定啦！"

他们再次鞠躬，手牵着手，摇摇晃晃地消失在视野中。

休息一会儿，继续上路。

比预想的提前一个多小时到达般若寺。

老白坐在院子里，晒着太阳打盹儿。

我将艾草交给他，他很高兴。

"哎呀呀，太及时了！最近被蜈蚣闹得睡不着觉。"老白开心收下。

"以前就有这么多蜈蚣吗？"我问。

老白摇了摇头："以前有，也不会这么多。现在院子里四处都是，甚至在大殿的地板下做了巢。真是让人头疼呀！"

"怎么会呢？"

"可能是因为周围到处施工，破坏了蜈蚣的栖息地，所以都逃到这里来了。简直跟商量好了一般，蜂拥而至。"老白无可奈何。

咕噜噜。我的肚子叫唤起来。

"有美味大餐吗？"我问。

"说什么呢！没有！"老白一口拒绝，"昨晚没吃完的白粥，你要不要？"

"那还是算了吧。"我很失望，站起来要走，被老白拦住了。

"你帮我个忙。"老白从屋里拿出个小小的瓷瓶，交给我。

晃了一下，里面发出叮叮当当的响声。

"什么东西？"

"是药啦。"老白说，"我忙得很，你帮我跑一趟云麓山，交给木场。"

我顿时气愤起来："你忙得很？我没看到呀，只看到你在晒太阳。"

"我那是在做功课，默念经文呢。"老白擦了擦嘴上的口水。

这老家伙，说谎从来不脸红。

"反正你整天闲着没事，帮我跑一趟。云麓山那边很好玩儿的。"

想一想，也是，云麓山我还没去过，听说那一带银杏很多，这个季节，应该漫山金黄了吧。

"还有烤鳗鱼。"老白早就拿捏住了我的心理，"这个时候，溪流里的鳗鱼又肥又大，抓住了插在树枝上烤，咬上一口，那叫一个美味！"

一句话就把我征服了。

"交给谁来着？"

"刚说完你就忘！木场啦。"

"木场老爹？他怎么了？"

"没什么事儿，老毛病。这家伙别的都行，就是心脏不好。这段时间，听说很辛苦。"

的确。木场老爹是镇子里的负责人，又成了这次移民工程的当地协调人，整天跟着那些设计师、官员四处跑，既要帮着规划出合适的工程兴建地点，又要调解各种纠纷，上次我听野叉说已经一个多月没回家了。

"顺着般若山后山的那条山道往前走，十几里山路，就到云麓山脚下了。那里现在建起了周围最大的一个村落，名字就叫云麓村，说是人口将来有四五千人。"老白说，"将云麓山河谷里的平地全部占了，简直是天翻地覆，焕然一新。"

听滕六说，那片河谷地形开阔平坦，背靠着云麓山，面前溪流众多，周边是山林，土壤也肥沃，非常宜居。

"先把树砍光，接着是荆棘，再把大大小小的石头搬出来，沼泽填上，规划出一排排的房址开始搭建，到处是人和机器，可乱了。"老白说，"木场是总指挥，忙得晕头转向，滕六说已经好多天没合眼了。"

"行，我这就送去。"我把瓷瓶揣进怀里。

老白又拿出一个包裹好的大荷叶，递给我。

"你总算还有点儿良心。"我看了看，荷叶被红色的丝线扎得紧紧的，四四方方的，里面应该放着米糕。

"不是给你吃的啦！"老白白了我一眼，说，"快到云麓山的路上，有个小岔路，往左走，爬一段山路，有个小龛，你帮我把这东西放在那里。"

"什么龛？"

"供奉的地方啦。"

"供奉什么东西？"

"社公啦。"老白说，"那家伙嘴馋，前不久我从他那里抢回来一棵老参，他心疼得不得了，我只能拿这米糕安慰安慰他了。你可别偷吃！"

"社公是个什么东西？"

"这个……"老白挠了挠头，"就是掌管一片地方的土地、森林等等的小东西了。"

"哦，我明白了，就是土地公公呗。"

"真是笨蛋少爷呀！"老白快无语了，说，"和土地公公完全不同。"

"有什么不一样？"

"你知道什么是社吗？"老白问。

我摇摇头。

"古代，以二十五家为一社，所以，社是乡里组织的最小单位，比村子都要小。社公，就是掌管一社的鬼怪，虽然听起来跟土地公公有点儿类似，但性质上完全不同。"老白说，"土地公公，那是神仙，是经过正式任命的，而社公呢，属于妖怪，守护着一社人畜、草木的平安。"

"那里原先有村子？"我问。

"原来有。黑蟾镇原本就在那里，不过几十户人家，后来人多了，搬迁到了现在的地方，那个供奉社公的祠龛却没移动，留在了原处。这些年来，社公很寂寞呀。哈哈哈。"老白说，"你见过他的。"

"没印象了。"我说。

"他和你们方相家渊源甚深。"老白似乎有些累了，说，"反正你就顺便帮我跑一趟吧。"

我答应下来，把东西放在空空的竹篓里，告辞。

从般若山后山下来，一直往北。

这段路，和黑蟾镇周围不同，多是丘陵，起起伏伏，虽然有些辛苦，但道路已经被清理出来，所以也不算费劲。

汗流浃背地走了一个多小时，看见了高高的云麓山。

真美的大山呀！

生长着无数的银杏树，金黄的树叶交织出一片金灿灿的海洋，风吹过，树叶在阳光下飞舞，美得让人心醉。

顺着溪流兴高采烈地往前走，逐渐看到了人烟。

因为有大量的人搬迁过来，所以附近除了干工作的，也有人做起了小生意。

在前方的岔路口，出现了小木棚。

肯定是刚刚立起来的，异常简陋，用四根原木立起棚角，钉上木板，顶上搭建着茅草。

棚口摆放着一个铁皮桶改造的大炭盆，上面用柳条插着一二十条鳗鱼，烤得吱吱作响，一个四十多岁的男人蹲在旁边，在往上撒盐呢！

老白说得没错，这个季节是吃烤鳗鱼最好的时候！又肥又大的鳗鱼，吱吱冒油，香味勾人。

我实在是走不动了。

来到跟前，看了看，这男人以前没见过。

"来两条鳗鱼哦。"我在桌子边坐下，说。

"稍等哈，马上好！"男人用扇子扇了扇火，撒完最后一把盐，又刷上一层调料，将两条烤鳗鱼放在我面前的盘子里。

拿起柳条，咬上一口，我的天！美味得差点儿连舌头都一起咽了下去。

"手艺……很好呢！"我说。

"承蒙夸奖。"他不好意思地笑了笑。

"你不是这一带的人吧？"我一边吃一边说。

"不是呢。我是外面新来的。"

"搬迁来的？"

"嗯。我叫弥豆。"

"弥豆，这名字很好玩。哦，我叫文太。"

"哎呀呀，久仰大名！"弥豆咧着嘴，"原来是文太少爷！"

这让我有些意外。我不过是个平时大门不出二门不迈的笨蛋少爷，他怎么会知道我的名字？

"是滕六和木场老爹啦。经常说起你。"弥豆给我端了一碗汤。

用山里的野菜和山菇做的汤，清淡鲜香，和鳗鱼倒是绝配。

"我老婆死了，我带着两个孩子，一个十岁，一个八岁，搬到这里，举目无亲。是木场老爹和滕六特别照顾我，帮我建好了房子，我腿坏了，干不了重活儿，为养家糊口发愁，木场老爹出了主意，让我在这里卖鳗鱼。"弥豆指了指自己的腿。

他走起路来一瘸一拐，先前我并没注意，低头看了看，才发现他一条腿长一条腿短。

"生意怎么样？"我问。

　　"很不错呢！这里是出入云麓山的必经之路，从早到晚都有人路过。木场老爹把这一片四五亩地都划给我了，他说将来云麓村发展起来，这个岔路口是个黄金地带，做生意最好了。我打算好好干，等有钱了，把这个木棚变成周围数一数二的客栈，既能吃饭歇脚又能住宿的地方。"弥豆满是憧憬地说。

　　"很不错呢。好好干！"

　　"是呀！这一切，多亏了木场老爹。"弥豆发自肺腑地赞叹，"我们搬迁过来的人，不管男女老少都喜欢他。他为人正直又热心，不管是分地、建房还是调解利益纠纷，一碗水端平，有时候为了我们还和那些当官的翻脸，真是好人！"

　　"这话没错，即便是在黑蟾镇，木场老爹的威望也是独一无二的。"我说。

　　"可他太累了。"弥豆说，"从早忙到晚，连吃饭睡觉的时间都少得可怜，一直都是行色匆匆，操劳得很呀。"

　　"年纪也大了。"我把鳗鱼吃完，"老人家一个了，等忙完这阵子，得好好休息休息。"

　　"是呢！我们商量好了，等村子建好了，大家举行个庆祝宴会，好好感谢一下木场老爹，到时还请文太少爷也来！"

　　"好，我一定来！"我掏出钱，弥豆死活不要，最后还是硬塞进他的口袋里。

　　"这怎么好意思呢！不过是两条鳗鱼而已。"

　　"你小本生意，也很辛苦呢。"我笑了笑，看了看岔道，"左边这条，往上走，有社龛吧？"

　　"这个……我倒是不太清楚呢。"弥豆一脸茫然。

　　是哦，他是外乡人，应该不清楚。

"那我过去看看。"

"要我陪着吗？"

"不用啦，你忙你的生意。"

告别弥豆，我拄着竹杖往上攀登。

山坡很陡峭，一条石板铺出来的小路蜿蜒向上，上面长满青苔，又湿又滑，看起来已经很久没人过来了。

两边都是参天大树，密不透风，似乎一头钻进了口袋里。

爬了半个多小时，我累得哮喘病快要发作的时候，眼前出现了一小块平地。

面积大概有半亩吧，十分平整。

在平地的中间，生长着一棵巨大的银杏！

起码也有好几百年了吧！

根深叶茂，几人合抱那么粗，遒劲生长着，犹如一条盘龙。

银杏树下，立着一个小小的石头建筑。

那建筑太不起眼了，以至于我差点儿忽略了它。

不过是用白色石头垒砌起来的小小的供龛，一米多高，做成微缩殿堂的模样，有顶，有飞檐，雕刻着一些复杂的花纹，不过大多被青苔覆盖。

供龛很深，小小的空间黑漆漆的，看不清里面供奉着什么。

我弯下腰，努力地伸着头，想一探究竟，突然听到身后有人咳嗽了一声。

我吓了一跳，差点儿一屁股坐下。

回头看，发现一个家伙站在我身后。

竟然是木场老爹！

不过，和之前很不一样呢！

　　头发收拾得整整齐齐，戴着一顶黑色的古怪的帽子，穿着一身雪白的长袍，脚上是赤红色的靴子。看起来……嗯，感觉是唱戏的戏袍！

　　"哎呀呀，老爹，你把我吓坏啦！"我大声说。

　　哈哈哈。木场老爹乐了。

　　"你怎么这副打扮呀？要唱戏？"我指着他的衣服。

　　"唱戏？"木场老爹看了看自己，"哦，这衣服的确够奇怪的。文太呀，你怎么跑到这里来了？"

　　"老白让我来的。"我把小瓷瓶掏出来递给他，"他担心你的身体，让我给你送药。"

　　"哎呀，真是感谢。"木场老爹接过瓷瓶，看了一眼，说，"要是早点送到，就好啦……"

　　"啥？"

　　"没什么。老白还好吧？"

　　"挺好。能吃能睡。"

　　"文太，你怎么来社龛这里了？"

　　"还是老白呀！"我把荷叶包着的米糕拿出来，"让我给这里的社公。"

　　"果然是一等一的米糕呀。做米糕的手艺，咱们这一带，就没有比得上老白的。"木场老爹大加赞叹，伸出手，"给我吧。"

　　"这个……不太好吧。"

　　老白可是吩咐让我交给社公的。

　　"没事儿，那家伙已经不在了。"木场老爹拿过去，撕开荷叶，将米糕一分为二。

　　我们两个坐在银杏树下，边吃边聊。

这里是个看风景的好地方。

居高临下，能将不远处的云麓河谷看得清清楚楚，河谷里忙碌的场景更是历历在目。

到处都是人，到处都是施工的机器，热火朝天。

"真是壮观呀！"我赞叹地说。

"是呀。这是最大的村庄，像这样的，还会有好几个呢。很快，这一带，会有二十多个村庄，几万人。"木场老爹说。

"那一定很好。"我说。

"是呀。我们祖祖辈辈都生活在这里，虽说生活无忧无虑，但毕竟是偏僻山区，人烟稀少，赶不上外面。"

"我觉得其实也挺好。"

"我原先，也跟你一样想。直到二十年前去了趟省城。"木场老爹说，"第一次走出大山，到省城，完全眼花缭乱了。人们住在高楼大厦里，街道整齐，有医院，有学堂，有邮局，我还第一次看到了电灯。哎呀呀，当时太好玩了，我们几个住在一家大客栈里，床头挂着个电灯，真亮呀！到了该睡觉的时候，我凑过去用嘴吹，就像平时在家里吹灯一样，可怎么吹也吹不灭，把我急的，赶紧找客栈里的人，人家听了，哈哈大笑，说我们是一群乡巴佬！"

木场老爹忍俊不禁："那时候，觉得外面真好呀。才觉得自己是井底之蛙。我们是没出息了，像我，连字都认识不了几个，可孩子

们不应该有这样的生活。他们应该有更大更广阔的世界，应该读书认字，应该有机会像城里人一样接受教育，接受……哦，对了，接受现代文明！"

我看了看木场老爹。一身白袍的他，目光坚毅。

"回来之后，我就琢磨着怎么改变咱们的镇子。你爷爷也帮了不少忙。我们有了邮局，开始组织人手跟外面做生意。这些年变化很大，但终究还是不行。"木场老爹说，"这一次，听说要往这里移民，开发咱们这里，我太高兴了，接到消息立刻就到了省城。这是大好事呀！"

"嗯。"我说。

"人多了，只要大家勤劳肯干，就一定能创造出新的生活！"木场老爹双目放光，"你看，现在虽然只是一个个村落，慢慢地，就会有马路，有客栈，有澡堂，有医院。都会有，电也会有！村落会发展成小镇，小镇会发展成小城市，最后，一二十个村庄会连在一起，那就是个大城市啦。"

木场老爹眯起眼睛，阳光照在他的脸上。

"你们这一代，以后的孩子们，会有崭新的生活，美好的生活呀！"木场老爹呵呵一笑，"所以这件事，我是高高兴兴去完成。"

"很累呀。"我有些心疼木场老爹。

"没关系啦。我在这里生活了一辈子，生在这里，长在这里，这里的山山水水，这里的一草一木，都是我的命根子。"木场老爹说，"没人比我更熟悉这里了，所以很多事情，只有我才能做。我不做，谁做呢？"

"那倒是。"

"比如说规划吧。那些设计师根本不知道具体情况，往往在地图上画一画就行了，可实际上，盖村子的地方，有的里面有几百年甚至上千年的大树，有的则是我们祖先一直捕鱼的深潭，诸如此类的东西，很多很多，无论如何也不能砍掉了、填掉了。发展固然好，可万不能丢掉了根。我据理力争，那些古木、深潭等等，全都保留了下来，哪怕村子建起来了，依然会在里面。人和山山水水、草木万物，一起快快乐乐生活，多好呀。"

"是哦！这个我同意！"

"你看那边。"木场老爹指了指。

顺着他手指的方向望去，在岔道的对面，一大片平地被清理出来。

那块地应该是周围最好的一块地了，在向阳的山坡上，周围有山林、溪流，还有大片的花丛。

"那边，将建造一所学校。不仅有小学、初中，还有高中。已经开始招聘先生了，明年就可以顺利开学。哈哈哈，到时候，你，野叉，周围所有的孩子，都能读书了。"

哎呀呀……想着老妈的那封信，我头疼起来。

"我小时候，很喜欢读书，可家里穷，也没地方去读，就耽误了。你们不一样啦，将来你们会有崭新的学校，有外面来的很好的先生，哈哈哈，真好呀！"木场老爹满意地说。

"这么忙碌的时候，你怎么有空跑到这里呢？还穿着这么奇怪的衣服。"我问。

"这个……就没办法了。"木场老爹愣了一下，说，"原本，我要离开了。"

"离开？去哪里？"

木场老爹挠了挠头："去一个地方，很远的地方。"

"我明白了，因为你工作做得好，要调你去省城吧？"

"省城？哈哈哈。"木场老爹乐得不行，"可比省城远多了。可我不愿意去。"

"为什么？"

"这里，虽然是偏僻山区，虽然比不上外面，但是我的家乡呀，是生我养我的地方。我要永远守护着这里，守护着你们！"

"是哦，我们可少不了木场老爹你！"

"哈哈哈。那就这么定了。"木场老爹把米糕吃完，拍了拍手说，"文太呀，你们也要努力哦。"

"这个自然。"我站起身，"你看到滕六了吗？这家伙很长时间没回去了。"

"就在云麓村呢。这段时间多亏了他，帮了我不少忙。"

"得了吧，他掉进了钱眼儿里，忙着赚钱还差不多。"

"可不是哦。"木场老爹摇摇头，说，"文太呀，咱们这一带，历史久远，山林草木古老，有很多东西和人类一样，一直生活在这里。"

"你说的是妖怪吧。"

"人的事，我能协调，妖怪，就需要滕六了。正因为他，工作才能顺利开展，人和妖怪，人和世界，才能像现在这样和睦。"木场老爹说。

"我得去找他，他再不回家，家里快要乱套了。"我说。

"去吧。"木场老爹笑道。

我站起身："老爹，你不一起去吗？"

木场老爹面露难色："我呀……在这里还有些事情要处理。

等会儿有个顶头上司要来。"

"顶头上司？省城来大官了？"

"倒是个大官。不过，不是省城来的。"

"行吧，我走了。"

告别木场老爹，我下了山坡，去云麓村。

在人群中穿行，找人询问滕六的下落——"刚才在村公所看到了。"

所谓的村公所，是个刚搭建起来的二层木楼，外面是篱笆院子。

门口挤满了人。

这些人，一看就是刚从工地上回来的，有些人手里捧着花，有些人偷偷抹着眼泪。

我挤进去，看见滕六在安排人维持秩序。

"怎么了这是？"我问。

"你怎么来了？"

"我帮老白给木场老爹送药，顺便来看看你。"我说。

滕六瞪了我一眼："送个屁药呀！他用不着了。"

"咋了？"

"去世了。"

"去世了……"

"嗯。今天早晨没起来，有人去喊，怎么喊都不醒，身体都凉了。心脏病发作，睡梦中死了。"

"别扯了！"我觉得好笑，"就刚刚，我才碰上，聊了好半天呢。"

"你见到他了？"滕六愣了一下。

"嗯。"我往周围看了看，"你们这是唱哪出戏？木场老爹好好的……"

我还没说完，就见竹茂从屋里头走出来，哭得眼眶红肿。

"文太少爷，我爹……我爹呀！"竹茂拉着我就哭。

"不好好的嘛！"我张了张嘴，然后终于看到屋里头床铺上躺着一个人。

一身污泥，和衣而卧，无声无息。

走到跟前，揭下盖在脸上的黄草纸，那张胡子拉碴、因为劳累瘦了一圈的脸，格外分明。

真的是木场老爹！

我的脑袋嗡的一声，世界崩塌了。

不可能呀！刚才我还见了他！

但眼前分明是他的尸体。

滕六把我拉到旁边，坐下，给我倒了一杯热茶。

"你刚才在哪儿见到的他？"滕六问我。

"社龛那边。"

"哦。那应该是了。"

"滕六，这到底是怎么回事？"我抬起头，看着滕六。

滕六叹了一口气："这家伙，总是干些让人莫名奇妙的事。"

他看了木场老爹一眼，说："这一两个月，搬迁的各种事都少不了他，大事小事，鸡毛蒜皮的事，他都要管。人老了，本来心脏就有点儿问题，还这么拼命。我提醒过好几次，他都不听，这几天见他有点儿不对劲，就托话给老白，让他送药来，可还是没赶上。这就是命。"

"可刚才我见的那个，到底是谁呀？"我问。

"当然是他了。不过，不是之前的他了。"

我顿时明白过来："难道……难道是鬼吗？"

"人死之后，魂魄不散为鬼。"滕六点了点头，又摇了摇头，"照理说，死了就死了，辛苦一辈子，终于可以歇息了。死后徘徊七七四十九日，然后去忘川，喝下孟婆汤，再入轮回。这是常理。可木场老爹没这么干。"

滕六坐直了身子："他选择成为新的社公。"

"新的社公？"

"嗯。"滕六说，"原来的社公，在这里已经几百年了。那个社龛，在荒山野岭，之所以没有倒塌，完全是因为木场老爹一直在打理。前段日子，我经过那里，原来的社公跟我说因为几百年来他做得不错，被任命为云麓山新的山神了。他走了，社公的位置就空了，征求我的意见，想让木场老爹接班。当时我还以为他开玩笑。"

"社工这位置，谁都能做吗？"想到在银杏树下木场老爹那身奇怪的装饰，我便知道滕六所说的十有八九是真的了。

"也不是。"滕六说，"社公不是土地公公，不过是个守护小地方的妖怪而已。不仅地位卑微，而且如果无人祭祀，就会烟消云散。身为社公，不但要守护周围的人，还要守护山林草木，劳心劳力，是个吃力不讨好的差事。"

"烟消云散是什么意思？"

"就是彻底消失呀。人死为鬼，鬼可以再入轮回脱胎成人，说白了，还会继续来到世间。但社公一旦消失，就永远消失了。"滕六说，"所以这位置，别说死去的人了，就是妖怪都不愿意干。"

　　我呆了。

　　"你看到的木场老爹，应该是即将成为社公的木场老爹了。今天云麓山新的山神要来这一带，估计是为了正式册封他。"滕六说。

　　我想起木场老爹的那句话——有个顶头上司要来。

　　"成为社公之后，他就会永远在这里吗？"我问。

　　"嗯。"滕六点点头，"直到这里的人彻底忘记他，没有人再去祭祀。"

　　"那是不可能的！"我攥紧了拳头，"木场老爹之所以要成为社公，是因为他喜欢这里，喜欢这里的人，喜欢这里的山川草木！我们也喜欢他！怎么能忘记呢！"

　　滕六看着潸然泪下的我，走过来，拍了拍我的肩膀："是呀是呀，我们都不会忘记他。但是……"

　　"别说了。"我哽咽着，"带我一起，给木场老爹送行吧。"

　　特殊时期，一切从简，但是木场老爹的葬礼很隆重。

　　入殓之后，黑蟾镇的人，云麓村的人，以及周围村镇的人，还有那些上头来的官员们，纷至沓来。

　　黑压压的人群涌进搭建起的简易灵棚，为木场老爹送行。

　　一波人离开了，又来一波人，这场告别，声势浩大，气氛悲伤而真挚。

　　"木场老爹真风光呀。"我说。

　　"是呀，一直以来，黑蟾镇的人都尊敬他，现在，周围的人也是如此。人做成这样，也很成功呢。"滕六说。

　　晚上，终于安静了下来，我和滕六守灵。

　　"饿了吧？"滕六递给我几块米糕。

咬了一口，想起木场老爹来。

咚！

咚咚！

咚咚咚！

隐约听到了鼓声。

雄浑有力的鼓声。

接着是一种低低的宛若深夜海潮一般的声响。

那肯定是团五郎的鼓声。我听得出来。

"这边是葬礼，那边却是欢腾的宴会呢。"滕六笑了。

"宴会？"

"嗯。云麓山新的山神驾到，又有了新的社公，周围的所有妖怪恐怕集体出动去庆贺，盛大的宴会是少不了的。"

"我也想去看看，可以吗？"我说。

真想看看一身白袍的木场老爹成为正式社公的样子。

"还是算了吧。"滕六说，"那毕竟属于妖怪的事，何况还有山神在那里。哦，对了，先前的社公、如今的云麓山山神，和少爷你关系格外密切呢。"

"关系密切？"我有些听不明白。

之前老白也好像说过类似的话。

"是呀。他原本是方相家的人。"

"方相家的人……"

"嗯。几百年前你的一位祖先。我曾经服侍过他。"滕六说。

啊？！

"那时候，这里人烟稀少，也就几十户人家。豺狼出没，环境恶劣。去世之后，他立下誓言，愿意成为社公，永远守护着这片土地，守护着这里的人，这里的山川草木，守护着妖怪，守护这里的一切，当然，也守护着方相家。"

"我的祖先？！"

"嗯。你的祖先。是个非常伟大的人物呢。"滕六笑了笑，"少爷，咱们方相家族，自黄帝时期就流传下来，世代都是掌管天下祭祀的大巫，是妖怪的统领，代代不绝。每一代的方相家家主，都是显赫之人。不过……哈哈哈，成为社公的，你的这位祖先可是绝无仅有。不过，现在成了云麓山山神，也算是上天对他几百年辛苦的奖赏吧。"

我有一位山神祖先？

脑袋又蒙了起来。

"爷爷去世了，我是说，如果他去世之后，也会成为社公吗？"我问。

滕六笑了起来："他呀？就他那脾气，你觉得可能吗？"

应该不会。

我爷爷那么不正经，干社公对他来说估计比杀了他都难受。

"要成为社公的人，首先要有牺牲精神，其次要怀着深沉的爱。对这片土地、这里的人、这里的一切，都挚爱无比的人。除此之外，还要不辞劳苦，日夜奔波劳作，忍受着常人不能理解的寂寞和痛苦。所以，社公虽然看起来地位十分卑微，却是十分重要的守护者。"

我不由自主想起了木场老爹对我说的话——

"我在这里生活了一辈子，生在这里，长在这里，这里的山山水水，这里的一草一木，都是我的命根子。"

"没人比我更熟悉这里了，所以很多事情，只有我才能做。

我不做，谁做呢？"

"人多了，只要大家勤劳肯干，就一定能创造出新的生活！"

"你看，现在虽然只是一个个村落，慢慢地，就会有马路，有客栈，有澡堂，有医院，都会有，电也会有！村落会发展成小镇，小镇会发展成小城市，最后，一二十个村庄会连在一起，那就是个大城市啦。"

"这里，虽然是偏僻山区，虽然比不上外面，但是我的家乡呀，是生我养我的地方。我要永远守护着这里，守护着你们！"

"你们这一代，以后的孩子们，会有崭新的生活，美好的生活呀！"

"所以这件事，我是高高兴兴去完成的。"

……

木场老爹，我理解你的选择了！

"听木场老爹说，很快学校就要有了？"我问滕六。

"嗯。马上开始建造，春天的时候，就建好了。先生们那时候来，接着就能开学。"滕六说，"这是所有事情中，木场老爹最关心的。"

我点点头。

"少爷怎么问这件事情？"

"滕六，原来我是准备在这里休学一年，就回去的。"

"是。这个老爷跟我说过。"

"既然现在咱们这里有学校了，我想，在哪儿上学似乎都可以哦。"

滕六眉头扬了一下："你是要留下来？"

"嗯。难道不可以吗？"

"那个……倒也不是不可以。"滕六忍着笑。

"这话怎么听着这么勉强呢！本少爷人气很高的，大家都很喜欢我！"我有些生气。

"就是太笨。笨蛋少爷啦。"滕六哈哈哈笑起来。

"那就这么决定了。"我白了他一眼。

"估计朵朵会很高兴。她一直担心你离开。"

"还有老白、雨师姜、团五郎、庆忌、阿吉、胖太、炭治……"我掰着手指头，"都很喜欢我呢！"

"怎么没提我呢？"滕六说。

"你拉倒吧！你眼里只有钱！掉进钱眼儿里的家伙！"

哈哈哈。

说着说着，滕六和我同时笑了起来。

咚咚咚！

咚咚咚！

社氪那边，鼓声阵阵。

风吹。

皎洁的月光下，金黄的银杏叶随风飞舞，直上天际！

此刻，那边应该成了欢乐的海洋。

身披白袍的木场老爹，会很开心吧。

"我要永远守护着这里，守护着你们！"

木场老爹的这句话，萦绕在我的心头。

老爹，谢谢你！

我们会一直记着你。

永远记着你。

（完）

后 记

小时候，我是个大脑袋的神经兮兮的家伙。

那时，家乡有两岸开满花朵的河流，大片大片会在清晨吐出茫茫雾气的芦苇荡，有向上的高树簇拥而成的茂密丛林，以及星光照耀下的原野。

那是我挚爱的天地。

我一直坚信，那里住着许多人看不到的事物。

人生是个很奇妙的东西。你看着时光倏忽而过，看着万物生，慢慢长大，知道这便是世界的因果。

人的一生，就像负重前行，很多人会丢掉一些东西，以便于接下来能有更轻松的旅程。

当然，一些是应该被我们丢掉的，一些，却不尽然。

比如纯真。孩童一样的纯真。那双琉璃一样纯粹凝视世界的眼睛。

比如，你相信这世界上的善，相信世人和自然之间的相处时那种心意相通。

比如某日，你一个人站在山冈看着月亮爬上来；比如，你会在匆匆转过某个街角时，蓦然停下脚步，闭上眼睛倾听路过的一阵风声。

我相信这世界万物皆有灵。虽说日光之下并无新事，但美好的东西，从未离开过，而且会一次次让我们领会这世界的好。

我把这本书献给孩子们。

献给纯真的孩子。献给虽然长大但内心依然纯粹的大孩子。献给每一位喜欢这本书的读者。

我四岁的儿子，很喜欢一个故事——一个小人儿，历经千辛万苦，寻找到猫的脚步声、山的根须，用此做成一根金绳子，制伏了怪兽，重新点亮了故乡的灯盏。

这是一个关于勇气和珍惜的故事。

很多时候，许多看似平淡的人或事，一旦失去，我们才会发现它的珍贵。

比如故乡的灯盏。比如爱。

其实，怪谈和这样的事物并无任何区别。

它是一个个美好的梦，生长在我们的脑海和世界的缝隙中。

像一条曲折小道，带我们看别样的风景。

看着世界的昌盛和生机。

愿万物有灵且美。

张　云

2021年1月5日于北京搜神馆

图书在版编目（CIP）数据

妖怪奇谭 / 张云著 . —北京：东方出版社 , 2021.8
ISBN 978-7-5207-2251-3

Ⅰ . ①妖⋯　Ⅱ . ①张⋯　Ⅲ . ①长篇小说—中国—当代　Ⅳ . ① I247.5

中国版本图书馆 CIP 数据核字（2021）第 115581 号

妖怪奇谭
（YAOGUAI QITAN）

作　　者：张　云
策 划 人：王莉莉
责任编辑：王莉莉　李　莉
特约编辑：王　林
产品经理：段　琼
插　　画：喵　9
出　　版：东方出版社
发　　行：人民东方出版传媒有限公司
地　　址：北京市东城区朝阳门内大街 166 号
邮　　编：100010
印　　刷：北京联兴盛业印刷股份有限公司
版　　次：2021 年 8 月第 1 版
印　　次：2024 年 2 月第 2 次印刷
印　　数：10001— 13000 册
开　　本：880 毫米 ×1230 毫米　1/32
印　　张：12
字　　数：230 千字
书　　号：ISBN 978-7-5207-2251-3
定　　价：69.80 元
发行电话：（010）85924663　85924644　85924641